MIRA®

Der Preis dieses Bandes versteht sich einschließlich
der gesetzlichen Mehrwertsteuer.

*Umwelthinweis:*
Dieses Buch wurde auf chlor- und säurefreiem Papier gedruckt.

Cordina's Royal Family:

*Eine königliche Hochzeit*

Ein besonders gefährlicher Auftrag erwartet Agentin Hannah, eigentlich Lady Hannah Rothchild: François Deboque, der bereits früher mehrere Anschläge auf die fürstliche Familie von Cordina verübt hat, plant nach seiner Freilassung ein neues Attentat. Zum Schein soll Hannah ihm dabei helfen. In Wirklichkeit aber muss sie alles tun, um das Schlimmste zu verhindern. Ihr besonderes Augenmerk richtet sie dabei auf den charmanten Prinz Bennett, von dem man sagt, er sei ein wahrhaft königlicher Verführer ...

*Nora Roberts*

# Cordina's Royal Family: Eine königliche Hochzeit

Roman

Aus dem Amerikanischen von
M. R. Heinze

MIRA®

MIRA® TASCHENBUCH
Band 25056
1. Auflage: Juli 2003
2. Auflage: August 2003
3. Auflage: September 2003
4. Auflage: Oktober 2003

MIRA® TASCHENBUCH
erscheinen in der Cora Verlag GmbH & Co. KG,
Axel-Springer-Platz 1, 20350 Hamburg
Deutsche Taschenbucherstausgabe

Titel der nordamerikanischen Originalausgabe:
The Playboy Prince

erschienen bei: Silhouette Books, Toronto
Published by arrangement with
Harlequin Enterprises II B.V., Amsterdam

Konzeption/Reihengestaltung: fredeboldpartner.network, Köln
Umschlaggestaltung: pecher und soiron, Köln
Titelabbildung: corbis, Düsseldorf
Autorenfoto: © by Harlequin Enterprise S.A., Schweiz
Satz: Berger Grafikpartner, Köln
Druck und Bindearbeiten: Ebner & Spiegel, Ulm
Printed in Germany
ISBN 3-89941-071-8

www.mira-taschenbuch.de

## *1. KAPITEL*

Der Hengst jagte über die Hügelkuppe. Seine Hufe gruben sich tief in das Erdreich. Das Pferd dampfte, als es sich auf dem höchsten Punkt aufbäumte und mit seinen kraftvollen Vorderbeinen durch die Luft schlug. Für einen Moment hoben sich Ross und Reiter als Silhouette vor dem hellen Himmel des Nachmittags ab. Mensch und Tier wirkten gleichermaßen beeindruckend.

Kaum berührten die Hufe wieder den Boden, als der Reiter seine Knie in die Seiten des Hengstes presste und einen waghalsigen Ritt über den abfallenden Weg begann. Der Pfad war hier glatt, aber alles andere als ungefährlich mit der Felswand auf der einen und dem Abgrund auf der anderen Seite. Dennoch preschten sie mit voller Geschwindigkeit dahin und genossen es.

Nur ein Verrückter ritt so – ohne Rücksicht auf Leib und Leben. Nur ein Verrückter oder ein Träumer.

„Los, Dracula, los.“ Der Befehl kam leise und herausfordernd wie das darauf folgende Lachen.

Vögel, aufgeschreckt von den auf der Erde donnernden Hufschlägen, flatterten aufgeregt aus den Bäumen und Büschen hoch oben auf dem Kliff und flogen kreischend Richtung Himmel davon. Schon bald verloren sich ihre Schreie in der Ferne. Als der Pfad eine scharfe Linksbiegung machte, nahm der Hengst sie in unverändertem Tempo. Am Wegrand fielen Klippen etwa siebzig Fuß steil zum blauen Meer ab. Kieselsteine stoben unter den Hufen hoch und hagelten geräuschlos hinunter durch den leeren Raum.

Der Reiter blickte hinab, ohne jedoch seinen Ritt zu verlangsamen. Daran dachte er nicht einmal.

Aus dieser Höhe roch die Luft nicht nach Meer. Selbst das Geräusch sich brechender Wellen war schwach wie weit entfernter und noch ungefährlicher Donner. Aber aus dieser Höhe barg das Meer etwas ganz eigenartig Gefahrvolles und Geheimnisvolles. Der Reiter verstand es, nahm es hin, denn so war es schon immer gewesen, von Anbeginn aller Zeit. Und so würde es fortdauern. In Augenblicken wie diesen vertraute er sich dem Schicksal an.

Der Hengst brauchte keine Peitsche, keinen Ansporn, um noch schneller dahinzupreschen. Wie immer genügten die Erregung und das Vertrauen seines Herrn. Sie rasten den sich dahinschlängelnden Pfad hinunter, bis sie das Tosen des Meeres in den Ohren hatten und endlich die Schreie der Möwen hörten.

Für den Betrachter mochte es scheinen, als fliehe der Reiter vor dem Teufel oder eile zu seiner

Geliebten. Wer jedoch sein Gesicht sah, wusste, es war keines von beiden.

Das Leuchten in den Augen des Reiters stammte nicht von Angst oder Vorfreude. Es war eine Herausforderung an den Augenblick und nur daran. Die dunklen Haare des Mannes wehten im Wind, genau wie die Mähne des Pferdes.

Der schwarze Hengst, ein wahres Kraftpaket, hatte eine breite Brust und einen kräftigen Hals. Sein Fell glänzte von Schweiß, doch sein Atem kam stark und gleichmäßig. Der Reiter saß kerzengerade im Sattel, und sein gebräuntes schmales Gesicht glühte. Sein voller, wohlgeformter Mund zeigte ein Lächeln, das Wagemut und Freude verriet.

Sobald der Pfad eben wurde, griff der Hengst weiter aus. Sie kamen an weißen Häusern vorbei, vor denen Wäsche in der Meeresbrise flatterte. Blumen wuchsen in Beeten auf sorgfältig in Ordnung gehaltenen Wiesen, Fensterläden waren weit offen. Die Sonne stand noch hoch am Nachmittagshimmel und verstrahlte ihr gleißendes Licht. Ohne langsamer zu werden und die leichte Hand seines Herrn an den Zügeln zu benötigen, preschte der Hengst auf eine hüfthohe Hecke zu.

Gemeinsam schnellten sie darüber hinweg.

In der Ferne tauchten die Ställe auf. Wie es in den Klippen hinter ihnen Gefahr und tödliche Anziehungskraft gab, so herrschte vor ihnen Frieden und Ordnung. Rot und weiß und genauso gepflegt wie die Wiesen ringsherum, verliehen die Ställe der Landschaft mit den Klippen und dem vielen Grün eine zusätzliche bezaubernde Note. Zäune grenzten Gehege ab, in denen Pferde wesentlich weniger dramatisch Auslauf fanden als Dracula.

Einer der Stallburschen hörte auf, eine junge Stute an der Longe im Kreis zu führen, als er den Hengst herankommen hörte. Was für ein Irrer, dachte er, aber nicht ohne grimmige Hochachtung. Dieses Pferd und dieser Reiter zusammen waren ein vertrauter Anblick. Dennoch warteten zwei Stallburschen vorsichtig ab, bis der Hengst langsamer wurde und stehen blieb.

„Eure Hoheit."

Seine Hoheit Prinz Bennett von Cordina glitt mit einem Lachen, in dem noch die Waghalsigkeit nachklang, von Draculas Rücken. „Ich kühle ihn schon ab, Pipit."

Der alte Stallknecht mit dem leicht hinkenden Gang trat vor. Sein verwittertes Gesicht war leidenschaftslos, während er seinen Blick über den Prinzen und den Hengst auf der Suche nach irgendwelchen Anzeichen von Verletzungen gleiten ließ. „Verzeihen Sie, Hoheit, aber während Sie unterwegs waren, kam eine Nachricht aus dem Palast. Fürst Armand wünscht Sie zu sehen."

Nicht ohne Bedauern übergab Bennett dem wartenden Stallburschen die Zügel. Zu seinem Vergnügen beim Ausritt gehörte die Stunde, in der er normalerweise mit dem Hengst ging und ihn bürstete. Doch wenn sein Vater nach ihm schickte, hatte er keine andere Wahl, als Vergnügen gegen Pflicht einzutauschen.

„Lassen Sie ihn ordentlich gehen, Pipit. Wir hatten einen langen Ritt."

„Ja, Hoheit", sagte der Stallknecht, der drei Viertel seines Lebens mit Pferden verbracht hatte. Es hatte zu seinen Pflichten gehört, Bennett auf sein erstes Pony zu setzen. Er tätschelte Draculas Hals und fand ihn schweißnass. „Ich werde mich persönlich darum kümmern, Hoheit."

„Tun Sie das, Pipit." Doch Bennett hielt sich noch lange genug auf, um selbst die Gurte zu lockern. „Danke."

„Dank ist unnötig, Hoheit." Mit einem leisen Ächzen hievte Pipit den Sattel vom Rücken des Hengstes. „Hier gibt es keinen anderen Mann, der den Nerv hat, sich mit dem Teufel einzulassen", murmelte er auf Französisch, als das Pferd zu tänzeln begann. Sekunden später war Dracula wieder beruhigt.

„Und es gibt keinen anderen Mann, dem ich mein bestes Pferd anvertrauen würde. Eine Extraration Hafer könnte heute Abend nicht schaden."

Pipit nahm das Kompliment als absolut verdient hin. „Wie Sie wünschen, Hoheit."

Noch von Unrast erfüllt, wandte sich Bennett von den Ställen ab. Er hätte ebenfalls eine zusätzliche Stunde brauchen können, um sich abzukühlen. Ein schneller und wagemutiger Ritt stillte sein Bedürfnis nur teilweise. Er brauchte die Bewegung, die Geschwindigkeit, vor allem aber die Freiheit.

Fast drei Monate lang war er fest an den Palast und an das Protokoll gebunden gewesen, an Pomp und Zeremonien. Da er in der Thronfolge von Cordina an zweiter Stelle stand, waren seine Pflichten manchmal weniger öffentlich als die seines Bruders Alexander, aber selten weniger mühsam. Pflichten gehörten seit seiner Geburt zu seinem Leben und wurden für gewöhnlich auch als Selbstverständlichkeit hingenommen. Bennett konnte allerdings weder sich selbst noch viel weniger irgendeinem anderen erklären, wieso er im letzten Jahr begonnen hatte, sich dagegen aufzulehnen.

Gabriella sah es ihm an. Bennett glaubte, dass seine Schwester es vielleicht sogar verstand. Auch sie hatte stets Verlangen nach Freiheit und Privatleben verspürt. Beides hatte sie teilweise vor zwei Jahren erlangt, als Alexander sich mit Eve verheiratete und das Gewicht der Verantwortung sich verlagerte.

Allerdings drückt sie sich nie, dachte Bennett, als er durch das Gartentor des Palastes schritt. Wenn sie gebraucht wurde, war sie zur Stelle. Nach wie vor verwendete sie sechs Monate des Jahres für das Hilfswerk für behinderte Kinder, während sie gleichzeitig für den Bestand ihrer Ehe sorgte und ihre Kinder großzog.

Bennett schob die Hände in die Taschen, als er die Treppe zu dem Arbeitsraum seines Vaters hinaufstieg. Was stimmte denn mit ihm nicht? Was war in den letzten Monaten geschehen, das in ihm den Wunsch weckte, sich nachts aus dem Palast zu schleichen und wegzulaufen? Irgendwohin.

Er konnte die Stimmung nicht abschütteln, wohl aber bezähmen, als er an die Tür seines Vaters klopfte.

„Herein!"

Der Fürst saß nicht hinter seinem Schreibtisch, wie Bennett erwartet hatte, sondern am Fenster, neben sich ein Tablett mit Tee. Ihm gegenüber saß eine Frau, die bei Bennetts Erscheinen aufstand.

Als Mann, der Frauen jeden Alters und unterschiedlichsten Aussehens schätzte, unterzog Bennett sie einer flüchtigen Betrachtung, ehe er sich an seinen Vater wandte. „Tut mir Leid zu stören. Man hat mir gesagt, dass du mich sehen willst."

„Ja." Armand nippte an seinem Tee. „Schon seit einiger Zeit. Bennett, ich möchte dich mit Lady Hannah Rothchild bekannt machen."

„Eure Hoheit." Sie senkte den Blick, während sie einen Knicks ausführte.

„Es ist mir ein Vergnügen, Lady Hannah." Bennett ergriff ihre Hand und schätzte sie in Sekundenschnelle ein. Attraktiv auf eine ruhige Art. Er bevorzugte bei Frauen etwas weniger Zurückhaltung. Und er besaß eine Vorliebe für das Französische. Schlank und ordentlich. Unabänderlich wurde sein Blick von Üppigerem angezogen. „Willkommen in Cordina!"

„Danke, Hoheit." Ihre Stimme klang britisch, kultiviert und ruhig. Er begegnete kurz ihrem Blick. Ihre Augen waren von einem dunklen, leuchtenden Grün. „Ihr Land ist wunderschön."

„Bitte, nehmen Sie Platz, meine Liebe." Armand deutete wieder auf ihren Sessel, ehe er noch eine Tasse einschenkte. „Bennett."

Hannah, die Hände im Schoß verschränkt, bemerkte Bennetts raschen ablehnenden Blick zu der Teekanne. Doch er setzte sich und nahm die Tasse entgegen.

„Lady Hannahs Mutter war eine entfernte Cousine deiner Mutter", begann Armand. „Eve lernte sie kennen, als sie vor kurzem zusammen mit deinem Bruder England besuchte. Lady Hannah ist auf Eves Einladung bei uns."

Hoffentlich werde ich nicht gebeten, den Begleiter der Lady zu spielen, dachte Bennett. Sie war recht hübsch, auch wenn sie sich in einem grauen, hochgeschlossenen Kleid, das ihr eine Handbreit sittsam über die Knie reichte, wie eine Nonne anzog. Sie hatte den typisch britischen blassen Teint. Ihre Augen ließen sie alles andere als unscheinbar wirken. Mit ihrem dunkelblonden Haar jedoch, das sie streng aus dem Gesicht zurückgekämmt trug, weckte sie in ihm Erinnerungen an die viktorianischen Gesellschafterinnen oder Gouvernanten früherer Zeiten. Langweilig. Aber ihm fielen wieder seine Manieren ein, und er schenkte ihr ein ungezwungenes, freundliches Lächeln.

„Ich hoffe, Sie genießen Ihren Aufenthalt, wie wir Ihre Anwesenheit genießen werden."

Hannah erwiderte seinen ernsten Blick. Sie fragte sich, ob ihm bewusst war, wie sagenhaft er in lässiger Reitkleidung aussah. Vermutlich war es ihm bewusst. „Ich bin sicher, dass ich meinen Aufenthalt sehr genießen werde, Hoheit. Ich fühle mich geschmeichelt, dass mich Prinzessin Eve eingeladen hat, während sie die Geburt ihres zweiten Kindes erwartet. Und ich hoffe, ich kann ihr die Gesellschaft und die Hilfe bieten, die sie benötigt."

Obwohl sich seine Gedanken mit anderen Dingen beschäftigten, bot Armand eine Schale mit Keksen an. „Lady Hannah ist äußerst großzügig, uns ihre Zeit zu widmen. Sie ist für ihr Wissen sehr renommiert und arbeitet gegenwärtig an einer Serie von Essays."

Passt perfekt, dachte Bennett und nippte an dem verhassten Tee. „Faszinierend."

Ein winziges Lächeln umspielte Hannahs Lippen. „Lesen Sie Yeats, Hoheit?"

Bennett wünschte sich zurück in die Ställe. „Nicht oft."

„Meine Bücher sollten Ende der Woche hier eintreffen. Bitte, leihen Sie sich dann aus, was immer Sie möchten." Sie erhob sich wieder und hielt die Hände verschränkt. „Entschuldigen Sie mich Hoheit, ich möchte das Auspacken meiner restlichen Sachen überwachen."

„Natürlich." Armand erhob sich, um sie an die Tür zu führen. „Wir sehen Sie beim Abendessen. Und klingeln Sie, wenn Sie etwas benötigen."

„Danke, Hoheit." Sie machte einen Knicks und wandte sich an Bennett, um ihm die gleiche Höflichkeit zu erweisen. „Auf Wiedersehen, Hoheit."

„Auf Wiedersehen, Lady Hannah." Bennett wartete, bis sich die Tür hinter ihr geschlossen hatte, ehe er sich auf die Armlehne seines Sessels sinken ließ. „Nun ja, sie wird Eve innerhalb einer Woche tödlich langweilen." Er ignorierte den Tee und nahm eine Hand voll Kekse. „Was hat Eve sich denn dabei gedacht?"

„Eve hat während ihrer zwei Wochen in England große Zuneigung zu Hannah gefasst." Armand ging zu dem verschnörkelten Schrank und nahm zu Bennetts Erleichterung eine Karaffe heraus. „Hannah ist eine hervorragend erzogene junge Frau aus exzellenter Familie. Ihr Vater ist ein hoch respektiertes Mitglied des Britischen Parlaments." Armand schenkte Cognac ein.

„Das ist alles schön und gut, aber ..." Bennett schwieg plötzlich, als er nach dem Schwenker griff. „Sag mal, Vater, du willst uns doch hoffentlich nicht zusammenbringen? Sie ist wohl kaum mein Typ."

Die strengen Züge um Armands Mund wurden durch ein Lächeln sanfter. „Das weiß ich nur allzu gut. Ich kann dir versichern, dass Lady Hannah nicht hierher gebracht wurde, um dich in Versuchung zu führen."

„Das könnte sie auch kaum." Bennett ließ den Cognac im Glas kreisen und trank einen Schluck. „Yeats?"

„Es gibt Menschen, die der Ansicht sind, dass sich Literatur nicht nur auf Handbücher zur Pferdezucht beschränkt." Armand holte eine Zigarette hervor.

„Ich ziehe das Praktische jeglicher Dichtung über unerwiderte Liebe oder die Schönheit eines Regentropfens vor." Bennett kam sich plötzlich unhöflich vor und lenkte ein. „Aber ich werde dafür sorgen, dass sich Eves neue Freundin wohl fühlt."

„Daran habe ich nicht gezweifelt.“

Nachdem sich sein Gewissen beruhigt hatte, wandte sich Bennett wichtigeren Dingen zu. „Die Araberstute wird um Weihnachten herum fohlen. Ich wette, es wird ein junger Hengst. Dracula bringt starke Söhne hervor. Drei meiner Pferde sind so weit, dass sie im Frühjahr vorgeführt werden können. Ein weiteres sollte meiner Meinung nach an den olympischen Qualifikationsspielen teilnehmen. Das würde ich gern in den nächsten Wochen in die Wege leiten, damit die Reiter mehr Zeit haben, mit den Pferden zu arbeiten.“

Armand nickte geistesabwesend und fuhr fort, seinen Cognac im Glas zu schwenken. Bennett spürte die vertraute Ungeduld in sich aufsteigen und kämpfte dagegen an. Er wusste sehr wohl, dass die Ställe auf der Prioritätenliste seines Vaters nicht weit oben standen. Wie sollte es auch anders sein bei inneren Angelegenheiten, auswärtigen Angelegenheiten und der sehr heiklen politischen Situation innerhalb des Kronrats?

Trotzdem, konnte das alles sein? Die Pferde machten nicht nur Freude, sondern verschafften auch ein gewisses Ansehen, wenn das Fürstenhaus von Cordina einen der edelsten Ställe Europas besaß. Er selbst sah darin seinen einzigen wirklichen Beitrag zu Familie und Land.

Er hatte für die Ställe ebenso hart gearbeitet wie

jeder Pferdepfleger oder Stallbursche und diese Arbeit niemals für unter seiner Würde betrachtet. Im Laufe der Jahre hatte er alles nur Mögliche über Pferdezucht gelernt. Zu seiner Freude hatte er ein angeborenes Talent dafür bei sich entdeckt und in kurzer Zeit aus einem guten Stall einen der besten gemacht. Noch ein Jahrzehnt, und dieser würde, davon war er überzeugt, seinesgleichen suchen.

Manchmal verspürte Bennett das Bedürfnis, über seine Pferde und seine Ziele mit jemand anders zu sprechen als mit einem Stallarbeiter oder einem weiteren Züchter. Doch er verstand, hatte schon immer verstanden, dass diese Person kaum sein Vater sein konnte.

„Ich nehme an, jetzt ist nicht der richtige Augenblick, darüber zu reden." Bennett trank noch einen kleinen Schluck Cognac und wartete darauf, dass sein Vater ihm offenbarte, was immer ihm durch den Kopf ging.

„Es tut mir Leid, Bennett, das ist es leider wirklich nicht." Als Vater empfand er Bedauern, als Fürst nicht. „Dein Programm für nächste Woche. Kannst du mir Näheres darüber sagen?"

„Eigentlich nicht." Die Unruhe war wieder da. Bennett stand auf und begann, von einem Fenster zum anderen zu gehen. Wie nah das Meer zu sein schien und doch wie weit weg. Für einen Moment wünschte er, wieder auf dem Schiff zu sein, hundert Meilen vom Land entfernt, egal, von welchem, während sich am Horizont ein Sturm zusammenbraute. „Ich weiß, dass ich am Wochenende nach Port Cordina reisen muss. Die ‚Indépendance' läuft ein. Es findet ein Treffen der landwirtschaftlichen Genossenschaft statt, und es gibt eine Reihe von Mittagessen. Cassell nennt mir jeden Morgen die Einzelheiten. Wenn es dir wichtig ist, kann ich von ihm die Höhepunkte für dich aufschreiben lassen. Bestimmt muss ich mindestens ein Band durchschneiden."

Armand beobachtete seinen Sohn genau. „Fühlst du dich eingeengt, Bennett?"

Schulterzuckend kippte Bennett seinen restlichen Cognac hinunter. Dann kehrte das ungezwungene Lächeln auf sein Gesicht zurück. Das Leben war schließlich zu kurz, um sich darüber zu beklagen. „Durch die Bänder, ja. Zumindest alles andere scheint der Mühe wert."

„Unser Volk erwartet von uns mehr, als dass wir es regieren."

Bennett wandte sich vom Fenster ab. Hinter ihm strahlte die Sonne hoch vom Himmel. Was auch immer er sich manchmal im Geheimen wünschte, das Fürstenhaus, in das er hineingeboren worden war, umgab ihn wie ein Deckmantel. „Ich weiß, Papa. Das Problem ist: Ich habe nicht Alexanders

Geduld, Ellas Gelassenheit oder deine Beherrschung."

„All das wirst du bald brauchen." Armand stellte sein Glas ab und sah seinen Sohn an. „Deboque wird in zwei Tagen aus dem Gefängnis entlassen."

Deboque! Allein der Name sorgte dafür, dass sich Bennetts Magen zusammenkrampfte. François Deboque – der Mann, auf dessen Befehl seine Schwester entführt worden war. Der Mann, der Mordanschläge auf Bennetts Vater und Bruder geplant hatte.

Deboque!

Bennett drückte seine Finger auf die Narbe unterhalb seiner linken Schulter. Dort hatte ihn eine Kugel getroffen, und geschossen hatte Deboques Geliebte. Für Deboque, auf dessen Wunsch.

Die Bombe, die vor mehr als zwei Jahren in der Pariser Botschaft hochgegangen war, war für seinen Vater bestimmt gewesen, hatte jedoch Steward getötet, einen loyalen Mitarbeiter, der Frau und drei Kinder hinterlassen hatte. Auch das war Deboques Werk gewesen.

Und in den fast zehn Jahren seit Gabriellas Entführung hatte niemand beweisen können, dass Deobque in die Entführung oder in die Mordpläne verstrickt war. Die besten Detektive Europas, einschließlich Bennetts Schwager, waren angesetzt worden, doch keiner hatte bewiesen, dass der Terrorist Deboque die Fäden zog.

Und nun würde er freikommen.

Bennett zweifelte nicht einen Moment daran, dass Deboque weiterhin auf Rache sann. Die Fürstenfamilie war sein Feind, schon aus dem Grund, weil er seit über einem Jahrzehnt in einem Gefängnis in Cordina festgehalten wurde. Es bestand auch kein Zweifel, dass er während dieses Jahrzehnts weiterhin mit Drogen, Waffen und Mädchen gehandelt hatte.

Es gab keinen Zweifel, und keinen Beweis.

Jetzt würden sie zusätzliche Wächter einsetzen und die Sicherheitsmaßnahmen verschärfen. Interpol würde ihre Arbeit fortsetzen, ebenso das International Security System. Sowohl Interpol als auch das ISS hatten versucht, Deboque wegen Mordes und Verschwörung zum Mord festzunageln. Bis er unter Kontrolle war und die Fäden zu seiner Organisation durchtrennt wurden, schwebten Cordina und das restliche Europa in Gefahr.

Nach dem im Familienkreis eingenommenen Abendessen schlenderte Bennett in den Garten hinaus. Vor Eves neuer Freundin hatten sie nicht offen über ihre Probleme reden können. Lady Hannah hatte nur geantwortet, wenn sie angesprochen worden war, und war mit einem Glas Wein während des ganzen Essens ausgekommen.

Er hätte sie zurück nach England gewünscht, hätte er nicht gesehen, wie gut sie für Eve war. Seine Schwägerin war mit ihrem zweiten Kind im dritten Monat schwanger, und die zusätzliche Belastung eines Gesprächs über Deboque hätte ihr geschadet. Vor zwei Jahren wäre sie beinahe getötet worden, als sie Alexander beschützte. Wenn es Lady Hannah gelang, Eve von Deboque abzulenken, wenn auch nur für ein paar Stunden am Tag, wog das die Unbequemlichkeit auf, sie im Palast zu haben.

Er musste mit Reeve sprechen. Bennett rammte seine Fäuste in die Hosentaschen. Reeve MacGee war mehr als der Mann seiner Schwester. Als Sicherheitschef hatte er bestimmt einige Antworten parat. Und Bennett hatte die Fragen – Dutzende. Es war mehr zu tun, als zusätzliche Wachen aufzustellen. Bennett lehnte es ab, ziellos durch die folgenden Wochen zu gehen, während andere damit beschäftigt waren, ihn und seine Familie zu beschützen.

Leise fluchend sah er zum Himmel hinauf. Er war wolkenlos, der Mond halb voll. Zu einer anderen Zeit hätte es ihn gereizt, hier, umgeben von den Düften des Gartens, diesen Himmel zusammen mit einer Frau zu betrachten. Jetzt, in seiner Frustration, zog er die Einsamkeit vor.

Als er die Hunde bellen hörte, versteifte sich sein ganzer Körper. Er hatte gedacht, allein zu sein, er war sich dessen sogar sicher gewesen. Und seine älter werdenden Hunde bellten niemals Familienmitglieder oder vertrautes Dienstpersonal an. Leise ging Bennett, der schon auf eine Konfrontation hoffte, in die Richtung, aus der das Geräusch kam.

Bennett hörte Lady Hannah lachen, und das überraschte ihn. Das klang nicht ruhig und spröde, sondern voll und amüsiert. Als er sie erblickte, beugte Hannah sich herunter und streichelte die Hunde, die sich an ihre Beine drückten.

„Ihr zwei seid vielleicht schön." Als sie sich noch tiefer beugte, fiel das Mondlicht auf ihr Gesicht und ihren Hals.

Bennett zog die Brauen zusammen. Im Moment wirkte sie alles andere als schlicht und zurückhaltend. Das Mondlicht betonte die Linien ihres Gesichts und ließ die ohnehin dunkelgrünen Augen noch dunkler erscheinen. Er hätte geschworen, Stärke und Leidenschaft zu erkennen. Und er war ein Mann, der beides in einer Frau erspürte. Ihr Lachen erreichte ihn erneut, strahlend wie der Sonnenschein, träge wie der Dunst über dem Meer.

„Nein, ihr dürft nicht hochspringen", mahnte sie, als die Hunde sie umkreisten. „Ihr würdet mich ganz schmutzig machen, und wie sollte ich das dann erklären?“

„Für gewöhnlich ist es am besten, gar nichts zu erklären.“

Sie blickte bei Bennetts Worten unvermittelt auf. Er sah ihre Überraschung, doch als sie sich aufrichtete, war sie die ruhige, unscheinbare Lady Hannah. Er schrieb die Leidenschaft, die zu sehen er geglaubt hatte, einer Täuschung des Lichts zu.

„Guten Abend, Hoheit.“ Hannah verwünschte es, dass sie überrascht worden war.

„Ich wusste nicht, dass jemand im Garten ist.“

„Ich auch nicht.“ Aber sie hätte es wissen müssen. „Ich bitte um Verzeihung.“

„Tun Sie das nicht.“ Er lächelte, damit sie sich entspannte. „Konnten Sie nicht schlafen?“

„Nein, Hoheit. Ich finde nie Ruhe, wenn ich auf Reisen bin.“ Die Hunde hatten sie verlassen und waren zu Bennett gelaufen. Sie beobachtete, wie er sie mit seinen starken Händen streichelte, und sie wusste nur zu gut, dass zahlreiche Damen die gleiche leichte Berührung genossen hatten. „Ich habe die Gärten von meinem Fenster aus gesehen und wollte spazieren gehen“, erklärte sie vorsichtig.

„Ich ziehe die Gärten auch nachts vor. Alles sieht dann anders aus.“ Er betrachtete Hannah eingehend. „Finden Sie nicht?“

„Selbstverständlich.“ Sie verschränkte die

Hände. Er war sagenhaft anzusehen, im Sonnenschein oder im Mondlicht. Die Hunde kamen wieder zu ihr und drückten ihre Nasen an ihre Hände.

„Die Hunde mögen Sie."

„Ich habe immer Tiere geliebt." Als sie die Hunde streichelte, fiel ihm zum ersten Mal auf, dass ihre Hände zart, lang und schlank waren. „Wie heißen sie?"

„Boris und Natasha."

„Passende Namen für russische Wolfshunde."

„Ich habe sie als Welpen bekommen. Und nach Figuren aus einem amerikanischen Zeichentrickfilm benannt. Nach zwei Spionen."

„Nach Spionen, Hoheit?"

„Unbeholfenen russischen Spionen, die ständig hinter einem Elch und einem Eichhörnchen her waren."

Er glaubte, es wieder zu sehen, dieses Aufblitzen von Humor, das ihrem Gesicht etwas Besonderes verlieh. „Aha! Ich war noch nie in Amerika."

„Nein?" Er kam näher, sah jedoch nichts anderes als eine junge Frau mit guter Figur und einem ruhigen Wesen. „Es ist ein faszinierendes Land. Cordina ist eng mit ihm verbunden, seit zwei Mitglieder der Fürstenfamilie Amerikaner geheiratet haben."

„Was bestimmt eine Reihe hoffnungsvoller Europäer enttäuscht hat." Hannah lächelte zaghaft. „Ich habe vor einigen Jahren Prinzessin Gabriella kennen gelernt. Sie ist eine wunderbare Frau."

„Ja, das ist sie. Wissen Sie, ich war ein paar Mal in England. Seltsam, dass wir uns nie getroffen haben."

Hannah erlaubte dem Lächeln zu verweilen. „Aber das haben wir, Hoheit."

„Boris, sitz!" befahl Bennett, als der Hund eine Pfote zu Hannahs Kleid hob. „Sind Sie sicher?"

„Ganz sicher. Aber man kann kaum erwarten, dass Sie sich erinnern. Es war vor einigen Jahren auf einem Wohltätigkeitsball beim Prinzen von Wales. Die Königinmutter hat Sie mir und meiner Cousine Lady Sara vorgestellt. Ich glaube, Sie und Sara haben sich ... angefreundet."

„Sara?" Seine Gedanken wanderten zurück. Sein ohnehin gutes Gedächtnis war tadellos, wenn es um Frauen ging. „Ja, natürlich." Auch wenn er Hannah nur als vagen Schatten neben ihrer sagenhaften Cousine in Erinnerung hatte. „Wie geht es Sara?"

„Sehr gut, Hoheit. Sie ist zum zweiten Mal glücklich verheiratet. Soll ich sie von Ihnen grüßen?"

„Wenn Sie möchten." Er schob seine Hände wieder in die Taschen. „Sie trugen Blau, ein helles Blau, fast schon Weiß."

Hannah zog eine Augenbraue hoch. Niemand

brauchte ihr zu sagen, dass er sie kaum wahrgenommen hatte. „Sie schmeicheln mir, Hoheit."

„Es gehört zu meinen Grundsätzen, nie eine Frau zu vergessen."

„Ja, das glaube ich."

„Mein Ruf eilt mir voraus." Sein Stirnrunzeln wich einem sorglosen Lächeln. „Stört es Sie, allein im Mondschein im Garten zu sein mit ..."

„... dem Playboy-Prinzen?" beendete Hannah den Satz.

„Sie lesen tatsächlich Zeitungen", meinte Bennett.

„Unermüdlich. Aber nein, Hoheit, danke, ich fühle mich sehr wohl."

Er lachte. „Lady Hannah, ich bin selten so treffsicher auf meinen Platz verwiesen worden."

„Tut mir Leid, Hoheit, das war nicht meine Absicht."

„Und ob es das war, und Sie haben es gut gemacht." Er ergriff ihre kühle Hand. „Ich sollte mich dafür entschuldigen, dass ich Sie herausgefordert habe, aber ich werde es nicht tun, da Sie sich offenbar so gut halten. Ich beginne zu verstehen, warum Eve Sie hier haben will."

Hannah hatte schon vor langer Zeit gelernt, jegliche Schuldgefühle abzublocken. Genau das tat sie jetzt. „Ich habe Eve in der kurzen Zeit sehr lieb gewonnen und war über die Gelegenheit erfreut, ein paar Monate in Cordina bleiben zu können. Ich gestehe, ich habe mich schon in die kleine Prinzessin Marissa verliebt."

„Kaum ein Jahr alt, regiert aber schon im Palast." Bennetts Augen nahmen einen sanften Ausdruck an, als er an das erste Kind seines Bruders dachte. „Vielleicht, weil sie Eve so ähnlich sieht."

Hannah entzog ihm ihre Hand. Sie hatte von den Gerüchten gehört, Bennett sei ein wenig, oder vielleicht auch mehr als ein wenig, in die Frau seines Bruders verliebt gewesen. Man brauchte gar kein so guter Beobachter wie sie zu sein, um aus seiner Stimme die Zuneigung herauszuhören. Sie nahm sich vor, es im Gedächtnis zu behalten, ob es ihr später von Nutzen war oder nicht.

„Wenn Sie mich jetzt entschuldigen, Hoheit. Ich sollte in mein Zimmer zurückgehen."

„Es ist noch früh." Er zögerte, sie gehen zu lassen.

„Ich ziehe mich für gewöhnlich früh zurück."

„Ich begleite Sie."

„Machen Sie sich bitte keine Umstände. Ich kenne den Weg. Gute Nacht, Hoheit." Sie verschmolz rasch mit den Schatten, während die Hunde winselten und mit den Schwänzen gegen seine Beine klopften.

Was hat sie nur an sich? fragte sich Bennett, als

er sich bückte, um seine Hunde zu streicheln. Auf den ersten Blick wirkt sie so unauffällig, und doch ... Er wusste es nicht. Aber als er auf den Palast zuging, gefolgt von seinen beiden Hunden, versuchte er, die Antwort darauf zu finden. Wenn es schon zu sonst nichts führte, der Versuch, unter Lady Hannahs ruhige Oberfläche vorzudringen, konnte ihn zumindest von Deboque ablenken.

Hannah wartete nicht, um zu sehen, ob er ihr folgte, sondern ging rasch durch die Gartentür. Sie besaß die angeborene Fähigkeit, sich lautlos zu bewegen, so unauffällig, dass sie in einer Gruppe von drei Leuten leicht unbemerkt blieb. Diese Fähigkeit hatte sie im Laufe der Zeit zu einem wahren Geschick entwickelt, und es war ihr von großem Vorteil.

Geräuschlos stieg sie die Treppe hinauf, ohne sich ein einziges Mal umzusehen. Wenn man überprüfen musste, ob man verfolgt wurde, steckte man bereits in Schwierigkeiten. Einmal in ihrem Zimmer, verschloss sie die Tür und schlüpfte aus ihren praktischen Pumps. Da die Frau, die sie zu sein vorgab, niemals ihre Kleidung verstreut herumliegen lassen würde, hob Hannah die Schuhe auf und stellte sie, mit nur einem kurzen widerwilligen Blick, ordentlich in den Wandschrank.

Während sie kontrollierte, ob die Vorhänge zugezogen waren, streifte sie das unvorteilhafte Cocktailkleid ab.

Sie fand zwar, dass es in den Müll gehörte, hängte es aber dennoch sorgfältig auf einen gepolsterten Bügel.

Da stand sie nun, eine schlanke, kurvenreiche Frau mit zarter, weißer Haut und langen Beinen, in einem knappen, spitzenbesetzten Body. Sie zog die Nadeln aus ihrem Haar und ließ es mit einem Seufzer reinsten Genusses bis zu ihrer Taille fallen.

Jeder, der Lady Hannah Rothchild kannte, wäre von dieser vollständigen Verwandlung verblüfft gewesen, so war ihr diese zweite Rolle, die sie seit fast zehn Jahren spielte, vertraut geworden.

Lady Hannah hatte eine Leidenschaft für Seide und bretonische Spitze, beschränkte sie jedoch auf Nachtwäsche und Dessous. Leinen- und Tweedkleidung passte eher zu dem Bild, das sie mit viel Mühe von sich geschaffen hatte.

Lady Hannah las gern einen seichten Krimi in einem dampfenden Schaumbad. Auf ihren Nachttisch hatte sie jedoch ein Exemplar von Chaucer gelegt und konnte, falls man es von ihr verlangte, eine Hand voll schwer verständlicher Passagen daraus zitieren und darüber diskutieren.

Das alles war kein Fall von gespaltener Persönlichkeit, sondern von Notwendigkeit. Hannah hätte nach einiger gründlicher Überlegung feststellen können, dass sie mit ihren beiden Ichs zufrieden war. Ja, meistens gefiel ihr sogar die unscheinbare, höfliche und angemessen hübsche Hannah besonders gut. Andernfalls hätte sie die praktischen Schuhe niemals über einen längeren Zeitraum ertragen.

Aber es gab noch eine andere Lady Hannah Rothchild, einzige Tochter des Lord Rothchild, Enkeltochter des Earl of Fenton. Diese war nicht ruhig und bescheiden, sondern raffiniert und leichtsinnig. Mehr noch, sie liebte die Gefahr und besaß eine Beobachtungsgabe, mit der sie jedes noch so kleine Detail wahrnahm und es sich ins Gedächtnis einprägte.

Diese beiden Hannah Rothchilds zusammen ergaben eine ausgezeichnete und hoch qualifizierte Agentin.

Hannah öffnete die oberste Schublade ihrer Frisierkommode und nahm einen langen, geschlossenen Kasten heraus. Er enthielt eine Perlenkette, ein Erbstück von ihrer Urgroßmutter, und die dazu passenden Ohrringe, die ihr Vater für sie zu ihrem einundzwanzigsten Geburtstag hatte neu einfassen lassen. In den Schubladen der Schatulle waren noch einige andere, einer Dame ihres Standes angemessene Schmuckstücke aufbewahrt.

Hannah öffnete den doppelten Boden des Kastens, nahm ein Notizbuch heraus, ging damit zu dem Rosenholz-Sekretär und begann, ihren Bericht zu schreiben. Sie war nicht nur zur Erholung in den Garten gegangen. Jetzt kannte sie die ganze Anlage und brauchte sich nicht länger auf Informationen von anderen zu verlassen. Sie zeichnete eine Skizze des Palastes einschließlich der Türen und Fenster, durch die man am leichtesten eindringen konnte. In ein oder zwei Tagen würde sie auch den Zeitplan der Wachen kennen.

Es hatte nur kurze Zeit erfordert, um sich mit Eve anzufreunden und eine Einladung in den Palast von Cordina zu erhalten. Eve vermisste ihre Schwester und ihr Heimatland. Sie hatte eine Freundin gebraucht, mit der sie sprechen konnte.

Hannah unterdrückte ihr schlechtes Gewissen. Ein Job ist ein Job, sagte sie sich. Sie konnte sich durch ihre Zuneigung für Eve einen Plan nicht durchkreuzen lassen, an dem sie vor zwei Jahren zu arbeiten begonnen hatte.

Kopfschüttelnd machte sie sich erste Notizen zu Bennett. Er ist ganz und gar nicht so, wie ich es erwartet habe, dachte Hannah jetzt. Oh, er war so charmant und so attraktiv, wie es in seinem Dossier vermerkt war, aber er hatte der langweiligen Lady Hannah seine Zeit und Aufmerksamkeit gewidmet.

Ein egoistischer Schürzenjäger, rief Hannah sich ins Gedächtnis. Zu diesem Schluss war sie selbst am Ende ihrer Nachforschungen über ihn gekommen.

Vielleicht langweilte er sich ein bisschen und trug sich mit dem Gedanken, sich mit einer verletzlichen, zugänglichen Frau die Zeit zu vertreiben.

Hannah kniff die Augen zusammen und erinnerte sich an sein Lächeln. Ein Mann mit seinem Aussehen, seiner Stellung und Erfahrung verstand es, mit diesem Lächeln oder einem leisen Wort eine Frau jeden Alters und jeden Standes zu bezaubern. Dass er es getan hatte, mit erstaunlicher Regelmäßigkeit, war gut belegt. Vielleicht versuchte er, seiner Krone ein weiteres Juwel hinzuzufügen, indem er sie verführte.

Sie erinnerte sich daran, wie er sie im Mondschein angesehen hatte, wie sein Blick sanft geworden war, als sie mit ihm herumgeplänkelt hatte. Seine Hand war fest und kräftig gewesen, als er ihre Hände nahm – die Hand eines Mannes, der mehr tat, als seinem Volk hoheitsvoll zuzuwinken.

Nachdenklich klopfte sie mit dem Stift auf das Buch. Nein, eine Romanze mit Bennett würde nur zu Komplikationen führen, wie vorteilhaft sie auf lange Sicht auch sein mochte. Sie würde den Blick gesenkt und die Hände verschränkt halten.

Sorgfältig versteckte Hannah das Notizbuch und setzte den doppelten Boden wieder ein. Sie verschloss den Kasten, ließ ihn jedoch für jeden sichtbar, der ihre Frisierkommode durchsuchen sollte.

Ich bin hereingekommen, sagte sie sich in gespannter Erwartung und sah sich im Raum um.

Wenn Deboque in zwei Tagen aus dem Gefängnis entlassen wurde, sollte er mit ihr sehr zufrieden sein.

## 2. KAPITEL

„Ach, Hannah, ich bin so froh, dass du für eine Weile hier bist." Bei ihrer Freundin untergehakt, ging Eve hinter die Theaterbühne. „Seit du hier bist, findet Alex es nicht mehr nötig, mich zu verwöhnen. Er hält dich für so vernünftig."

„Ich bin vernünftig."

Eve lachte leise. „Ich weiß, aber du sagst mir nicht ständig, dass ich mich hinsetzen und die Beine hochlegen soll."

„Männer betrachten Schwangerschaft und Geburt manchmal als traumatische Krankheit und nicht als Tatsache des Lebens."

„Genauso ist es." Eve zog Hannah in ihr Büro. Da Gabriella so oft in Amerika war und ihre eigene Schwester selten zu Besuch kam, hatte Eve sich nach einer anderen Frau gesehnt. „Alex wartet ständig darauf, dass ich in Ohnmacht falle oder mich über Gebühr errege. Dabei habe ich mich in meinem Leben nie besser gefühlt, höchstens als ich mit Marissa schwanger war."

Eve schleuderte ihre dunklen Haare zurück und lehnte sich an die Schreibtischkante. Hier konnte sie wenigstens noch ein wenig Privatleben beanspruchen, das sie aufgegeben hatte, als sie einen Prinzen heiratete.

„Wärst du nicht gekommen, hätte ich ihn mit Klauen und Zähnen bekämpfen müssen, um weiter arbeiten zu können. Er hat nur zugestimmt, weil er denkt, du würdest mich scharf im Auge behalten, während er beschäftigt ist."

„Dann werde ich ihn nicht enttäuschen." Hannah sah sich unauffällig in dem Büro um. Kein Fenster, kein anderer Zugang von außen. Lächelnd wählte sie einen Stuhl und zog ihn zu sich heran. „Weißt du, Eve, ich bewundere dich wirklich. Das Zentrum der Schönen Künste hatte schon immer einen guten Ruf, aber seit du hier angefangen hast, ist dieses Theater zu einem der wichtigsten von Europa geworden."

„Das habe ich mir immer gewünscht." Eve betrachtete ihren mit Diamanten besetzten Ehering. Selbst nach zwei Jahren erstaunte es sie noch, ihn zu sehen. „Weißt du, Hannah, manchmal habe ich morgens fast Angst vor dem Erwachen, weil ich dann herausfinden könnte, dass alles nur ein Traum war. Dann sehe ich Alex und Marissa und denke, dass sie mir gehören. Wirklich mir." Ihre Augen nahmen einen betrübten Ausdruck an vor Angst und Entschlossenheit. „Ich werde nicht zulassen, dass etwas oder jemand sie verletzt."

„Das wird niemand tun." Eves Gedanken waren bei Deboque, wie Hannah vermutete. „Das hat nichts mit Verwöhnen zu tun, aber ich denke, wir könnten etwas Tee vertragen, und dann kannst du mir zeigen, was ich hier tun kann."

Eve zwang ihre Gedanken in die Realität zurück. Albträume von Deboque, einem Mann, den sie nie gesehen hatte, plagten sie fortwährend. „Tee ist eine wunderbare Idee, aber ich habe dich nicht zum Arbeiten ins Zentrum gebracht. Ich dachte, du wolltest es sehen."

„Eve, du müsstest doch besser als alle anderen verstehen, dass ich eine Tätigkeit brauche, sonst langweile ich mich."

„Aber ich hatte gehofft, dein Aufenthalt hier wäre für dich ein Urlaub."

Hannahs schlechtes Gewissen schimmerte ein wenig durch. „Manche Menschen sind nicht für Urlaub geschaffen."

„Na schön, dann könntest du dir mit mir eine oder zwei Stunden die Proben ansehen und mir deine ehrliche Meinung dazu sagen."

„Sehr gern."

„Großartig. Ich mache mir wegen der Premiere Sorgen. Wir haben nur noch zwei Wochen Vorbereitungszeit, und ich hatte nichts als Probleme mit diesem Bühnenautor."

„Ach, wer ist es denn?"

Eve stand auf und atmete tief durch. „Ich."

Hannah trank ihren Tee und hielt sich im Hintergrund. Es dauerte nicht lange, bis sie herausfand, dass Eve nicht nur als Ehefrau des Thronerben respektiert wurde, sondern auch wegen ihrer Kenntnisse über das Theater. Sie bemerkte auch, dass unauffällige Wächter ständig in der Nähe waren. Wenn sich die Prinzessin im Theater aufhielt, wurden alle Eingänge blockiert. Hannah war auch bekannt, dass eine Spezialeinheit täglich das Theater nach Bomben durchsuchte.

Hannah betrachtete die Schauspieler. Jeder Einzelne besaß einen guten Ruf am Theater und hatte eine komplette Sicherheitsüberprüfung durchlaufen.

Und doch war es ein Schauspieler gewesen – Russ Talbot –, der vor zwei Jahren beinahe Deboques Racheakt ausgeführt hätte. Hannah konnte die Möglichkeit nicht außer Acht lassen, dass vielleicht außer ihr noch jemand eingeschleust worden war. Deboque war dafür bekannt, dass er sich absicherte.

„Sie ist wunderbar, nicht wahr?"

Hannah sah Eve aufgeschreckt an. „Wie bitte?"

„Chantel O'Hurley. Sie ist ausgezeichnet." Eve lehnte sich auf die Rückenlehne vor ihr. „Sie tritt nur selten auf einer Bühne auf. Wir haben Glück, dass sie hier ist. Du hast sicher ihre Filme in England gesehen."

„Ja." Hannah schenkte ihre volle Aufmerksamkeit der kurvenreichen Blondine auf der Bühne.

Chantel O'Hurley.

Hannah rief sich alles ins Gedächtnis zurück, das sie über die Schauspielerin in den Unterlagen gelesen hatte: sechsundzwanzig, amerikanischer Filmstar, Wohnort Beverly Hills, Tochter von Frances und Margaret O'Hurley, herumziehenden Entertainern. Schwestern Abigail und Madelaine. Bruder Trace.

Hannah zog die Brauen zusammen, während sie die Schauspieler weiterhin beobachtete. Sie besaß vollständige Hintergrundinformationen über die gesamte Familie O'Hurley, ausgenommen den Bruder. Da waren ihre Quellen versiegt. Auf jeden Fall war Chantel O'Hurley eine talentierte Schauspielerin mit einer beeindruckenden Liste von Filmrollen und keinen bekannten Verbindungen zu irgendeiner politischen Gruppe. Dennoch wollte Hannah sie im Auge behalten.

„Sie trifft den Kern der Sache", sagte Eve. „Ich hatte das Stück beendet und mir gerade vorgenommen, es zu inszenieren, als ich sie in ihrem letzten Film sah. Ich wusste sofort, dass sie eine perfekte Julia wäre." Tief aufseufzend lehnte Eve sich wieder so lässig zurück, wie es sich für eine Prinzessin nicht schickte. „Ich kann es noch immer nicht glauben, dass sie hier ist und meinen Text spricht. Es gibt keine Emotion, die diese Stimme nicht hervorzaubern kann."

„Bestimmt fühlt sie sich geehrt, in einem Stück aufzutreten, das von Prinzessin Eve von Cordina geschrieben und inszeniert wurde.“

Lachend schüttelte Eve den Kopf. „Wäre das Stück schlecht, hätte ich die Kaiserin von Europa sein können, und Chantel hätte die Rolle nicht übernommen.“

„Ein Mitglied der Fürstenfamilie schreibt keine schlechten Stücke.“

Beim Klang der Stimme hinter ihr sprang Eve auf und streckte die Arme aus. „Alexander! Was machst du hier?“

„Ich habe ebenfalls gewisse Interessen am Zentrum.“ Er küsste ihre Hand, bevor er sich an Hannah wandte. „Bitte, setzen Sie sich. Ich wollte Sie nicht stören.“

„Nein.“ Eve seufzte und warf einen Blick zur Bühne, auf der die Probe weiterging. „Du wolltest mich kontrollieren.“

Das stimmte natürlich, doch Alexander zuckte nur die Schultern. In dem schwachen Licht sah Hannah, wie sein Blick über den Kopf seiner Frau hinweg zu den Wächtern schweifte, die an mehreren strategischen Punkten aufgestellt waren. „Du vergisst, meine Liebe, dass ich noch immer Präsident des Zentrums bin. Darüber hinaus wird das Stück meiner Frau geprobt. Daran bin ich ebenfalls ein wenig interessiert.“

„Und du wolltest dich vergewissern, dass ich nicht zu lange auf den Beinen bleibe." Liebe durchbrach die Frustration. Eve stellte sich auf die Zehenspitzen und küsste ihn.

„Da ich schon gestört habe", sagte Alexander, „hoffe ich, dich überreden zu können, dass du dich meinem Mittagessen mit dem amerikanischen Senator anschließt."

Eve strahlte vor Freude. „Lass mir fünf Minuten Zeit, um meine Sachen zu holen. Hannah, kommst du mit uns?"

„Wenn es dir nichts ausmacht, möchte ich lieber hier bleiben und mir die restliche Probe ansehen."

Ihre Gedanken jagten schon voraus. Sobald sie allein war, konnte sie das Gebäude auf Schwachstellen hin untersuchen.

„Natürlich, bleib, so lange du möchtest." Eve beugte sich hinunter und küsste sie auf die Wange. „Wir stellen vor dem Bühneneingang einen Wagen für dich bereit. Fünf Minuten", wiederholte sie an Alex gewandt, bevor sie losstürmte.

„Wie finden Sie das Stück?" fragte Alexander Hannah, als er sich neben sie setzte.

„Ich bin wohl kaum eine Expertin in Theaterfragen, Hoheit."

„Nennen Sie mich privat bitte Alexander."

„Danke", antwortete sie leise und wusste, nur wenigen wurde diese Vertraulichkeit zuteil. „Die

Dialoge sind von einer solchen Eindringlichkeit und Direktheit, dass man sich tief in die Charaktere hineinversetzt. Ich kenne den Schluss nicht, hoffe jedoch sehr, Julia setzt sich am Ende durch, obwohl ich befürchte, sie wird es nicht tun."

„Das würde Eve gerne hören. Das Stück – und andere Dinge – machen sie im Augenblick sehr nervös."

„Sie sind um sie besorgt." In einer spontanen Geste legte Hannah die Hand auf seine. „Eve ist eine starke Frau."

„Das weiß ich, besser als die meisten." Aber niemals würde er vergessen können, wie sich ihr Körper in seinen Armen versteifte und dann zusammensackte, nachdem die Kugel sie getroffen hatte. „Ich habe Ihnen noch nicht gesagt, wie dankbar ich Ihnen bin, dass Sie hier bei ihr sind. Sie braucht diese Freundschaft. Ich habe ihr Leben verändert, vielleicht aus egoistischen Gründen, weil ich mir meines ohne sie nicht mehr vorstellen kann. Nun will ich alles tun, damit sie das Gefühl hat, ein normales Leben zu führen. Sie kennen die Verpflichtungen eines Fürstenhauses. Die Einschränkungen. Selbst die Gefahren."

„Ja." Hannah ließ ihre Hand noch einen Augenblick auf seiner ruhen, bevor sie sie zurückzog. „Und ich erkenne eine glückliche Frau, wenn ich sie sehe."

Als er sich ihr nun zuwandte, fiel Hannah die starke Ähnlichkeit mit seinem Vater auf. Das schmale Gesicht, die aristokratischen Züge, der entschlossene Mund. „Danke, Hannah. Ich denke, Sie sind für uns alle gut."

„Das hoffe ich." Sie sah wieder zur Bühne, auf die Schauspieler. „Das hoffe ich sehr."

Hannah sah noch eine halbe Stunde zu. Ja, das Stück war gut, sogar packend, aber sie hatte ein anderes Spiel auszuführen.

Lady Hannah war bereits als Vertraute und Begleiterin der Prinzessin bekannt, und da Fürst Armand ihr selbst vertraute, wurde sie von keinem der Wächter verfolgt, als sie aufstand und durch eine Seitentür hinausglitt.

In einem Lippenstift in ihrer Handtasche war eine Miniaturkamera eingebaut, die sie jetzt jedoch nicht benutzte. Sie verließ sich in erster Linie auf ihre Beobachtungsgabe und erst in zweiter Linie auf technische Hilfsmittel.

Ein Gebäude von der Größe des Zentrums war schwer abzusichern. Es gab Wärmesensoren und versteckte Kameras. Die Sensoren wurden allerdings nur aktiviert, wenn das Zentrum geschlossen war.

Mitglieder der Theatertruppe mussten am Eingang Sicherheitsausweise vorlegen. Am Abend einer Vorstellung jedoch wurde zum Preis eines Tickets Eintritt gewährt. Noch ein Tag, und Deboque wurde entlassen.

Sie zeichnete in Gedanken einen Grundriss, ehe sie sich den Garderoben zuwandte. Kannte der Wächter an der Tür jedermann nach dem Aussehen? Wie leicht konnte einer der Techniker ersetzt werden. An jedem Pass war zwar ein Foto befestigt, doch mit Make-up und Haarteilen konnte das Aussehen leicht verändert werden.

Einmal im Theater, konnte man leicht untertauchen. Wenn ein Mann des Sicherheitsdienstes sich bestechen oder ersetzen ließ, umso besser.

Ja, das wollte sie in ihren Bericht schreiben, zusammen mit der Tatsache, dass niemand ihre Handtasche überprüft hatte. Eine kleine Bombe konnte leicht eingeschmuggelt und versteckt werden.

Von den Garderoben ging Hannah in den Probesaal mit seinen Spiegelwänden. Leicht erschrocken blickte sie auf ihr Spiegelbild, das ihr von allen Seiten reflektiert wurde. Dann, wie schon im Garten, stieß sie ein leises Lachen aus.

O Hannah, dachte sie, wie schrecklich langweilig du aussiehst. Sie drehte sich zur Seite und schüttelte den Kopf. Nein, Kastanienbraun ist nicht deine Farbe, sagte sie sich im Stillen. Und in der hochgeschlossenen Jacke mit dem breiten Gürtel sah sie unattraktiv dünn aus. Der Rock reichte bis weit über die Knie, um ihre Beine zu verbergen. Das Haar hatte sie straff zu einem Zopf geflochten und diesen im Nacken zusammengefasst.

Besser hätte sie sich nicht tarnen können. Als Kind war sie zu dünn gewesen, hatte widerspenstiges Haar und ständig aufgeschrammte Knie gehabt. Schon damals hatte sie hervorstehende Wangenknochen, die in dem jungen Gesicht jedoch kantig wirkten.

Als die anderen Mädchen dann erblühten und Rundungen bekamen, blieb Hannahs Körper hartnäckig gerade. Sie war ein intelligentes, sportliches und fröhliches Mädchen. Die Jungen klopften ihr auf den Rücken und nannten sie einen guten Kumpel. Aber sie waren nicht daran interessiert, mit ihr tanzen zu gehen.

Sie lernte reiten, schwimmen, Tontauben schießen und traf aus hundert Schritt Entfernung ins Schwarze, aber sie hatte keine Verabredungen.

Sie lernte Russisch und Französisch und genug Kantonesisch, um selbst ihren Vater zu überraschen, doch zu ihrem Abschlussball ging sie allein.

Als sie zwanzig wurde, veränderte sich ihr Körper, aber Hannah verbarg ihre späte Reife zur Frau unter langweiligen Kleidern. Sie hatte sich schon ihren Lebensweg ausgesucht. Schönheit lenkte die Aufmerksamkeit auf sich, und auf ihrem Gebiet war es immer am besten, sich unbemerkt voranzubewegen.

Jetzt sah sie sich das Ergebnis in der Spiegelwand an und war zufrieden. Kein Mann würde sie begehren. Es lag in der menschlichen Natur, die körperliche Hülle zu betrachten und dabei Gefühle zu entwickeln, lange bevor man zum Intellekt und zur Seele vordrang. Keine Frau würde sie beneiden. Langweilig zu sein bedeutete, sicher zu sein.

Niemand würde eine einfache, weltfremde Frau mit ausgezeichneter Erziehung und guten gesellschaftlichen Umgangsformen der Täuschung oder Gewaltanwendung verdächtigen. Nur einige wenige Auserwählte wussten, dass die Frau hinter dieser Fassade zu beidem fähig war.

Aus einem Grund, den sie nicht benennen konnte, bewirkte dieser Gedanke, dass sie sich von ihrem Spiegelbild abwandte. Täuschung hatte sie ihr ganzes Erwachsenenleben lang begleitet. Und doch wurde sie die Schuldgefühle niemals ganz los, die sie immer dann befielen, wenn Eve in ihr die Freundin sah.

Ich tue meine Arbeit, rief Hannah sich ins Gedächtnis. Beziehungen und Affären sind verboten. So lautete die erste und wichtigste Spielregel. Sie konnte es sich nicht leisten, Eve zu mögen, ja, etwas anderes in ihr zu sehen als ein politisches

Symbol. Wenn sie es tat, riskierte sie, alles zu verlieren, was sie sich hart erarbeitet hatte.

Auch der Neid muss verschwinden, sagte sich Hannah. Es war ein gefährlicher Fehler, sich zu erlauben, das Liebesverhältnis zwischen dem Prinzen und Eve anzusehen und sich etwas Ähnliches für sich selbst zu wünschen. In Ihrem Beruf gab es keinen Platz für die Liebe. Es gab nur Ziele, Verpflichtungen und Gefahren.

Für sie würde es keinen Prinzen geben, weder einen fürstlichen noch sonst irgendeinen.

Aber ehe sie es verhindern konnte, richteten sich ihre Gedanken auf Bennett und auf sein Lächeln in jener Mondnacht.

Närrin, schalt sie sich und begann, einige lose Haarnadeln festzustecken. Er war der letzte Mensch, an den sie so persönlich denken sollte. Wenn schon aus keinem anderen Grund, dann wegen seines Dossiers und der erstaunlichen Liste von Frauen, die bereits zu seinem Leben gehört hatten.

Benutze ihn, ganz selbstverständlich, sagte ihr der Verstand. Aber sieh in ihm niemals mehr als ein Mittel zum Zweck. Romantische Fantasien hatten bei ihr mit sechzehn aufgehört. Zehn Jahre später, mitten in ihrer schwierigsten Aufgabe, war wohl kaum die Zeit, sie erneut zu beflügeln. Sie täte gut daran, nicht zu vergessen, dass die steife, anständige

Lady Hannah Seine Königliche Hoheit Prinz Bennett von Cordina niemals in einem romantischen Licht sehen würde.

Aber die Frau in ihr geriet ins Träumen und wehrte sich gegen die Beschränkungen, die sie sich selbst auferlegt hatte.

Hannah drehte sich um, um noch einmal in die Spiegel zu sehen, da hörte sie Schritte.

Sofort alarmiert, senkte sie den Blick und verließ den Raum.

„Ah, hier sind Sie."

Beim Klang von Bennetts Stimme murmelte Hannah in Gedanken eine Verwünschung. „Hoheit."

„Unternehmen Sie eine große Besichtigungstour?" Er fragte sich, warum sie schlicht wie eine altjüngferliche Tante aussah und ihn dennoch interessierte.

„Ja, ich hoffe, das geht in Ordnung."

„Natürlich." Er griff nach ihrer Hand. Irgendetwas war in ihren Augen ... oder vielleicht in ihrer Stimme. „Ich hatte etwas in der Stadt zu erledigen. Alexander schlug vor, ich sollte vorbeikommen und nachsehen, ob Sie bereit sind, zurückzufahren."

„Das ist sehr freundlich von Ihnen." Ach, und wie viel lieber sie einen schweigsamen, anonymen Fahrer gehabt hätte, bei dem es ihr möglich gewesen wäre, auf der Rückfahrt ihren Bericht zu ergänzen.

Er ergriff sanft Hannahs Arm und führte sie durch den Korridor. „Wenn Sie länger in Eves Nähe bleiben, wird sie noch irgendeine Aufgabe für Sie finden. Was mich angeht, sind es meistens Kartons, die transportiert werden müssen. Schwere Kartons."

Lachend warf Hannah ihm einen Seitenblick zu. „Das ist einer der besten Verwendungszwecke, die eine Frau für einen Mann finden kann."

„Ich begreife, weshalb Eve Sie mag." Er war nur hergekommen, um seiner Schwägerin einen Gefallen zu erweisen, doch nun freute er sich darüber. Abgesehen von der äußeren Erscheinung, war Lady Hannah alles andere als farblos. Vielleicht zum ersten Mal in seinem Leben begann Bennett, unter die Oberfläche zu blicken. „Haben Sie schon viel von Cordina gesehen, Hannah?" fragte er freundlich.

Sie registrierte, dass er ihren Titel weggelassen hatte, ließ es jedoch durchgehen. „Bisher nur wenig. Sobald ich mit Eves Tagesablauf besser vertraut bin, möchte ich mich ein wenig umsehen. Ich habe gehört, dass Ihr Museum einige ausgezeichnete Ausstellungen bietet."

Er war nicht an Ausstellungen interessiert, sondern an ihr. „Mögen Sie das Wasser?"

„Natürlich. Die Seeluft ist der Gesundheit sehr bekömmlich."

Lachend blieb Bennett auf den obersten Stufen stehen. „Aber mögen Sie es?"

Er besaß ein seltsames Talent, eine Frau zu betrachten, als würde er sie zum ersten Mal sehen. Und als würde ihm das etwas bedeuten. Trotz ihres Trainings beschleunigte sich Hannahs Puls. „Ja. Meine Großmutter besitzt ein Anwesen in Cornwall. Ich habe als Mädchen ein paar Sommer dort verbracht."

Wie sie wohl aussah, wenn sie ihr Haar frei fallen ließ und die Meeresbrise damit spielte? „Ich muss in zwei Tagen nach Port Cordina. Die Fahrt führt an der Küste entlang. Begleiten Sie mich!"

Hätte er sie aufgefordert, mit ihm in einem Lagerraum zu verschwinden und zu schmusen, wäre sie nicht überraschter gewesen. Überraschung verwandelte sich rasch in Vorsicht, Vorsicht in Berechnung. Doch darunter verspürte sie Freude darüber, dass er ihre Gesellschaft wünschte. Es war eine Freude, die ihr Sorge bereitete.

„Sehr freundlich von Ihnen, Hoheit, aber Eve hat vielleicht schon Pläne."

„Dann stimmen wir uns zuerst mit ihr ab." Er freute sich schon darauf, mit ihr ein paar Stunden fernab vom Palast zu verbringen. Vielleicht war es die Herausforderung, unter dieses spröde Äußere vorzudringen und herauszufinden, was darunter lag. „Möchten Sie denn mitfahren?"

„Ja, gern." Hannah redete sich ein, dass sie es wollte, um festzustellen, wie die Sicherheitsmaßnahmen fern vom Palast und der Hauptstadt funktionierten. Doch die Wahrheit war so einfach wie ihre Antwort. Sie wollte mitfahren.

„Gut. Dann regle ich das, und Sie können zusammen mit mir die lange und wortreiche Begrüßungszeremonie über sich ergehen lassen."

„Sie langweilen sich wohl nicht gern allein?"

Lachend ergriff er wieder ihre Hand. „Ja, ich begreife sehr genau, warum Eve Sie zu uns geholt hat." Ihre Hand war nur noch einen Zentimeter von seinen Lippen entfernt, als von unten Stimmen hörbar wurden. Mehr als nur ein wenig verärgert, blickte Bennett hinunter und entdeckte Chantel.

„Der Zorn muss sich zeigen", behauptete sie gerade und ging so schnell, dass der Regisseur größere Schritte machen musste. „Julia ist keine passive Frau. Sie verbirgt ihre Gefühle nicht, ungeachtet der Folgen. Verdammt, Maurice, ich mache das schon dezent. Ich verstehe etwas von meiner Arbeit."

„Natürlich, das stelle ich auch nicht infrage. Es ist nur einfach so, dass ..."

„Mademoiselle." Bennett blickte vom oberen Ende der Treppe hinunter, und Hannah konnte aus nächster Nähe beobachten, wie er eine wirklich schöne Frau ansah.

Chantel strich ihr hellblondes Haar zurück und legte den Kopf in den Nacken. Selbst eine so leidenschaftslose Beobachterin wie Hannah musste einräumen, dass nur wenige Frauen eine solche Kombination von Glamour, Schönheit und Sexualität für sich beanspruchen konnten. Chantel lächelte. Das Lächeln erreichte ihre dunklen, verträumt blickenden blauen Augen.

„Hoheit", sagte sie mit ihrer volltönenden, rauchigen Stimme, während sie einen formellen Knicks ausführte. Sie kam die Treppe herauf, und Bennett ging hinunter. In der Mitte blieben sie stehen. Chantel berührte seine Wange, bevor sie ihn für einen ausgedehnten Kuss an sich zog. Hannah biss die Zähne zusammen. „Es ist schon so lange her."

„Zu lange." Bennett ergriff ihre Hand mit beiden Händen. „Sie sind schöner als je zuvor. Es ist erstaunlich."

„Das sind die Gene", behauptete Chantel und lächelte ihn an. „Mein Güte, Bennett, was sind Sie doch für ein schöner Mann. Wäre ich keine Zynikerin, würde ich Ihnen einen Heiratsantrag machen."

„Hätte ich keine Angst vor Ihnen, würde ich ihn annehmen." Sie umarmten einander mit der Ungezwungenheit alter Freunde. „Chantel, es ist schön, Sie wiederzusehen. Eve war vor Freude ganz aus dem Häuschen, als Sie die Rolle übernahmen."

„Es ist ein gutes Stück." Chantel zuckte lässig die Schultern. „Auch wenn ich Sie verehre, wäre ich nicht so weit gekommen, um eine Rolle in einem Flop zu übernehmen. Ihre Schwägerin ist eine talentierte Frau." Chantel warf einen Blick über die Schulter auf den Regisseur, der respektvoll am unteren Ende der Treppe wartete. „Sie könnten ihr gegenüber erwähnen, dass ich um die Integrität ihrer Julia kämpfe." Als sie sich umwandte, entdeckte sie Hannah auf dem oberen Absatz. „Eine Freundin von Ihnen?"

Bennett schaute zurück und streckte eine Hand aus. „Hannah, kommen Sie, und lernen Sie die unvergleichliche Chantel kennen!"

Ihre steifen Bewegungen passten zu ihrer Rolle, redete Hannah sich ein, als sie die Stufen hinunterstieg. Alle nicht beachtenswerten Frauen verkrampften sich, wenn ihnen große Schönheit entgegenschlug. Sie blieb auf der Stufe neben Bennett stehen, hielt jedoch fast einen halben Meter Abstand zu ihm.

„Lady Hannah Rothchild, Chantel O'Hurley."

„Sehr erfreut." Formell und steif streckte Hannah die Hand aus. Chantel machte ein ausdrucksloses Gesicht, als sie danach griff.

„Ganz meinerseits."

„Lady Hannah leistet Eve für ein paar Monate Gesellschaft."

„Wie nett. Cordina ist ein schönes Land. Es wird Ihnen hier sicher gefallen."

„Ja, das tut es bereits. Mir hat auch Ihre Probe gefallen."

„Danke, aber wir haben noch viel vor uns." Chantel wandte sich an Bennett. „Ich muss los. Versuchen Sie, etwas Zeit für mich zu finden."

„Natürlich. Sie kommen am Samstag mit den übrigen Schauspielern zum Diner?"

„Als ob ich das verpassen wollte. Ich sehe Sie dann da, Lady Hannah."

„Auf Wiedersehen, Miss O'Hurley."

Nachdem sie Bennett kurz die Wange getätschelt hatte, stieg Chantel die Treppe wieder hinunter und ließ den Regisseur hinter sich herlaufen.

„Sie ist schon eine beachtliche Frau."

„Ja, sie ist sehr schön."

„Das auch." Ohne sie anzusehen, ergriff Bennett erneut Hannahs Arm. „Ich habe immer ihre Willenskraft und ihren Ehrgeiz bewundert. Sie ist entschlossen, die Beste zu sein, und sie hat keine Angst, dafür zu arbeiten. Jedes Mal, wenn ich sie auf der Leinwand sehe, ist es atemberaubend."

„Sie bewundern Ehrgeiz, Hoheit?"

„Ohne ihn verändert sich nichts, weder zum Guten noch zum Schlechten."

„Manche Männer finden Ehrgeiz bei einer Frau noch immer unschön oder zumindest unangenehm."

„Manche Männer sind Idioten."

„Da stimme ich Ihnen absolut zu", bemerkte Hannah trocken.

Er zog eine Augenbraue hoch. „Wieso bin ich nie ganz sicher, ob Sie mich beleidigen oder nicht, Hannah?"

„Ich bitte um Verzeihung, Hoheit, aber ich habe Ihnen lediglich Recht gegeben."

Er blieb erneut stehen. Von der Bühne drang Stimmengemurmel zu ihnen herüber, doch der Korridor war leer. Bennett legte eine Hand an ihr Kinn, ignorierte ihr Zusammenzucken und betrachtete ihr Gesicht. „Hannah, wann immer ich Sie anschaue, habe ich den Eindruck, dass hinter Ihrem Erscheinungsbild mehr steckt, als es den Anschein hat."

Sie fühlte sich plötzlich alarmiert. Ihr Gesicht wurde einen Schein blasser. „Ich weiß nicht, was Sie meinen."

„Ich stelle Überlegungen an." Er strich mit dem Daumen über ihr Kinn, dann unmittelbar darunter, wo die Haut noch weicher war und warm. „Ja, ich stelle mehr Überlegungen über Sie an, als ich sollte, Hannah. Haben Sie darauf eine Antwort?"

Die goldgelben Stellen in seinen Augen verwandelten das schlichte Braun zu einem bestrickenden Bernsteinbraun. Er besaß den Mund eines Poeten und die Hände eines Bauern. Hannah fragte sich, wie es möglich war, diese beiden miteinander zu verbinden, während ihr sonst so ruhiges Herz heftig zu schlagen begann.

„Hoheit ..."

„Haben Sie eine Antwort, Hannah?"

Er sah, wie sie leicht den Mund öffnete. Seltsam, er hatte vorher noch gar nicht bemerkt, wie attraktiv ihr Mund war – sanft, nur etwas breit und auch ohne Kosmetika schön geformt.

Sie musste hier und jetzt dem allen ein Ende bereiten. Ein in ihr aufkommendes Verlangen konnte nur zerstörerisch wirken. „Nein, Hoheit. Ich kann dazu nur sagen, dass Männer oftmals von einer Frau bezaubert werden, einfach weil diese Frau so anders ist als alles, woran sie gewöhnt sind."

„Das werden wir noch sehen." Er wich zurück, obwohl ihn das eine überraschende Anstrengung kostete. „Ich bringe Sie jetzt zurück, Hannah, und dann denken wir beide ein wenig darüber nach."

## 3. KAPITEL

Hannah konnte sich innerhalb des Palastes völlig frei bewegen. Als Gast der Fürstenfamilie erhielt sie ihre eigenen Wächter, betrachtete sie jedoch nur als Unbequemlichkeit. Für jemanden mit ihren Talenten war es eine Kleinigkeit, die Wächter in dem Glauben zu lassen, sie wäre in ihren Räumen gut aufgehoben, während sie ganz woanders war. Die Überwachung machte es allerdings schwierig, ihre Kontaktperson außerhalb des Palastes zu treffen.

Die Palasttelefone kamen nicht infrage. Zu viele Nebenstellen waren ein zu großes Risiko. Sie hatte kurz daran gedacht, einen Sender einzuschmuggeln, hatte den Einfall jedoch verworfen. Sender konnten angepeilt werden. Sie hatte nicht zwei Jahre ihres Lebens dafür eingesetzt, so weit zu kommen, um dann alles durch irgendeine elektronische Pleite zu zerstören. Außerdem zog sie es vor, so wichtige Treffen nur von Angesicht zu Angesicht abzuwickeln.

Zwei Tage nach ihrer Ankunft in Cordina gab sie einen Brief zur Post. Er war an eine alte Freundin der Familie in Sussex adressiert, die nicht existierte. Empfänger war einer von Deboques vielen Helfern in Europa. Falls der Brief abgefangen und geöffnet wurde, fand der Leser nichts Interessanteres als einen geschwätzigen Bericht über Cordina und das Wetter.

Sobald der Brief am Bestimmungsort entschlüsselt wurde, las er sich schon ganz anders. Hannah hatte ihren Namen und ihren Rang innerhalb der Organisation genannt und ein Treffen unter genauer Angabe von Zeit, Datum und Ort verlangt. Die Information würde an die Kontaktperson in Cordina zurückgeleitet werden. Sie brauchte nur noch an den Treffpunkt zu gelangen.

Hannah rechnete mit einer Woche. Dann konnte sie endlich richtig mit dem beginnen, was sie vor so langer Zeit in die Wege geleitet hatte. In der Zwischenzeit hatte sie viel zu erledigen.

Prinzessin Gabriella und ihre Familie waren an diesem Abend im Palast zu Besuch. Das Personal befand sich schon die meiste Zeit des Tages in Aufruhr, vermutlich, weil die Kinder erwartet wurden.

Hannah hatte gehört, dass die unschätzbare Sammlung von Fabergé-Eiern außer Reichweite gebracht werden musste.

Sie selbst verbrachte den Tag ziemlich ruhig, besuchte Eve und Marissa im Kinderzimmer, aß mit mehreren Mitgliedern der Historischen Gesellschaft zu Mittag und erforschte in den trägen Nachmittagsstunden die Keller nach Schwachstellen.

Jetzt legte sie ihre Perlen an und bereitete sich darauf vor, zu der Fürstenfamilie im Großen Salon zu stoßen. Es würde interessant sein, sie alle zusammen zu sehen. Auf diese Weise konnte sie die Beziehungen der Leute untereinander sowie die einzelnen Personen studieren. Bevor allzu viel Zeit verstrich, musste sie jeden Einzelnen so gut kennen wie sich selbst. Ein Fehler, eine Fehleinschätzung, und alles konnte verloren sein.

„Komm zurück, du kleiner Teufel!"

Hannah hörte ein lautes Lachen, ein Poltern, dann hastig laufende Füße. Bevor sie die Tür öffnen konnte, um nachzusehen, flog sie auf. Ein kleiner Junge mit einem dunklen Haarschopf stürmte herein. Er zeigte ihr mit seinem erstaunlichen Lächeln mehr als eine Zahnlücke, ehe er unter ihr Bett flitzte.

„Verraten Sie mich nicht, bitte!" Seine Stimme wurde von der herunterhängenden Bettdecke erstickt, bevor er völlig verschwand.

„Haben Sie einen kleinen Jungen mit erbärmlichen Manieren gesehen?" fragte Bennett von der Tür her.

„Ich ... nun ... nein." Sie verschränkte die Hände. „Ich habe jemanden vorbeilaufen hören. Was wollen Sie ..."

„Danke. Wenn Sie ihn sehen, sperren Sie ihn am besten in einen Schrank." Er lief weiter. „Dorian, du abscheulicher kleiner Dieb, du kannst dich nicht ewig verstecken."

Hannah ging zur Tür, sah Bennett um die Ecke biegen und schloss ab, kauerte sich neben das Bett und hob die Decke an. „Die Gefahr ist vorbei", sagte Hannah.

Die dunklen Haare kamen zuerst zum Vorschein, dann ein stämmiger kleiner Körper in kurzer Hose und einem weißen Leinenhemd, das schmutzverschmiert war. Hätte Hannah nicht schon ein Foto gesehen, hätte sie ihn für den Sohn eines Angestellten gehalten. Doch er war fürstlicher Abstammung.

„Sie sind Engländerin. Ich spreche ausgezeichnet Englisch."

„Das tust du."

„Danke, dass Sie mich vor meinem Onkel versteckt haben." Der kleine Prinz Dorian verbeugte sich. Obwohl er noch keine fünf war, machte er es perfekt. „Er war wütend, aber das bleibt er nicht lange. Ich bin Prinz Dorian.

„Hoheit." Hannah knickste. „Es ist mir ein Vergnügen, dich kennen zu lernen. Ich bin Lady Hannah Rothchild." Sie konnte nicht widerstehen und beugte sich zu ihm hinunter. „Was hast du denn gestohlen?"

Dorian warf einen Blick auf die geschlossene Tür, dann sah er grinsend Hannah an, kramte in seiner Tasche und zog ein Jo-Jo hervor. Es mochte einmal blau gewesen sein, doch jetzt war es grau, aus altem Holz mit einigen noch daran haftenden bunten Farbstellen.

Hannah betrachtete es mit angemessenem Respekt.

„Gehört das Bennett ... Seiner Hoheit?" verbesserte sie sich.

„Er hat es, seit er fünf war." Dorian drehte das Spielzeug in der Hand. „Er wird wütend, wenn ich in sein Zimmer gehe und damit spiele, aber wie soll ich es denn sonst lernen?"

„Guter Standpunkt." Hannah konnte sich kaum zurückhalten, dem kleinen Prinzen das Haar zu zerzausen. „Ich möchte glauben, dass er selbst sehr oft damit spielt."

„Er hat es auf einem Regal liegen. Er hat ja nichts dagegen, wenn ich es mir ansehe", erklärte Dorian. „Aber wenn ich damit spiele, verheddert sich die Schnur."

„Es gehört ein wenig Übung dazu, aber dann ist es gar nicht schwer."

„Ich weiß." Er grinste wieder. „Und ich kann damit nur üben, wenn ich es stehle."

„Deine Logik ist fehlerlos, Hoheit. Darf ich es sehen?"

Dorian zögerte nur einen Moment, ehe er ihr das Jo-Jo großmütig überreichte. „Mädchen interessieren sich für gewöhnlich nicht für so etwas." Er zog eine abfällige Grimasse. „Meine Schwestern spielen mit Puppen."

„Jeder hat einen anderen Geschmack." Hannah schob einen Finger in die Schlaufe. Sie ließ das Jo-Jo hinuntergleiten und holte es dann ordentlich wieder hoch.

„Oh, gut gemacht!" Bewundernd betrachtete Dorian sie mit großen Augen.

„Danke. Ich hatte selbst mal eins. Es war rot." Sie erinnerte sich mit einem kleinen Lächeln. „Bis mein Hund es zerbissen hat."

„Können Sie irgendwelche Kunststücke vorführen? Ich habe einmal ‚Rund um die Welt' versucht und eine Lampe zerbrochen. Onkel Bennett hat mich ausgeschimpft, aber dann hat er die Scherben weggeräumt, damit es niemand erfährt."

Weil sie es sich so gut vorstellen konnte, lächelte Hannah. Lautes Bellen, aber sanfter Biss, befand sie und wünschte sich, ihn dafür nicht noch mehr zu mögen. „Ein Kunststück?" Sie ließ das Jo-Jo rauf- und runtersausen und führte mit einer schnellen Drehung des Handgelenks „Rund um die Welt" aus. Als es wieder in ihrer Handfläche landete, kletterte Dorian lachend auf ihr Bett.

„Machen Sie noch etwas, bitte!"

Hannah erinnerte sich an ein paar Tricks und brachte den kleinen Prinzen dazu, auf dem Bett auf und ab zu hüpfen und nach mehr zu schreien.

„Gut gemacht, Lady Hannah“, sagte Bennett von der Tür her. „Sie besitzen offenbar verborgene Talente.“

Hannah musste eine Verwünschung unterdrücken. „Hoheit.“ Das Spielzeug in der Hand, deutete sie einen Knicks an. „Ich habe Sie nicht klopfen hören.“

„Ich habe nicht geklopft.“ Bennett stieß sich vom Türrahmen ab und ging zum Bett.

Sein Neffe grinste ihm ohne die geringste Spur von Reue entgegen. „Ist sie nicht wunderbar, Onkel Bennett?“

„Wir besprechen Lady Hannahs Eigenschaften später.“ Er drehte Dorians Ohr um, bevor er sich umwandte. „Mein Eigentum, wenn Sie nichts dagegen haben.“

Hannah bemühte sich um ein ausdrucksloses Gesicht, während sie ihm das Jo-Jo überreichte.

„Das ist scheinbar nur ein einfaches Kinderspielzeug“, erklärte Bennett, während er es einsteckte. „Aber es ist ein Erbstück.“

„Verstehe.“ Sie räusperte sich, um nicht zu lachen, konnte dann aber doch nicht widerstehen. In der Hoffnung, zerknirscht auszusehen, blickte sie zu Boden. „Ich bitte um Verzeihung.“

„Den Teufel tun Sie. Und er war die ganze Zeit hier drin bei Ihnen, nicht wahr?“ Bennett drückte seinen Neffen flach auf das Bett und entlockte ihm einen Lachanfall. „Sie lassen mich im ganzen Palast nach diesem frechen Dieb suchen, während er sich die ganze Zeit hinter ihrem Rock verborgen hat."

„Unter dem Bett, um ganz ehrlich zu sein, Hoheit." Sie musste sich erneut räuspern. „Als Sie in Ihrer Eile eine so flüchtige Beschreibung gaben, hatte ich keine Ahnung, dass Sie Prinz Dorian suchten."

„Ich bewundere eine gute Lügnerin", sagte Bennett und kam näher. Zum zweiten Mal legte er die Hand an ihr Kinn. Doch zum ersten Mal sah sie die ganze Arroganz, zu der er fähig war, und erkannte seine starke Ausstrahlung. „Und sie bezaubert mich nur noch mehr."

„Lady Hannah kann zwei Mal ‚Rund um die Welt'."

„Faszinierend." Bennett zog die Hand langsam zurück und wandte sich seinem Neffen zu. „Ich dachte, wir hätten eine Abmachung, Dorian."

Der ließ den Kopf hängen, aber seine Augen strahlten immer noch. „Ich wollte es mir nur ansehen. Es tut mir Leid, Onkel Bennett."

„Aber sicher." Bennett schob die Hände unter Dorians Arme, hob ihn hoch, sah ihn finster an und gab ihm einen schmatzenden Kuss. „Deine Mutter ist unten. Nicht auf den Korridoren schleifen, wenn du in den Salon gehst."

„Ist gut." Wieder auf den Füßen, verneigte

Dorian sich vor Hannah. „Es war mir eine Freude, Sie kennen zu lernen, Lady Hannah."

„Ganz meinerseits."

Er schenkte ihr ein zahnlückiges Lächeln, bevor er davonjagte.

„Der kann vielleicht süß reden", meinte Bennett. „Oh, wahrscheinlich finden Sie ihn absolut charmant, aber er hat ein schwarzes Herz."

„Seltsamerweise wurde ich an Sie erinnert", antwortete Hannah.

Bennett zog eine Augenbraue hoch. „In der Tat, meine Dame, das ist seltsam."

„Zweifellos ist er ein kleiner Schurke, und Sie lieben ihn."

„Darum geht es nicht." Bennett schob die Hand in die Tasche. „Was nun das Jo-Jo angeht ..."

„Ja, Hoheit?"

„Warten Sie, bis ich fünf Meter weg bin, bevor Sie mir ins Gesicht lachen."

„Wie Sie wünschen, Hoheit."

„Meine Mutter hat es mir in einem Sommer geschenkt, als ich krank war. Ich habe diesem kleinen Teufel ein Dutzend Jo-Jos gekauft, aber er stiehlt weiterhin meines. Er weiß, dass ich es ihm schenken werde, wenn ich noch keinen eigenen Sohn habe, sobald er zehn wird."

„Ich habe eine rothaarige Puppe, die mir meine Mutter schenkte, als ich einmal stürzte und mir das

Handgelenk brach. Ich habe sie behalten, auch als ich für alle anderen zu alt wurde."

Erst als er ihre Hand ergriff, wurde Hannah bewusst, dass sie ihm etwas erzählt hatte, das er nicht zu wissen brauchte, etwas, das sie noch nie jemandem erzählt hatte. Noch während sie sich ermahnte, dass solche Fehler gefährlich waren, berührte er mit den Lippen ihre Finger.

„Lady Hannah, Sie besitzen ein freundliches Herz und Klugheit. Kommen Sie mit mir hinunter, und lernen Sie den Rest der Familie kennen!"

Reeve MacGee würde ein gewaltiges Hindernis darstellen. Hannah hatte das schon früher vermutet, doch jetzt, da sie ihn zusammen mit seiner Familie sah, war sie sicher. Sie kannte seinen Background von der Zeit an, als er in Amerika zur Polizei gegangen war. Seine Verbindung mit Cordina und der Fürstenfamilie klang nach einer Romanze, doch Reeve war alles andere als ein Romantiker. Als Gabriella entführt worden war, war er auf Fürst Armands Bitte aus seinem selbst gewählten Ruhestand zurückgekehrt. Obwohl Gabriella entkam, hatte die Gefangenschaft Spuren hinterlassen. Gedächtnisverlust hatte sie gequält, während Reeve damit beauftragt wurde, sie zu beschützen und zu ermitteln.

Es hatte keinen Zweifel gegeben, dass Deboque

die entsprechenden Knöpfe gedrückt hatte, doch obwohl seine Geliebte verhaftet und ins Gefängnis gesteckt worden war, hatte sie ihn nie in die Sache hineingezogen. Genau wie andere mächtige Männer weckte Deboque Loyalität – oder Angst.

In der Zeit, in der Gabriella darum kämpfte, ihr Gedächtnis wiederzuerlangen, hatten sie und Reeve sich ineinander verliebt. Obwohl Reeve bei ihrer Heirat einen Titel ablehnte, hatte er zugestimmt, Chef des Sicherheitsdienstes von Cordina zu werden. Doch trotz Reeves Erfahrung und Fähigkeiten war der Palast noch einmal infiltriert worden.

Vor zwei Jahren wäre Alexander beinahe ermordet worden. Seit damals war es Reeve gelungen, alle Anschläge auf die Fürstenfamilie abzublocken. Doch nun sollte Deboque entlassen werden. Mit der Freiheit kam mehr Macht.

Hannah musterte Reeve und sah einen stillen, introvertierten Mann, der offensichtlich seine Frau und seine Kinder anbetete. Er würde alles einsetzen, um sie vor Schaden zu bewahren. So weit, so gut.

Hannah saß mit gefalteten Händen da und hörte den Gesprächen zu.

„Wir alle wissen, dass dein Stück ein großartiger Erfolg werden wird." Gabriella, ihre Hand locker in Reeves Hand, lächelte Eve zu. Ihr dichtes rotes

Haar war lässig-elegant gestylt und betonte das unveränderte zarte, schöne Gesicht. „Das heißt nicht, dass wir nicht verstehen, weshalb du dir Sorgen machst."

„Ich bin jetzt an dem Punkt angelangt, an dem ich mir wünsche, alles wäre schon vorüber." Eve zog Marissa auf ihren Schoß.

„Aber du fühlst dich gut?"

„Ich fühle mich sehr gut." Eve ließ Marissa wieder hinunterklettern. „Zwischen Alex' Verwöhnen und Hannahs Adlerauge gefangen, kann ich kaum einen Finger ohne ärztliches Attest heben."

„Es ist so schön, dass Sie hergekommen sind." Gabriella lächelte Hannah zu, bevor sie einen Schluck Mineralwasser trank. „Ich weiß aus erster Hand, wie tröstlich es ist, eine Freundin in seiner Nähe zu haben. Sorgen wir dafür, dass Sie sich gut genug fühlen, um kein Heimweh zu bekommen."

„Ich bin in Cordina sehr glücklich." Hannah hielt ihren Rücken steif an die Sofalehne gedrückt.

„Ich hoffe, Sie kommen zu uns auf das Landgut."

„Ich habe schon viel darüber gehört." Gabriella war dort entführt worden, als es noch ein ungepflegtes Stück Land gewesen war. „Ich möchte es gern sehen."

„Dann werden wir das arrangieren." Reeve

sprach ruhig, während er sich eine Zigarette anzündete. „Sie genießen bisher Ihren Aufenthalt?"

„Ja, das tue ich." Ihre Blicke trafen sich. „Cordina ist ein faszinierendes Land. Vielleicht besitzt es die Aura eines Märchenlandes, aber es ist sehr real. Ich bin besonders an einem Museumsbesuch interessiert."

„Sie werden sehen, dass wir einige ungewöhnliche Ausstellungen haben", warf Armand ein.

„Ja, Hoheit. Ich habe Erkundigungen eingezogen, bevor ich England verließ. Ich zweifle nicht, dass meine Zeit in Cordina zu meiner Bildung beitragen wird."

Marissa, die gerade ein Jahr alt war, wackelte, unsicher auf den Beinen, zu ihr und streckte die Arme nach ihr aus. Hannah setzte das Kind auf ihren Schoß.

„Ihrem Vater geht es gut?" fragte Reeve durch eine Rauchwolke.

Hannah ließ ihre Perlenkette baumeln, um das Kind zu unterhalten. „Ja, danke. Manchmal sieht es so aus, als würde er umso jünger, je älter ich werde."

„Die Familie, ganz gleich, wie groß oder klein, ist oft der Mittelpunkt unseres Lebens", philosophierte Reeve.

„Ja, das ist wahr", erwiderte Hannah, während sie mit dem Mädchen spielte. „Schade, dass

Familien und das Leben nicht so einfach sind, wie sie uns im Kindesalter erscheinen."

Bennett saß entspannt im Sessel und fragte sich, wieso er dachte, viel mehr heraushören zu können, wäre er fähig, zwischen den Zeilen zu lesen.

„Ich wusste nicht, dass du Hannahs Vater kennst, Reeve."

„Nur flüchtig." Er lehnte sich mit einem gelösten Lächeln zurück. „Ich habe gehört, Dorian hat wieder dein Jo-Jo gestohlen."

„Ich hätte es im Safe einschließen sollen, als ich erfuhr, dass er herkommt." Bennett klopfte auf seine Tasche. „Ich habe den kleinen Teufel ordentlich gejagt, aber er hatte eine Komplizin." Er drehte den Kopf und sah Hannah an.

„Ich muss mich für meinen Sohn entschuldigen." Es zuckte um Gabriellas Lippen, als sie ihr Glas hob. „Dafür, dass er Sie zu seiner Komplizin gemacht hat, Lady Hannah."

„Im Gegenteil, ich habe es genossen. Prinz Dorian ist bezaubernd."

„Wir nennen ihn zu Hause anders", bemerkte Reeve. Diese Frau ist ein Rätsel, dachte er. Je schärfer er nach Fehlern Ausschau hielt, desto weniger fand er. „Ich werde jetzt die Bande suchen. Adrienne ist in dem Alter, in dem man nie weiß, ob sie auf die Kinder aufpasst oder sie in den Brunnen scheucht."

Bennett warf einen Blick zu den Terrassentüren. „Weiß der Himmel, welches Chaos sie in den letzten zwanzig Minuten angerichtet haben."

„Warte, bis du eigene Kinder hast." Eve stand auf und nahm Marissa von Hannah entgegen. „Du wirst sie total verwöhnen. Wenn ihr mich entschuldigt? Ich möchte nach oben und Marissa füttern."

„Ich begleite dich." Gabriella setzte ihr Glas ab. „Ich wollte mit dir über den Weihnachtsball sprechen. Du weißt, dass ich dir bei den Vorbereitungen helfen möchte."

„Bleibt nicht zu lange", rief Bennett ihnen nach, holte das Jo-Jo hervor und ließ es von einer Hand in die andere wandern. „Das Abendessen ist in einer Stunde."

„Ich könnte auch etwas Bewegung brauchen." Alexander stand ebenfalls auf und nickte Reeve zu. „Ich helfe dir, die Kinder zusammenzutreiben."

Sie waren kaum auf der Terrasse, als ein Diener an der Tür erschien. „Entschuldigen Sie, Hoheit, ein Anruf aus Paris."

„Ja, den habe ich schon erwartet. Ich nehme ihn in meinem Arbeitszimmer an, Louis. Wenn Sie mich entschuldigen, Lady Hannah?" Armand beugte sich über ihre Hand. „Ich bin sicher, Bennett kann Sie eine Weile unterhalten. Bennett, vielleicht möchte Lady Hannah sich die Bibliothek ansehen."

„Wenn Sie gern Bücherwände betrachten", sagte

Bennett, nachdem sein Vater gegangen war, „können Sie keine bessere Wahl treffen."

„Ich mag Bücher sehr." Hannah nahm ihn beim Wort und stand auf.

„Nun gut." Obwohl er sich viel bessere Möglichkeiten denken konnte, eine Stunde zu verbringen, ergriff er sie am Arm und führte sie durch die Korridore.

„Es ist kaum zu glauben, dass das Museum bessere Gemälde haben könnte als Sie hier im Palast, Prinz Bennett."

„Le Musée d'Art besitzt hundertzweiundfünfzig Ausstellungsstücke von Impressionisten und Postimpressionisten, einschließlich zwei Corots, drei Monets und einen besonders schönen Renoir. In jüngster Zeit haben wir einen Childe Hassam aus den Vereinigten Staaten erworben. Im Gegenzug hat meine Familie sechs Bilder von Georges Complainier gestiftet, einem Künstler aus Cordina."

„Verstehe."

Bennett bemerkte ihre Miene und lachte. „Zufällig bin ich im Vorstand des Museums. Ich mag Pferde vorziehen, Hannah, doch das schließt eine Zuneigung zur Kunst nicht aus. Was halten Sie von dem?"

Er blieb vor einem kleinen Aquarell stehen. Der Fürstenpalast war schön, fast mystisch gemalt. Seine weißen Mauern und Türme ragten aus einem rosigen Nebel, der das Gebäude mehr verzauberte als verhüllte. Morgendämmerung, dachte sie. Der Himmel wies im Vergleich zum Meer ein zartes Blau auf. Im Vordergrund befanden sich hohe Eisentore und mächtige Steinmauern, die das Palastgelände abschirmten.

„Ein schönes Bild. Es zeigt Liebe sowie einen Hauch von Bewunderung. Wer war der Künstler?"

„Meine Ururgroßmutter." Zufrieden mit ihrer Reaktion, zog Bennett ihre Hand in seine Armbeuge. „Sie malte Hunderte von Aquarellen und schloss sie weg. Zu ihrer Zeit betrachteten Frauen Malerei als Hobby, nicht als Beruf."

„Manche Dinge ändern sich", sagte Hannah und blickte wieder auf das Bild. „Manche ändern sich nicht."

„Vor ein paar Jahren fand ich ihre Arbeiten in einer Truhe auf dem Dachboden. Viele waren beschädigt. Es hat mir das Herz gebrochen. Dann fand ich dieses hier." Er berührte den Rahmen voller Hochachtung. „Es war, als würde ich in der Zeit, in den Generationen zurückwandern. Es könnte in der heutigen Zeit gemalt sein und würde genauso aussehen."

Sie fühlte sich zu ihm hingezogen. Welche Frau war immun gegen Stolz und Empfindsamkeit? In einer Schutzreaktion wich sie einen kleinen Schritt zurück. „Für uns in Europa ist die Zeitspanne einiger Generationen vergleichbar der eines Wimpernschlags. Unsere jahrhundertealte Geschichte steht vor uns. Es liegt in unserer Verantwortung, dieses Geschenk an jede neue Generation weiterzugeben."

Bennett sah sie an und glaubte, in ihren Augen eine unergründliche Tiefe zu entdecken. „Das haben wir gemeinsam, nicht wahr? In Amerika ist alles von einer Dringlichkeit, die aufregend, ja sogar ansteckend sein kann. Aber wir hier wissen, wie lange es dauert, etwas aufzubauen und zu sichern. Politik ändert sich, Regierungen wechseln, aber die Geschichte steht unverändert fest."

Sie musste sich von ihm abwenden. Es würde alles nur unnötig kompliziert machen, wenn sie in ihm einen einfühlsamen, empfindsamen Mann sah anstatt eine Aufgabe. „Gibt es noch andere?" fragte sie und deutete auf das Gemälde.

„Unglücklicherweise nur eine Hand voll. Die meisten ließen sich nicht restaurieren." Aus Gründen, die er nur halb verstand, wollte er Dinge mit ihr teilen, die ihm wichtig waren. „Eines hängt im Musikzimmer. Der Rest befindet sich im Museum. Werfen Sie einen Blick darauf."

Er führte sie in den nächsten Trakt und dort in einen Raum, dessen Mittelpunkt ein weißer Flügel bildete. In einer Ecke stand eine Harfe, in einer Glasvitrine befanden sich antike Instrumente. Die

Blumen waren hier genauso frisch wie in jedem Raum des Palastes. Ein Gemälde zeigte einen Ball, festlich, in hellen Farben und energischen Strichen. Damen in herrlich femininen Roben aus der Mitte des neunzehnten Jahrhunderts wurden von eleganten Herren über das glänzende Parkett gewirbelt. Spiegel reflektierten die Tänzer, während drei Lüster an der Decke funkelten. Hannah konnte förmlich den Walzer hören.

„Wie schön. Befindet sich dieser Raum hier im Palast?“

„Ja. Er hat sich kaum verändert. Nächsten Monat findet darin der Weihnachtsball statt.“

Nur ein Monat, dachte sie. Es musste so viel getan werden. In wenigen Stunden wurde Deboque aus dem Gefängnis entlassen, und sie würde bald erfahren, ob ihre Vorarbeiten gut durchdacht waren.

„Es ist ein schöner Raum.“ Hannah drehte sich um. „In unserem Landhaus gibt es ein kleines Musikzimmer. Nicht wie dieses, natürlich nicht, aber ich habe es immer als so entspannend empfunden.“ Sie trat an das Klavier, weniger um es zu betrachten, als um Abstand zu gewinnen. „Können Sie spielen, Hoheit?“

„Hannah, wir sind allein. Es ist nicht nötig, so förmlich zu sein.“

„Ich habe die Verwendung von Titeln stets mehr

als angemessen und weniger als förmlich empfunden." Sie wollte nicht, dass er den unterschiedlichen Rang zwischen ihnen überbrückte.

„Ich habe sie zwischen Freunden immer als ärgerlich empfunden." Er trat hinter sie und berührte sie leicht an der Schulter. „Ich dachte, wir wären welche."

Sie fühlte seine Berührung durch das Leinenkleid hindurch und drehte sich nicht um. „Wir wären was?"

Er lachte, legte beide Hände auf ihre Schultern und drehte sie zu sich herum. „Freunde, Hannah. Ich halte Sie für eine angenehme Gesellschaft. Das ist eine der Grundvoraussetzungen für Freundschaft, nicht wahr?"

Sie blickte ernst zu ihm hoch, und auf ihren Wangen zeigte sich nur ein Hauch von Farbe. Ihre Schultern wirkten so stark unter seinen Händen, doch er erinnerte sich daran, wie zart die Haut an ihrem Kinn war.

Ihr Kleid war braun und langweilig, ihr Gesicht ungeschminkt. Kein Haar ihrer ordentlichen Frisur lag falsch, und dennoch sah er sie vor sich, lachend, die Haare offen, die Schultern entblößt. Und dieses Lachen galt nur ihm.

„Was, zum Teufel, haben Sie bloß an sich?" sagte Bennett leise.

„Wie bitte?"

„Warten Sie." Ungeduldig und über sich selbst genauso verärgert wie über sie, trat Bennett näher. Als sie sich verspannte, hob er die Hände, die Handflächen ihr zugewandt, wie um ihr zu versichern, dass er ihr nichts antun wollte. „Halten Sie nur einen Moment still, ja?" bat er, senkte den Kopf und berührte ihren Mund mit seinen Lippen.

Zeig keine Reaktion! befahl Hannah sich immer wieder wie eine Litanei. Er drängte nicht, lockte und forderte nicht. Er kostete lediglich, sanfter, als sie von irgendeinem Mann erwartet hätte. Und sein Geschmack erfüllte sie, bis sie davon trunken war.

Er behielt die Augen offen, beobachtete sie. Er war ihr so nah, dass sie den Duft von Seife auf seiner Haut wahrnahm. Einen Duft, der Bilder von der See in ihr auslöste. Hannah drückte die Finger in ihre Handflächen, um nicht den in ihr tobenden Aufruhr zu verraten.

Er wusste nicht, was er erwartet hatte. Was er fand, waren Sanftheit, Wohlbehagen, Süße – ohne Hitze und Leidenschaft. Doch er sah beides in ihren Augen. Er verspürte keinen unwiderstehlichen Drang, sie zu berühren oder den Kuss zu vertiefen. Nicht diesen ersten. Vielleicht ahnte er schon, dass es noch weitere geben würde. Aber dieser erste zeigte ihm eine Leichtigkeit, eine Entspannung, wie er sie nie zuvor bei einer Frau gesucht hatte.

Er war Mann genug, erfahren genug, um zu merken, dass in ihr ein Vulkan brodelte. Doch seltsamerweise hatte er nicht den Wunsch, ihn zum Ausbruch zu bringen. Noch nicht.

Bennett brach den Kuss einfach dadurch ab, dass er zurückwich. Hannah regte sich nicht.

„Ich habe das nicht getan, um Sie zu erschrecken.“ Er sprach die Wahrheit gelassen aus. „Es war nur ein Test.“

„Sie erschrecken mich nicht.“ Er erschreckte nicht die Frau, die er sehen konnte, aber deren Herz.

Das war nicht ganz die Antwort, die er hören wollte. „Was mache ich dann mit Ihnen?“

Langsam öffnete sie die Fäuste. „Ich verstehe nicht, was Sie meinen, Hoheit.“

Er betrachtete sie noch einen Moment, ehe er sich heftig abwandte. „Vielleicht tun Sie das nicht. Verdammt, Hannah, geht denn überhaupt nichts in Ihnen vor?“

„Natürlich, Hoheit, sehr viel.“

Er musste lachen. Er hätte wissen müssen, dass sie ihn mit ihrer Logik in die Schranken verweisen würde. „Nennen Sie mich bitte mit meinem Namen.“

„Wie Sie wünschen.“

Er wandte sich ihr wieder zu. Sie stand vor dem glänzenden weißen Flügel, die Hände verschränkt, den Blick auf ihn gerichtet. Er wusste, dass es absolut lächerlich war, aber er stand unmittelbar davor, sich zu verlieben. „Hannah ..."

Er hatte erst zwei Schritte in ihre Richtung getan, als Reeve in den Raum kam. „Bennett, entschuldige, aber dein Vater möchte dich vor dem Abendessen sehen."

Pflicht und Verlangen. Bennett fragte sich, ob er jemals beides würde miteinander verbinden können. „Danke, Reeve."

„Ich führe Lady Hannah zurück."

„In Ordnung." Dennoch blieb er noch stehen und schaute sie an. „Ich möchte später mit Ihnen sprechen."

„Natürlich." Sie wollte Himmel und Hölle in Bewegung setzen, um das zu vermeiden.

Sie rührte sich nicht von der Stelle, als Bennett ging. Reeve warf ihr einen Blick über die Schulter zu, ehe er näher kam. „Gibt es ein Problem, Lady Hannah?" fragte er vorsichtig.

„Nein." Sie atmete tief durch, entspannte sich jedoch nicht. „Warum sollte es?"

„Bennett kann sehr ... ablenken."

„Ich lasse mich nicht leicht ablenken, besonders nicht, wenn ich arbeite."

„Das wurde mir gesagt." Reeve suchte noch immer nach Fehlern und fürchtete, den ersten in der Art gefunden zu haben, wie sie Bennett angesehen hatte. „Sie haben aber noch nie an einem Auftrag wie diesem gearbeitet."

„Als langjährige Agentin des International Security Systems bin ich jedem Auftrag gewachsen, den das ISS mir gibt." Ihre Stimme klang wieder energisch und nicht wie die einer Frau, die von einem Kuss fast unerträglich aufgewühlt worden war. „Morgen erhalten Sie meinen Bericht. Jetzt sollten wir besser zu den anderen gehen."

Sie wollte an ihm vorbei gehen, doch er ergriff energisch ihren Arm. „Es hängt sehr viel davon ab – von Ihnen."

Hannah nickte. „Das ist mir bewusst. Sie haben das Beste verlangt, und ich bin das Beste."

„Vielleicht. Sie haben einen verdammt guten Ruf, Hannah, aber sie hatten es noch nie mit jemandem wie Deboque zu tun."

„Er aber auch nicht mit jemandem wie mir." Sie warf einen Blick zum Korridor und senkte die Stimme. „Ich bin jetzt ein etabliertes Mitglied seiner Organisation. Es hat mich zwei Jahre gekostet, um so nah an ihn heranzukommen. Ich habe ihm zweieinhalb Millionen gerettet, indem ich dafür sorgte, dass dieser Munitionshandel vor sechs Monaten nicht platzte. Ein Mann wie Deboque schätzt Initiative. In den letzten paar Monaten habe ich die Saat gelegt, die, wenn sie aufgeht, seinen Stellvertreter in Misskredit bringen wird."

„Oder die Ihnen eine durchschnittene Kehle einbringen wird.“

„Darüber muss ich mir Sorgen machen, sonst niemand. In wenigen Wochen werde ich seine rechte Hand sein und ihn Ihnen auf einem Silbertablett servieren.“

„Selbstvertrauen ist eine ausgezeichnete Waffe, wenn es nicht übertrieben wird.“

„Ich übertreibe nichts.“ Sie dachte an Bennett und wappnete sich innerlich. „Ich habe noch nie bei einem Auftrag versagt, Reeve. Und ich habe nicht vor, es bei diesem zu tun.“

# 4. KAPITEL

Hannahs Pläne, die sie gemacht hatte, um nicht mit Bennett nach Port Cordina fahren zu müssen, wurden fein säuberlich zerstört. Sie hatte zu der glaubhaften, wenn auch nicht originellen Ausrede von Kopfschmerzen gegriffen.

Hannah hatte bewusst gewartet, bis Alexander mit dem Frühstück mit seiner Familie fertig war, damit sie mit Eve allein sprechen konnte. Eve brauchte keine zehn Sekunden, um die Situation gegen sie zu verwenden.

„Kein Wunder, dass du dich nicht wie du selbst fühlst." Eve trank Tee in dem sonnigen Kinderzimmer, während sie ihren Terminkalender durchging. „Ich habe dich seit deiner Ankunft hier eingesperrt."

„Sei nicht albern. Der Palast ist so groß wie eine Kleinstadt. Ich bin ja wohl kaum eingesperrt."

„Wie groß er auch ist, er hat Mauern. Eine hübsche Fahrt entlang der Küste ist genau das, was du brauchst. Bernadette ...", sie wandte sich an das junge Kindermädchen, das Marissa für ihren Morgenspaziergang vorbereitete, „... achten Sie bitte darauf, dass Prinzessin Marissa eine Mütze aufhat. Es ist ein wenig windig draußen."

„Ja, Hoheit."

Eve streckte die Arme nach ihrer Tochter aus. „Viel Spaß, Liebling."

„Bumen.“ Marissa lachte.

Eve verstand sie sofort. „Ja, pflück Blumen. Wir stellen sie dann hier in dein Zimmer.“ Sie küsste Marissa auf beide Wangen und ließ sie los. „Ich mag es gar nicht, dass ich heute Morgen nicht mit ihr spazieren gehen kann, aber ich habe in einer Stunde ein Treffen im Zentrum.“

„Du bist eine wundervolle Mutter, Eve“, sagte Hannah, als sie den besorgten Ausdruck in Eves Gesicht bemerkte.

„Ich liebe sie so sehr.“ Mit einem tiefen Seufzer griff sie wieder nach ihrem Tee. „Ich weiß, es ist albern, aber wenn ich nicht bei ihr bin, muss ich ständig an viele Dinge denken, die ihr zustoßen könnten.“

„Ich würde sagen, das ist normal.“

„Vielleicht, aber alles wird durch unsere Stellung verstärkt.“ Unbewusst legte sie eine Hand auf ihren Leib, in dem ihr zweites Kind heranwuchs. „Ich möchte ihr so gern ein Gefühl von Normalität geben, aber ...“, Eve schüttelte den Kopf, „... alles hat seinen Preis.“ Sie schenkte Hannah Tee nach. „Was dich angeht, ich habe dir noch keinen Moment freie Zeit gegönnt. Nimm dir den heutigen Tag, entspann dich, genieße die Seeluft. Ich versichere dir, Ben kann ein wunderbarer Gesellschafter sein. Fünf Minuten in seinem Wagen, und deine Kopfschmerzen sind verschwunden.“

„Jemand hat Kopfschmerzen?“ fragte Bennett, als er hereinkam. Er trug eine weiße Gala-Uniform mit roten Insignien, die seinen Rang als Offizier der Marine von Cordina zeigten. Auf der linken Brusttasche prangte das fürstliche Wappen, das ihn als Prinz auswies. Hannah hatte es stets als Unsinn abgetan, dass Frauen auf Männer in Uniformen flogen – bisher.

Er sieht so schneidig aus, musste sie sich eingestehen, obwohl ihre nüchterne Seite nach einem weniger dramatischen Wort suchte. Das schneeweiße Jackett betonte noch mehr seine Sonnenbräune und das dunkle Haar. Er lächelte Hannah an und machte ihr bewusst, dass er sich über seine Wirkung im Klaren war.

„Bennett, ich hatte ganz vergessen, was für ein Herzensbrecher du in Weiß bist.“ Eve hob ihm die Wange für einen Kuss entgegen. „Vielleicht sollte ich Hannah raten, eine Tablette zu nehmen und lieber doch hier zu bleiben.“

„Ich denke, Lady Hannah kann auf sich selbst aufpassen, nicht wahr?“

Hannah entschied, wenn sie schon mit ihm fechten musste, dann wollte sie ihren Degen geschickt führen. „Das war stets der Fall.“

„Sie sind ein wenig blass.“ Er berührte mit einem Finger ihre Wange. „Fühlen Sie sich wirklich nicht gut?“

„Es ist nichts." Sie fragte sich, ob er merkte, wie ihr Blut bei dieser beiläufigen Berührung in Wallung geriet. „Und Eve hat mir versichert, dass eine Fahrt am Meer genau das richtige Heilmittel sei."

„Gut. Ich werde Sie mit rosigen Wangen zurückbringen."

„Wenn Sie mir einen Moment zugestehen. Ich muss meine Tasche holen."

„Bennett!" Eve hielt ihn zurück, bevor er Hannah folgen konnte. „Täusche ich mich, oder habe ich da eben etwas gesehen?"

Er tat gar nicht erst so, als würde er sie nicht verstehen. „Ich bin mir nicht sicher."

„Hannah hat ein sehr behütetes Leben geführt. Ich brauche dir wohl nicht zu sagen, dass du ... nun ja, vorsichtig sein solltest?"

Er schüttelte den Kopf. „Nein. Man braucht mich nicht daran zu erinnern, mit wem ein Mann in meiner Position eine Affäre haben kann und mit wem nicht."

„Ich habe das nicht gesagt, um dich zu ärgern." Eve erhob sich und ergriff seine Hände. „Wir waren schon lange Freunde, Ben, bevor wir eine Familie wurden. Ich frage nur, weil ich sie mag und weiß, wie unwiderstehlich du sein kannst."

Er wurde sanfter, wie stets bei Eve. „Du hast mir immer widerstanden."

„Du hast mich immer wie eine Schwester behandelt." Eve zögerte erneut, zwischen zwei Treuepflichten hin- und hergerissen. „Wäre ich aufdringlich, wenn ich sagte, dass sie nicht dein Typ ist?"

„Nein, das ist sie nicht. Vielleicht verblüfft mich das so. Hör auf, dir Sorgen zu machen." Er drückte ihr einen Kuss auf die Stirn. „Ich werde deiner properen britischen Freundin schon keinen Schaden zufügen."

„Es könnte doch sein, dass ich mir um dich genauso große Sorgen mache."

„Tu es nicht." Er strich ihr flüchtig über die Wange und ging zur Tür. „Sag Marissa, dass ich ihr ein paar Muschelschalen mitbringe."

Hannah traf mit ihm an der Treppe zusammen, gelassen und in ihre Entscheidung ergeben. „Hoffentlich habe ich Sie nicht warten lassen."

„Wir haben viel Zeit. Ich verspreche Ihnen, die Fahrt wird den Pomp und die Ansprachen am Ende aufwiegen."

„Ich habe nichts gegen Pomp und Ansprachen."

„Dann haben wir ja Glück. Claude!" Bennett nickte dem großen, kräftigen Mann zu, der neben dem Haupttor wartete.

„Guten Morgen, Hoheit. Lady Hannah. Ihr Wagen steht bereit, Hoheit."

„Danke, Claude." Bennett führte Hannah durch

das Tor. Er wusste, diese kurze Bemerkung bedeutete, dass die Straße zwischen dem Palast und Le Havre abgesichert worden war.

Hannah sah den Wagen in dem Augenblick, da sie hinaustrat. Der schnittige kleine Franzose stand am unteren Ende der Treppe, flankiert von zwei soliden Sedan.

„Fahren Sie den?“

„Ich sollte die Fenster wohl besser hochkurbeln, oder?“ Liebevoll berührte Bennett die glänzende rote Motorhaube. „Fährt sich traumhaft. Auf gerader Strecke habe ich einhundertneunzig Sachen aus ihm herausgeholt.“

Sie stellte sich vor, was für ein Gefühl es sein mochte, am Meer entlangzurasen und den Wind im Gesicht zu spüren. Nach einem kurzen Moment der Sehnsucht schob Hannah diesen Wunschgedanken beiseite und versuchte, beklommen dreinzublicken. „Sie haben hoffentlich nicht die Absicht, Ihren Rekord heute zu brechen?“

Lachend öffnete er ihr die Tür. „Für Sie werde ich fahren wie ein Großvater.“

Hannah glitt auf den Beifahrersitz und hätte vor Vergnügen beinahe geseufzt. „Der Wagen ist ziemlich eng.“

„Groß genug für zwei.“ Bennett ging um die Motorhaube herum. Claude hatte ihm schon die Fahrertür geöffnet.

„Aber Sie verreisen doch sicher nicht ohne Ihren Sicherheitsbeamten oder einen Assistenten."

„Wann immer es sich einrichten lässt. Mein Sekretär sitzt im Wagen hinter uns. Dann lassen wir sie mal eine Verfolgungsjagd aufnehmen, ja?" Er schaltete die Zündung ein. Der Motor heulte auf. Und noch bevor Hannah tief Atem holen konnte, ließ Bennett den Wagen die lange Auffahrt hinunterjagen. Er fuhr das Auto so, wie er seinen Hengst ritt. In voller Geschwindigkeit.

„Sie murren schon, glaube ich." Er grüßte kurz die Wachen am Tor. „Wenn es nach Claude ginge, würde ich niemals schneller als dreißig Stundenkilometer fahren, in einer kugelsicheren Limousine sitzen und eine Rüstung tragen."

„Es ist seine Aufgabe, Sie zu schützen."

„Schade, dass er es mit so wenig Humor tut." Bennett schaltete den Gang herunter und ließ den Wagen mit quietschenden Reifen um eine Kurve schießen.

„Hatte Ihr Großvater ein langes, erfülltes Leben?"

„Wie?"

„Ihr Großvater", wiederholte Hannah und verschränkte die Hände im Schoß. „Ich habe mich gefragt, ob er alt geworden ist. Wahrscheinlich nicht, bei einer solchen Fahrweise."

Der Wind wehte ihr das Haar um das Gesicht,

als Bennett den Kopf wandte und sie anlächelte. „Vertrauen Sie mir, ma belle, ich kenne die Straßen."

Sie wollte gar nicht, dass er langsamer fuhr. Zum ersten Mal seit Monaten fühlte sie sich wirklich frei. Sie hatte beinahe vergessen, wie herrlich es war. Das Meer neben der Straße glitzerte blau und weiß, als sie von der Höhe der Hauptstadt hinunterfuhren. Palmen reckten ihre Zweige dem Himmel entgegen, bogen sich und wiegten sich in der steifen Brise. Üppige rote Blumen brachen aus Büschen hervor, die wild am Straßenrand wuchsen. Die Luft roch nach Meer und immerwährendem Frühling.

„Fahren Sie Ski?" fragte Bennett. Er hatte bemerkt, dass sie einen Mann beobachtete, der hinter einem Boot auf Skiern über das Wasser glitt.

„Bis jetzt noch nicht." Es sah wundervoll aus. „Sie müssen bestimmt ziemlich sportlich sein. Ich bin eher in Bibliotheken zu Hause."

„Man kann nicht immer lesen."

Sie beobachtete, wie der Skifahrer einen Salto machte und ins Wasser fiel. „Ich kann es vielleicht."

Bennett lächelte. „Ohne ein bisschen Aufregung ist das Leben nichts wert. Haben Sie niemals das Bedürfnis, etwas Abenteuerliches zu tun, Hannah?"

Sie dachte an die letzten zehn Jahre ihres Lebens,

an die Aufträge, die sie von Schlössern in Gettos geführt hatten und an alle möglichen Orte dazwischen. Französische Alleen. Italienische Hafenviertel. Sie dachte an die kleinkalibrige Pistole, die sie in ihrer Tasche bei sich trug, und an das bleistiftdünne Stilett an ihrem Oberschenkel.

„Ich habe wohl schon immer Abenteuer lieber ersatzweise beim Lesen erlebt."

„Haben Sie keine geheimen Träume?"

„Einige von uns sind genau das, was sie zu sein scheinen." Plötzlich fühlte sie sich unbehaglich, und sie wechselte das Thema. „Ich wusste gar nicht, dass Sie Marineoffizier waren." Wieder eine Lüge, dachte sie. Aber ihr Beruf war darauf aufgebaut.

„Ich habe ein paar Jahre gedient. Es war mehr ein Offiziersrang ehrenhalber. Der zweite Sohn ist üblicherweise für das Militär bestimmt."

„Und Sie haben sich also für die Marine entschieden."

„Cordina ist vom Meer umgeben. Unsere Flotte ist gewiss kleiner als Ihre, aber sie ist stark."

„Und wir leben in einer unsicheren Zeit."

„Wir in Cordina haben die Erfahrung gemacht, dass alle Zeiten unsicher sind. Wir sind ein friedliches Land, und weil wir es bleiben wollen, sind wir immer auf den Krieg vorbereitet."

Sie dachte an den wunderschönen weißen Palast mit seinen exotischen Gärten und märchenhaften

Ecktürmen. Unzugänglich vom Meer aus, hoch oben auf einem Kliff gelegen, bot es den Augen meilenweit ungehinderte Sicht. Hannah lehnte sich zurück, während draußen das Meer vorbeizog. Nichts war jemals so einfach, wie es schien.

Die Hafenstadt des Fürstentums, Port Cordina, war bezaubernd. Weiße Häuser drängten sich am Fuß eines lang gezogenen Bergrückens. Fischer- und Segelboote dümpelten an den Piers. Auf den ersten Blick sah alles nach einem hübschen Fischerdorf aus, doch als sie in den Hafen fuhren, wurden die Piers weitläufiger, die Gebäude größer. Frachtschiffe lagen neben einem Passagierschiff.

Bennett fuhr durch schmale, gewundene Straßen und durch ein Tor, an dem die Wachen salutierten. Kurz darauf hielt er vor einem Gebäude, vor dem Marinesoldaten in Weiß angetreten waren.

„Für die nächsten paar Stunden“, flüsterte er Hannah zu, „treten wir offiziell auf.“ Er griff nach hinten, setzte sich die Mütze auf die vom Wind zerzausten Haare und erwiderte den Gruß eines der Soldaten, der ihm die Tür öffnete. Er wusste, dass die Limousine bereits hinter ihnen gehalten hatte, blickte jedoch nicht zurück, während er Hannah in das Gebäude führte. „Zunächst erwarten uns ein paar Formalitäten“, flüsterte er und klemmte sich seine Mütze unter den Arm.

Die Formalitäten bestanden aus einer Gruppe von Offizieren und deren Frauen, die darauf warteten, ihn zu begrüßen und von ihm begrüßt zu werden.

Hannah ließ die Vorstellung über sich ergehen und tat so, als würde sie die spekulierenden Blicke nicht bemerken. *Nicht der Typ des Prinzen.* Sie konnte es mühelos den Augen ablesen, die auf sie gerichtet waren. Und sie stimmte dem voll zu.

Man bot ihnen Tee an und führte sie durch das Gebäude – um ihretwillen. Hannah täuschte Unwissenheit vor, was die gezeigte Ausrüstung betraf, stellte entsprechende Fragen und sah auch entsprechend höflich bei den stark vereinfachenden Antworten drein. Sie konnte kaum erwähnen, dass Radar- und Kommunikationssysteme ihr so vertraut waren wie den trainierten Männern an den Geräten. Im Handumdrehen hätte sie diese so einstellen können, dass sie Kontakt zu der ISS-Basis außerhalb Londons oder zu Deboques Hauptquartier in Athen aufgenommen hätte.

Mit Pomp und Prunk ging es weiter, als sie ins Freie geführt wurden, um das Anlegen der „Indépendance“ zu erwarten. Die Kapelle mit Musikanten in weißen Uniformen, die in der Sonne blendeten, stimmte einen mitreißenden Marsch an, als Bennett auf dem Pier erschien. Eine Menschenmenge jubelte hinter der Absperrung. Kinder wurden hochgehoben, damit sie einen Blick auf den Prinzen werfen konnten.

Hannah zählte ein Dutzend Sicherheitsleute, die sich unter die Menge gemischt hatten, zusätzlich zu den beiden Männern, die niemals weiter als eine Armeslänge von Bennett entfernt waren.

Deboque ist auf freiem Fuss, dachte sie. Jetzt ist alles riskant.

Der Zerstörer in militärischem Grau manövrierte sich an seine Liegeposition heran, während die Zuschauer applaudierten und die Kapelle pausenlos spielte. Matrosen waren auf dem Pier und an Deck angetreten. Nach sechs Monaten auf See war die „Indépendance" heimgekehrt.

Die Landebrücke wurde herabgelassen. Die Pfeifen ertönten. Der Kapitän ging von Bord, um den Offizieren zu salutieren und sich vor dem Prinzen zu verbeugen.

„Willkommen daheim, Kapitän." Bennett reichte ihm die Hand, und die Menge brach erneut in Jubel aus.

Wie üblich musste bei einer solchen Gelegenheit eine Rede gehalten werden. Währenddessen ließ Hannah aufmerksam den Blick über die Versammelten gleiten.

Es überraschte sie nicht, ihn hier zu sehen. Der kleine, leicht bucklige Mann stand am Rande der Menschenansammlung und hielt eine kleine cordinianische Flagge. In Zivil gekleidet und mit seinem sanften Gesicht hätte niemand ihn je erkannt oder sich an ihn erinnert. Er war einer von Deboques besten Männern.

Heute wird man keine Maßnahmen gegen Prinz Bennett ergreifen, dachte sie, obwohl es ihr kalt über den Rücken lief. Sich erfolgreich in den Palast eingeschleust zu haben war einer ihrer größten Beiträge für Deboques Organisation gewesen. Vorsicht und Taktik waren jetzt viel mehr verlangt als ein überstürzter Attentatsversuch.

Jedenfalls, das wusste sie, war Deboque an Bennett weniger interessiert als an Alexander und an Alexander nicht so sehr wie an Armand. Nach so langer Wartezeit würde er sich nicht mit dem zweiten in der Thronfolge zufrieden geben.

Trotzdem legte sie die Hand auf den Bügel ihrer Tasche. Hannah bewegte sich, nur ein paar Zentimeter, aber Bennetts Körper war jetzt zu mehr als der Hälfte von ihrem geschützt.

Wurde der Mann mit einer Nachricht für mich geschickt? fragte sich Hannah. Oder einfach nur, damit er dicht dabei ist und beobachtet. Ihr Instinkt sagte ihr, dass Letzteres der Fall war. Beiläufig suchte sie die Menge erneut ab. Sie begegnete seinem Blick, und für den Bruchteil einer Sekunde hielt sie ihn fest. Er erwiderte ihn, signalisierte jedoch nichts. Hannah ließ den Blick weiterschweifen, denn sie wusste, in wenigen Tagen würden sie sich im Museum treffen.

Die Feierlichkeit mit ihrer flotten Militärmusik und den vielen Bannern wurde mit einem Rundgang durch das Schiff und einer Inspektion der Mannschaft fortgesetzt. Hannah ging neben der Frau des Admirals, als Bennett an einer Reihe von Offizieren und Seeleuten entlanggeführt wurde. Hin und wieder blieb er stehen, um einem der Männer eine persönliche Frage zu stellen und sich seine Antwort darauf anzuhören. Selbst ein zufälliger Beobachter hätte bemerken können, dass die Männer, die er begrüßte, ihm mehr als nur Achtung entgegenbrachten. Sie liebten ihn.

Obwohl Bennett, dessen war sich Hannah sicher, genug Schiffe für den Rest seines Lebens gesehen hatte, besichtigte er die Brücke, die Offiziersunterkünfte und die Kombüsen mit offensichtlicher Begeisterung.

Bennett nahm seinen Rundgang zügig vor. Er musste Fragen stellen, verdientes Lob aussprechen, wusste jedoch: Die Seesäcke waren gepackt und standen bereit. Er schüttelte dem Captain noch einmal die Hand, in dem Wissen, dass dieser Mann allen Grund hatte, stolz auf sein Schiff und seine Mannschaft zu sein. Als er die Laufplanke betrat, brachen sie erneut in Beifallsrufe aus. Bennett musste sich fragen, ob seinetwegen oder weil die

Veranstaltung endlich vorüber war und die Männer an Land gehen konnten.

Das Protokoll verlangte, dass der Prinz durch alle Hauptquartiere begleitet wurde. Er zeigte sich interessiert und freundlich, und erst als er endlich wieder in seinem Wagen saß, stieß er einen langen Fluch aus.

„Wie bitte, Hoheit?“

Bennett tätschelte Hannahs Hand, bevor er den Motor startete. „Vier Stunden ... Danke, dass Sie es mit mir zusammen ertragen haben.“

„Ich fand es faszinierend.“ Nichts hatte sich je so wunderbar angefühlt wie der Fahrtwind, als das Cabrio an Tempo gewann. „Die Schiffsbesichtigung war besonders lehrreich.“

Er sah zu ihr hinüber, überrascht, dass ein Schiff und einige bombastische Reden ihr so gut gefallen hatten. „Wenn ich gewusst hätte, dass es Sie wirklich interessiert, hätte ich mich nicht so beeilt.“

„Vermutlich wird Ihnen das alles nach einer gewissen Zeit zur Routine und ein wenig langweilig.“

„Ich habe an die Männer gedacht. Das Einzige, was sie wirklich wollten, war, an Land zu gehen zu ihren Frauen oder Geliebten – oder beides.“ Lächelnd wandte er sich ihr kurz zu. „Sie können sich nicht vorstellen, wie es ist, vier Monate lang auf See zu sein, wenn die einzige Frau, die man sieht, auf einem Hochglanzfoto mit Heftklammern in der Mitte abgebildet ist."

Um ihre Lippen zuckte es, aber es gelang ihr, nur bestätigend zu lächeln. „Nein, das kann ich mir wirklich nicht vorstellen. Aber ich glaube, die Zeit auf See hat Ihnen gefallen, Bennett. Man merkte es an der Art, wie Sie mit den Männern gesprochen und das Schiff besichtigt haben."

Eine Weile schwieg er, freudig überrascht, dass sie das so schnell bemerkt hatte. „Damals war ich mehr Offizier und weniger Prinz. Ich kann nicht sagen, dass mir die Seefahrt im Blut liegt, wie es bei Captain Dumont der Fall ist, aber diese Erfahrung werde ich niemals vergessen."

„Was ist Ihnen am stärksten in Erinnerung geblieben?"

„Der Sonnenuntergang, wie man ihn auf See beobachtet, oder mehr noch, einen Sturm zu erleben. Wir gerieten bei Kreta in einen. Die Wellen bildeten eine Wand und waren etwa fünfzehn Meter hoch. Der Wind toste so laut, so heftig, dass man dem anderen ins Ohr brüllen konnte, und er hat nichts gehört. Kein Himmel war zu sehen, nur Wasser, eine haushohe Wellenwand nach der anderen. Eine solche Erfahrung verändert den Menschen."

„In welcher Weise?"

„Man erkennt, egal, wer oder was man ist, dass es etwas Größeres, Mächtigeres gibt. Die Natur schafft einen Ausgleich, Hannah. Schauen Sie sich jetzt die See an.“ Mit einer Hand deutete er auf das Meer. „Ruhig, fast unnatürlich schön. Ein Sturm macht sie nicht weniger schön, nur gefährlicher.“

„Das klingt, als würden Sie die Gefahr vorziehen.“ Sie verstand auch das nur zu gut.

„Manchmal. Gefahr ist eine Verführung an sich.“ Nach einem kurzen Zeichen für den nachfolgenden Wagen hielt Bennett an. „Im Moment bevorzuge ich die Ruhe.“ Er stieg aus. „Kommen Sie mit mir an den Strand, Hannah.“ Er öffnete ihre Tür und streckte ihr eine Hand entgegen. „Ich habe Marissa Muschelschalen versprochen.“

„Ihr Leibwächter wirkt nicht sehr zufrieden.“ Sie war es auch nicht, als sie feststellte, wie ungeschützt sie waren.

„Meine Wächter wären nur zufrieden, wenn ich in einer kugelsicheren Glashaube säße. Kommen Sie, Hannah! Sagten Sie nicht, die Meeresluft sei gut für die Gesundheit?“

„Ja.“ Sie legte ihre Hand in seine. „Sie müssen Muscheln sammeln, die groß genug sind, dass man sie nicht verschlucken kann. In Marissas Alter verschlucken Kinder die unmöglichsten Dinge.“

„Sie denken immer praktisch.“ Mit einem leichten Lachen hob er sie an der Taille über eine niedrige Ufermauer. Er sah, wie sie den Blick über seine Schulter hinweg richtete, und wusste, dass ihnen ein Wächter in diskretem Abstand folgte. „Sie sollten Ihre Schuhe ausziehen, Hannah. Es kommt sonst nur Sand hinein."

Das war auch praktisch. Und logisch. Hannah versuchte sich einzureden, dass sie nicht zusammen mit ihren Pumps einen Teil ihrer Tarnung ablegte. „Sie müssen in diesen Gewässern faszinierende Korallenformationen haben."

„Tauchen Sie?"

„Nein", log sie. „Ich bin keine gute Schwimmerin. Aber ich war vor ein paar Jahren in London in einer Meeresausstellung. Bis dahin hatte ich keine Ahnung von der unglaublichen Vielfalt von Muscheln oder davon, wie wertvoll sie sein können."

„Was für ein Glück für mich, dass Marissa einen schlichten Geschmack hat." Er hielt ihre Hand fest, während er mit ihr zum Wasser ging. „Ein paar Miesmuscheln, und sie wird begeistert sein."

„Es ist nett von Ihnen, dass Sie an sie denken." Er war tatsächlich nett. Das war schwer zu übersehen. „Sie scheinen bei Ihren Nichten und Neffen äußerst beliebt zu sein."

„Ach, das kommt vermutlich daher, dass es mir nichts ausmacht, von Zeit zu Zeit beim Spielen einen Narren aus mir zu machen. Was ist mit der hier?" Er bückte sich und hob eine lange Spirale auf, die von einer größeren Muschel abgebrochen und von Ebbe und Flut glatt geschliffen worden war. An der Spitze befand sich eine Verdickung, die fast wie eine Krone aussah.

„Sehr passend“, bemerkte Hannah, als er sie ihr reichte.

„Marissa achtet nicht darauf, ob etwas passend ist. Sie zieht das Hübsche vor.“

„Die Muschel ist hübsch.“ Lächelnd strich Hannah mit einem Finger über die Rundung. „Sie sollte sie auf die Fensterbank legen, wo die Sonnestrahlen darauf fallen. Oh, sehen Sie nur.“ Selbstvergessen watete sie in die Brandung und hob eine unversehrte Muschelschale auf. Sie war fächerförmig, außen weiß und rosa schimmernd auf der Innenseite der flachen Schale. „Sie könnten ihr erzählen, dass Feen ihre Kekse zum Tee daraus nehmen.“

„Hannah glaubt also an Feen“, sagte er leise.

Sie reichte ihm die Muschelschale. „Nein, aber Marissa vermutlich.“

Bennett ließ die Muschel in seine Tasche gleiten. „Ihre Füße sind nass.“

„Sie werden schnell wieder trocken.“ Sie machte einen Schritt zurück. Wieder nahm er ihre Hand und ging mit ihr durch die flache, schäumende Brandung.

„Da wir schon einmal hier sind, sollten wir ein paar mehr suchen.“ Ohne auf eine Antwort zu warten, begann er, die Uferlinie entlangzugehen.

Das Wasser umspülte warm und sanft ihre Füße und Knöchel, aber wärmer und sanfter noch war die Brise, die über das Meer herüberwehte. Durch das kristallklare Wasser hindurch sah sie den Grund aus weißem Sand und die glitzernden, funkelnden Muschelschalen, die die Wellen zerbrochen hatten. Hier war die Brandung ruhig, ein Raunen und Wispern.

Es hat nichts Romantisches an sich, warnte Hannah sich. Sie konnte sich nicht erlauben zuzugeben, dass es doch so war. Sie bewegte sich auf einem so schmalen und scharfen Grat wie noch nie zuvor. Ein Fehltritt, und ein Unglück, wenn nicht sogar ein Krieg, wäre die Folge. Entschlossen lenkte sie ihre Gedanken auf die Sicherheitsbeamten wenige Meter hinter ihnen.

„Die Feier heute war sehr schön. Ich bin Ihnen dankbar, dass Sie mich gebeten haben mitzukommen."

„Meine Gründe waren rein egoistischer Natur. Ich habe mich nach Ihrer Gesellschaft gesehnt."

Sie bemühte sich, von seine Worten ungerührt zu bleiben. „In England ist die Königsfamilie oft Zielscheibe von Satire und Kritik, hinter allem jedoch liegt eine tiefe Zuneigung. Dieselbe Liebe und Achtung bringt man hier, wie ich sehe, auch Ihrer Familie entgegen."

„Mein Vater würde Ihnen jetzt sagen, dass wir

unserem Volk ebenso sehr dienen, wie wir es regieren. Er gibt ihm Stabilität und Zuversicht. Alex gibt ihm Hoffnung für die Zukunft. In Ella findet es Glanz, Intelligenz und Menschlichkeit."

„Und in Ihnen?"

„Unterhaltung."

Seine Antwort ärgerte sie. Sie konnte nicht sagen, warum, aber diese arglose Selbsteinschätzung brachte sie dazu, stehen zu bleiben und ihn stirnrunzelnd anzusehen. „Sie unterschätzen sich."

Überrascht neigte Bennett den Kopf zur Seite und betrachtete sie. Da war es wieder, dieses gewisse Unbestimmte in ihrem Blick, das ihn schon die ganze Zeit faszinierte. „Eigentlich nicht. Ich bin mir sehr wohl der Tatsache bewusst, dass ich meine Pflicht erfülle. Mein Vater hat uns alle zu der Einsicht erzogen, dass wir nicht einfach einen Titel geerbt haben. Wir mussten ihn uns verdienen." Er zog sie ein Stück zurück, damit die Gischt der Brandung ihren Rock nicht durchnässte. „Ich werde nicht herrschen. Dem Himmel sei Dank. Das ist Alex' Aufgabe und später die seines Sohnes, den Eve uns hoffentlich schenken wird. Und weil ich nicht regieren werde, muss ich mich selbst nicht so ernst nehmen wie Alex. Das heißt aber nicht, dass ich Cordina oder meine Verantwortung auf die leichte Schulter nehme."

„Es war nicht meine Absicht, Sie zu kritisieren."

„Das haben Sie, glaube ich, auch nicht getan. Ich wollte nur sagen, dass ich über meine offiziellen Verpflichtungen hinaus den Menschen etwas gebe – über das sie bei einem Glas Wein oder bei einem Abendessen reden können. Seit meinem Teenageralter eilt mir der Ruf des Playboy-Prinzen voraus." Er lächelte und schob ihr eine Haarsträhne hinter das Ohr. „Ich kann nicht sagen, dass ich nicht alles getan hätte, um ihn mir zu verdienen."

„Literatur ist mir lieber, als Klatschgeschichten es sind", sagte Hannah und ging weiter.

„Auch Klatsch hat seine Bedeutung." Amüsiert hielt er sie an.

„Sie haben anscheinend Ihre Freude daran."

„Nein." Seine Augen wurden dunkel, als er über sie hinweg und hinaus auf das Meer sah. „Ich habe mich nur daran gewöhnt. Es ist nicht einfach, wenn man mit zwanzig weiß, dass jeder nicht ganz zufällige Blick auf eine Frau in der Presse groß rausgebracht wird, Fotos inklusive. Ich mag Frauen." Jetzt lächelte er und sah sie wieder an. „Da ich diese Seite meiner Persönlichkeit nicht ändern möchte, habe ich beschlossen, mit den Spekulationen der Öffentlichkeit zu leben. Wenn ich gesündigt habe, dann weil es mir an Diskretion fehlte."

„Man könnte auch sagen, es habe an der Menge gelegen."

Er zögerte nur kurz, dann warf er den Kopf in den Nacken und brüllte vor Lachen. „O Hannah, was sind Sie doch für ein Schatz. Also haben Sie sich die Zeit manchmal doch mit etwas anderem als mit Yeats vertrieben."

„Vielleicht habe ich die eine oder andere Schlagzeile überflogen."

Er lachte wieder und schwenkte sie herum, ehe sie es verhindern konnte. „Köstlich. Einfach köstlich."

Seine Augen strahlten, als er sie wieder absetzte. „Wie Sie mich in meine Schranken verweisen, so geschickt, das finde ich einfach bewundernswert."

Unwillkürlich strich sich Hannah den Rock glatt. „Ich bin sicher, Sie haben meine Absicht missverstanden."

„Den Teufel habe ich. Das ist es ja gerade, was mir an Ihnen so gefällt."

Der frustrierte Blick, den sie ihm zuwarf, hatte nichts mit der Rolle zu tun, die sie spielte. Ihm zu gefallen war niemals Teil ihres Plans gewesen. Sie war hier, um zu beobachten, ihre Position zu festigen und einen Plan auszuführen, an dem jahrelang gearbeitet worden war. Noch nie zuvor hatte die anständige Lady Hannah sich darüber Sorgen machen müssen, das Interesse eines Mannes geweckt zu haben. Gerade als sie überlegte, wie sie es wieder zunichte machen könnte, streckte er die Hand aus.

„Ihr Haar löst sich." Mit einer lässigen Bewegung zog er eine Haarspange heraus, die nahe ihrer Schulter hing. „Meine Schuld, weil ich das Verdeck nicht geschlossen habe."

„Ich muss wie nach einem Hurrikan aussehen." Sie versuchte, ihre praktische Frisur zu richten. Haarnadeln, vom Wind und dem Gewicht gelockert, lösten sich ganz heraus. Noch während sie eine Verwünschung murmelte, fiel ihr das Haar wie ein Wasserfall über die Schultern bis zur Taille.

„Mon Dieu." Bevor sie ihr Haar wieder hochstecken konnte, fuhr Bennett mit den Händen hinein. Um seine Finger geschlungen, war es von einem dunklen Honigblond und sanft wie Seide. Wie benommen betrachtete er die Verwandlung. Ihr Haar fiel wild und frei in Wellen um ihr Gesicht und betonte die hohen Wangenknochen, die ohne die Umrahmung nur hart und kantig ausgesehen hatten. Ihr Gesicht wirkte nicht länger hager und knochig, sondern exotisch. „Herrlich! Sie haben das Haar eines Engels."

Mit klopfendem Herzen versuchte sie zu ignorieren, was sie in seinen Augen sah. Das war keine harmlose Freude und keine beiläufige Anziehung, sondern das Verlangen eines Mannes nach einer Frau, ursprünglich, stark und gefährlich wie das

Meer bei einem Sturm. Sie konnte sich nicht von ihm zurückziehen, weil seine Hände in ihrem Haar vergraben waren. Und sie konnte das Auflodern ihres Verlangens nicht leugnen, während er sie festhielt.

Es sollte nicht passieren. Selbst in dieser Situation konnte sie sich sagen, dass es nicht passieren durfte. Dennoch wollte sie von ihm gehalten, begehrt und geliebt werden. Das alles war gegen die Regeln, und es fiel ihr schwer, sich zurückzuhalten.

„Engelshaar", wiederholte Bennett flüsternd. „Warum steckt eine Frau solche Schönheit hoch und verbirgt sie?"

Nein, sie konnte nicht verleugnen, was in ihr vorging, doch sie konnte, wie sie es gelernt hatte, sich selbst verleugnen. „Es ist praktischer, wenn man es hochgesteckt trägt." Sie hob die Hände, um ihre Haar aus seinem Griff zu lösen, und traf auf Widerstand.

Ja, er hatte die ganze Zeit Recht gehabt. Es war viel mehr an ihr, als sie an die Oberfläche dringen ließ. Vielleicht zog ihn das ständig an, weckte in ihm eine Begierde, die er nie zuvor gekannt hatte. Falls es möglich gewesen wäre, hätte er sie an sich gezogen. Es waren nicht die Leibwächter, die ihn abhielten, es war die Spur von Besorgnis, die er in ihren Augen zu erkennen glaubte.

„Wenn das so ist, meine überaus praktische Hannah, warum haben Sie Ihr Haar dann nicht einfach abgeschnitten?"

Wie oft hätte sie es beinahe getan und war im letzten Moment davor zurückgeschreckt. Sie holte tief Luft und bot ihm die schlichte Wahrheit, weil die oft am besten war, um alles zu verschleiern. „Selbst ich habe Eitelkeiten."

„Es macht Sie wunderschön." Er zog die Hände wieder durch ihr Haar und konnte kaum glauben, dass es noch vor kurzem von etlichen Haarnadeln verdeckt worden war.

„Nur anders." Ihr Lächeln verbarg die Spannung, die sie innerlich spaltete.

„Jeder Mann würde einer solchen Veränderung zustimmen." Sie war starr unter seinen Händen. Widerstrebend ließ er sie los. „Aber Sie suchen nicht die Zustimmung eines Mannes, nicht wahr?"

„Ich habe das nie für nötig gehalten." Mit einigen geschickten Drehungen hatte sie ihr Haar wieder im Nacken verschlungen. Die Nadeln wurden hineingeschoben, bis es gesichert war. Sie konnte sich fast, aber nur fast selbst gesichert fühlen. „Wir sollten zurückfahren. Eve könnte mich brauchen."

Bennett nickte und machte sich mit ihr auf den Rückweg zum Wagen. Es würde sich wieder eine Gelegenheit an einem anderen Ort bieten. Er fand etwas in sich, das er nur selten erfuhr, besonders wenn es mit einer Frau zu tun hatte – Geduld.

„Sie können Ihr Haar hochstecken, Hannah, aber da ich jetzt weiß, wie es aussieht, werde ich es jedes Mal so sehen, wenn ich Sie betrachte.“ Als sie die Ufermauer erreichten, hob er Hannah wieder darüber hinweg, blieb diesmal jedoch stehen, die Hände an ihrer Taille und die Mauer zwischen ihnen. „Nachdem ich nun dieses eine Geheimnis erfahren habe, frage ich mich, wie viele andere Sie noch haben und wie bald ich sie herausfinden werde.“

Sorge und Verlangen waren eine mächtige Kombination. Sie fühlte, wie ihr Herz von beidem pochte. „Ich fürchte, Sie werden enttäuscht sein, Bennett. Ich habe wirklich keine interessanten Geheimnisse.“

„Das werden wir sehen“, sagte er, bevor er sich mühelos über die Ufermauer schwang.

## 5. KAPITEL

Es geschah nicht oft, dass Hannah sich danach sehnte, schön zu sein. Durch ihre Arbeit hatte sie die Schönheit des Unauffälligen schätzen gelernt. Im Laufe der Jahre hatte sie hin und wieder ein leises Bedauern gespürt, wenn sie an zarte Farben und hauchdünne Kleider dachte. War sie nicht im Dienst und außer Landes, so konnte sie ihr Äußeres verändern, mit einer anspruchsvollen Wahl der Farben und Schnitte und ein paar gekonnten Strichen mit dem Schminkpinsel.

Hannah wusste, dass jede Frau bei Eves Dinnerparty wundervoll aussehen würde. Ein solches Erlebnis im Palast war geprägt von Eleganz, ja sogar von Extravaganz. Hannah hatte keinen Zweifel, dass jede Frau sich bemühen würde, dem Anlass gerecht zu werden. Jede Frau, sie natürlich ausgenommen.

Sie hatte bereits Eves glitzerndes schwarzes Kleid mit dem von der Taille zu den Knöcheln weich fallenden Stoff gesehen. Gabriella würde ohne Zweifel etwas Zartes tragen, das ihr zerbrechliches feminines Aussehen betonte.

Dann war da noch Chantel O'Hurley. Hannah war sicher, dass die Schauspielerin fantastisch aussehen würde, ganz egal, ob sie Seide oder Sackleinen trug. Mühelos erinnerte sie sich daran, wie

Bennett die Schauspielerin angeschaut hatte, als er die Treppe im Zentrum hinuntergegangen war.

Es hätte ihr nichts ausmachen sollen.

Es machte ihr jedoch viel aus.

Hannah ermahnte sich und wählte das Beste unter dem Schlimmsten aus, ein Kleid in blassem Lavendel mit einem Oberteil, das ihre Kurven herunterspielte. War ihr Haar offen, verlieh es ihr das Aussehen einer lüsternen Puritanerin. Ein Anblick, von dem sie wusste, dass er nicht unbemerkt bleiben würde. Mit einem leichten Seufzer strich sie ihr Haar zurück und begann mit der mühevollen Arbeit, es zu flechten.

Als es säuberlich in ihrem Nacken eingerollt war, war Hannah damit zufrieden, dass alle Spuren von Erotik verdeckt waren. Sie war vorzeigbar, perfekt proper und ohne sexuellen Reiz.

Ich darf kein Bedauern empfinden, sagte Hannah sich, als sie ihre Pistole in die Abendtasche schob. Pflicht kam vor persönlichem Verlangen und ganz bestimmt weit vor Eitelkeit.

Bennett hatte auf Hannah gewartet. Die Gäste wurden im Spiegelsaal bewirtet, wo man ihnen Aperitifs servierte. Die Schauspielerin und die übrigen Mitarbeiter der Theatertruppe waren eingeladen worden, so dass die Unterhaltung angeregt verlief.

Auch wenn er ungeduldig und zerstreut war, erfüllte Bennett mühelos seine Pflicht. Ständig mussten höfliche Fragen gestellt werden, eine Hand musste geküsst, zu einem Scherz musste gelacht werden. Unter normalen Umständen hätte ihn die Party amüsiert und unterhalten, aber ...

Wo war sie? Er stellte fest, dass sich alles in ihm gegen den Abendanzug sträubte, den er für gewöhnlich trug, ohne auch nur einen Gedanken daran zu verschwenden. Überall um ihn herum bewegten sich Frauen in glitzernden Abendkleidern. Ihre Parfums vermischten sich zu einem exotischen Duft, der ihn in keiner Weise in Versuchung führte. Er sehnte sich nach einem Augenblick allein mit Hannah. Er hatte nicht die leiseste Idee, warum sie ihm so wichtig war, aber er sehnte sich verzweifelt nach ihr.

Bennett behielt die Tür unauffällig im Auge, während er mit der Garderobiere sprach. Sein Blick richtete sich kurz auf die goldene Uhr, wobei er dem Regisseur zuhörte.

„Suchen Sie mich?" Die erotische Stimme drang an sein Ohr.

„Chantel." Bennett küsste sie auf beide Wangen, bevor er zurückwich, um sie zu betrachten. „Atemberaubend wie immer."

„Ich tue mein Bestes." Lächelnd nahm sie ein Glas von einem vorübergehenden Kellner. Sie trug ein glitzerndes weißes, schulterfreies Kleid mit verführerisch tiefem Ausschnitt, das ihre weiblichen Kurven betonte. „Ihr Heim ist genau so, wie es den Gerüchten zufolge sein soll.“ Sie hob das Glas an die Lippen und ließ den Blick über die Dutzenden von antiken Spiegeln gleiten, die die Wände zierten. „Und wie schlau von Ihnen, einen solchen Raum auszuwählen, um eine Gruppe narzistischer Schauspieler zu unterhalten.“

„Wir haben unsere guten Augenblicke.“ Er schaute kurz über sie hinweg, entdeckte aber immer noch keine Spur von Hannah. „Ich habe Ihren letzten Film gesehen. Sie waren hervorragend.“

Eine Frau, die es gewohnt war, die ganze Aufmerksamkeit eines Mannes auf sich zu lenken, wusste instinktiv, wenn sie diese nur teilweise genoss. Dennoch lächelte Chantel nur und stellte im Stillen Vermutungen an. „Ich warte noch immer darauf, dass Sie zurück nach Hollywood kommen.“

„Sie sind inzwischen sehr beschäftigt.“ Er griff in seine Tasche und holte eine Schachtel Streichhölzer heraus, um ihre Zigarette anzuzünden. „Wie schaffen Sie es, Ihre Zeit unter Tennisstars, Unternehmern aus der Ölbranche und Produzenten aufzuteilen?“

Chantel neigte den Kopf zur Seite und stieß eine

dünne Rauchfahne aus. „Oh, so ziemlich auf die gleiche Art wie Sie Ihre vermutlich unter Gräfinnen, Marquisen und – was war es doch gleich? – eine Bardame in Chelsea?"

Lachend steckte Bennett die Streichhölzer wieder ein. „Ma chère amie, wenn wir beide die unglaublichen und unzähligen Affären gehabt hätten, die die Presse uns andichtet, hätte man uns schon längst ins Krankenhaus eingewiesen."

Mit der echten Zuneigung, die sie für einige wenige Männer empfand, legte Chantel ihm die Hand an die Wange. „Zu jedem anderen würde ich jetzt sagen: Das meinst auch nur du. Da wir jedoch niemals ein Liebespaar waren, ungeachtet der Schlagzeilen, die das Gegenteil behaupten, frage ich Sie jetzt, wie die Dinge für Sie stehen, in romantischer Sicht."

„Verwirrend." In diesem Moment beobachtete er in dem ovalen Spiegel über Chantels Schulter, wie Hannah in den Raum schlüpfte. Sie sah aus wie eine Taube, die sich in eine Pfauengruppe verirrt hatte. „Sehr verwirrend. Entschuldigen Sie mich bitte einen Augenblick, meine Liebe, ja?"

„Natürlich." Sie hatte bemerkt, auf wen er seine Aufmerksamkeit gerichtet hatte. „Viel Glück, Bennett."

Seine lebenslange Erfahrung erlaubte es ihm, durch die Menschenmenge zu gleiten, hier ein paar rasche Worte zu wechseln, dort ein Lächeln zu verteilen oder eine gemurmelte Entschuldigung, ohne irgendjemanden zu beleidigen. Eine Minute, nachdem Hannah sich in eine Ecke zurückgezogen hatte, war er bei ihr.

„Guten Abend, Lady Hannah."

„Hoheit." Sie verwendete seinen Titel und knickste, wie das Protokoll es verlangte. Er ergriff ihre Hände, als sie sich aufrichtete.

„Für gewöhnlich macht eine Frau, die zu spät kommt, einen großen Auftritt und schlüpft nicht in eine Ecke."

Zum Teufel mit ihm, dass er ihren Pulsschlag hochtrieb. Sie bemerkte, dass sich mehr als ein Kopf in ihre Richtung wandte. „Ich beobachte lieber, anstatt beobachtet zu werden, Hoheit."

„Ich ziehe es vor, Sie zu beobachten." Er gab einem Kellner ein Zeichen und nahm sich ein Glas von dem Tablett. „Sie bewegen sich gut, Hannah, als würden Sie in einem leeren Raum kein Geräusch erzeugen."

Das hatte genauso viel zu tun mit ihrem Training in Taekwondo wie mit dem Ballettunterricht in ihrer Kindheit. „Ich wurde dazu erzogen, nicht zu stören." Sie nahm ein Glas entgegen. „Danke. Dies ist ein schöner Raum." Sie sagte es beiläufig, so beiläufig, wie sie den Blick über die Gästeschar gleiten ließ. Ihr Spiegelbild wurde ein Dutzend Mal auf sie zurückgeworfen. Ihres und Bennetts, dicht nebeneinander.

„Ich mochte ihn immer ganz besonders. Zufällig war es ein anderer Bennett vor etlichen Generationen, der mit der Sammlung begann. Er war wohl schrecklich eitel, ohne einen Grund dafür zu haben, und kaufte ständig Spiegel in der Hoffnung, einer würde ihm etwas anderes zeigen."

Sie musste lachen. Unwillkürlich hatte sie fast das Gefühl, dass sie hierher gehörte, zu den Abendkleidern und den Spiegeln und dem Glanz. „Ich würde zwar sagen, Sie haben das erfunden, aber es klingt albern genug, um wahr zu sein."

„Sie haben ein überaus ansprechendes Lachen", meinte er. „Dieses Lachen erinnert mich daran, wie Sie aussehen, wenn Ihr Haar frei fällt und ihre Augen dunkel wirken."

„Sollten Sie sich nicht um Ihre Gäste kümmern?"

„Das habe ich schon getan." Er strich mit einem Daumen sachte über ihre Hand. Es war eine intime Geste, die wieder den Wunsch in ihr weckte, für ihn schön sein zu können. „Während ich auf Sie gewartet habe." Er trat näher. Weil sie schon in die Ecke gedrängt war, konnte sie nicht ausweichen. „Sie duften wunderbar."

„Bennett, bitte!" Sie hätte beinahe ihre Hand an seine Brust gelegt, erinnerte sich jedoch daran, dass zahlreiche Blicke auf sie gerichtet waren. Stattdessen hob sie abwehrend ihr Glas.

„Hannah, ich kann Ihnen nicht sagen, wie sehr es mir gefällt, zu sehen, wie nervös Sie werden. Sie geben sich immer ganz unsicher, sobald ich Ihnen eine Spur zu nahe komme."

Das stimmte und war eine bittere Pille für eine Frau, die dadurch überlebte, dass sie ihrer selbst sicher war. „Die Leute beobachten uns."

„Dann kommen Sie später mit mir in den Park, wo wir allein sein können."

„Ich halte das nicht für klug."

„Haben Sie Angst, ich könnte Sie verführen?"

Belustigung und Arroganz schwangen in seinem Ton mit, doch als Hannah ihn ansah, erkannte sie auch Verlangen. Sie nippte erneut an ihrem Getränk, um ihre Kehle zu befeuchten, die ganz trocken geworden war. „Keine Angst. Unbehagen scheint ein treffenderes Wort zu sein."

„Es wäre mir ein großes Vergnügen, Ihnen Unbehagen zu bereiten, Hannah." Seine Stimme war leise, eine Zärtlichkeit, die das leichte Streichen seiner Lippen über ihre Hand begleitete. „Ich möchte Sie an einem dunklen, stillen Platz lieben, sehr langsam und sehr sanft."

Verlangen kam wieder in ihr auf, bis sie einen Schauer unterdrücken musste. Es könnte so sein – mit ihm, wenn doch nur ...

Es durfte kein Wenn in ihrem Leben geben. Das hätte Unsicherheit bedeutet, und Unsicherheit war tödlich. Hannah zwang sich zur Ruhe und schaute ihn an. Er meinte es ernst. Sein Verlangen war unverkennbar, aber mehr noch eine Freundlichkeit, eine Sanftheit, die sie fast ihre Beherrschung gekostet hätte.

Sie konnte ihn begehren, aber sie durfte nicht nachgeben. Es gab nur eine Möglichkeit, aufzuhalten, was nie hätte beginnen dürfen: Sie musste ihn verletzen, und sie musste es sofort tun.

„Ich sollte geschmeichelt sein." Ihre Stimme klang wieder kühl und ruhig. „Aber wenn Sie entschuldigen, Hoheit, ich habe den Eindruck, dass Sie nicht sehr wählerisch sind."

Seine Finger wurden starr, ehe er ihre Hand losließ. Es war offensichtlich, dass der Pfeil sein Ziel getroffen hatte. „Dafür hätte ich gern eine Erklärung, Hannah."

„Die Erklärung scheint offensichtlich. Lassen Sie mich bitte vorbei! Sie schwören eine Szene herauf."

„Es wäre nicht das erste Mal." Plötzlich schwang etwas Neues in seiner Stimme mit. Es war Ärger, sicher, aber einer, der keine Rücksicht, keine Vorsicht kannte. Hannah wusste, wenn sie ihr Spiel jetzt nicht konsequent spielte, würde sie ihren Namen in den Schlagzeilen wieder finden, weil sie mit Bennett in der Öffentlichkeit gestritten hatte.

„Nun gut." Sie stellte ihr Glas auf einem Tisch ab und verschränkte ihre Hände. „Ich bin eine Frau und daher von einem gewissen Interesse. Um es direkt auszudrücken, dieses Interesse wird nicht erwidert."

„Das ist eine Lüge."

„Nein!" Sie schnitt ihm diesmal energischer das Wort ab. „Obwohl das für einen Mann wie Sie vielleicht schwer zu verstehen sein mag, bin ich eine schlichte Frau mit schlichten Werten. Wie Sie mir sagten, eilt Ihr Ruf Ihnen voraus." Sie schwieg, als er zusammenzuckte.

*O Bennett, es tut mir Leid, so Leid!*

„Ich bin nicht nach Cordina gekommen, um Sie zu amüsieren", sagte sie, während sie einen Schritt zur Seite tat.

Er hob eine Hand, um sie aufzuhalten, und sie wartete. „Sie amüsieren mich nicht, Hannah."

„Dann muss ich Sie um Verzeihung bitten." In dem Bewusstsein, dass es mehr eine Beleidigung als eine Höflichkeit war, knickste sie. „Wenn Sie mich jetzt entschuldigen, Hoheit? Ich möchte mit Eve sprechen."

Er hielt sie noch einen Moment fest. Hannah spürte seinen Zorn. Im nächsten Moment nur noch Kälte. „Ich werde Sie nicht zurückhalten. Genießen Sie den Abend."

„Danke."

Hannah verabscheute sich selbst, während sie sich unter die Menge mischte. Die Lichter sind so hell, sagte sie sich. So blendend. Deshalb schmerzten ihre Augen.

„Lady Hannah, guten Abend!“ Reeve trat an ihre Seite und ergriff ihren Arm. „Möchten Sie etwas Wein?“

„Ja, danke.“ Sie passte sich seinem Schritt an und nahm das Glas entgegen, das er ihr reichte.

„Haben Sie sich diese Spiegelsammlung angesehen? Ich habe diese drei immer ganz besonders beeindruckend gefunden. Sind Sie in Ordnung?“ fügte er leise hinzu.

„Ja, sie sind sehr schön. Es geht mir gut.“

Er sah sich um, ob auch niemand in Hörweite war. „Es sah so aus, als hätten Sie Probleme mit Bennett.“

„Er ist beharrlich.“ Sie nippte an ihrem Wein und staunte, dass ihre Nerven sich noch nicht beruhigt hatten. „Dies hier ist sicher achtzehntes Jahrhundert.“

„Hannah.“ Er deutete auf einen anderen Spiegel, und seine Stimme wurde sanft. „Ich habe mit Ihrem Vater gearbeitet, als ich mir die ersten Sporen beim ISS verdiente. Dadurch ist mir fast so, als würde ich zur Familie gehören. Fühlen Sie sich gut?“

„Es geht schon wieder.“ Sie holte tief Luft und lächelte, als hätte er etwas Amüsantes gesagt. „Ich habe ihm gerade wehgetan. Es hat mir keine Freude bereitet."

Reeve berührte flüchtig ihre Hand. Es wirkte so aufmunternd wie eine Umarmung. „Man bringt selten einen Auftrag hinter sich, ohne jemanden zu verletzen."

„Ja, ich weiß – der Zweck heiligt die Mittel. Keine Sorge, ich werde meinen Job erledigen."

„Ich habe mir keine Sorgen gemacht."

„Es wäre eine große Hilfe, wenn Sie veranlassen könnten, dass Bennett in der nächsten Woche beschäftigt ist. Ich kann es nicht gebrauchen, dass er mich ..."

„Ablenkt?"

„Stört", verbesserte Hannah. Sie blickte in einen der Spiegel und sah Bennett auf der anderen Seite des Raumes mit Chantel. „Obwohl ich mich auch darum hätte kümmern können. Entschuldigen Sie mich."

Er trieb sein Pferd zum Äußersten an und fand dennoch nicht die gesuchte Befreiung. Fluchend jagte Bennett den gewundenen Pfad entlang, aber weder Freude noch Erregung kamen in ihm auf. Die Wut ließ ihnen keinen Raum.

Er sehnte sich nach Hannah. Er wünschte sie zum Teufel, trotzdem sehnte er sich nach ihr. In den Tagen, seit sie sich von ihm abgewendet hatte,

hatte das Verlangen nach ihr nicht nachgelassen. Selbstverachtung und Wut hatten es überlagert, aber es war immer noch da.

Sie ist kalt, sagte er sich, unempfindlich und prüde, ohne Großmut und ohne Herz. Er sah sie vor sich, wie sie am Strand gestanden hatte, eine Muschel in der Hand, mit strahlenden Augen, als der Wind ihr die Nadeln aus dem Haar zog.

Sie ist hart wie ein Stein, sagte er sich, und genauso gefühllos. Dann erinnerte er sich, wie zart, wie sanft ihre Lippen gewesen waren, als er sie mit seinen berührt hatte.

Er verwünschte sie und ritt seinen Hengst noch schärfer.

Der Himmel sah bedrohlich nach Regen aus, aber er achtete nicht darauf. Zum ersten Mal seit Tagen hatte er sich lange genug von seinen Verpflichtungen freimachen können, um mit Dracula auszureiten. Der Wind pfiff vom Meer herein und ließ die Wellen hochschaukeln.

Er sehnte den Sturm herbei. Bei Gott, er wollte den Wind und den Regen und den Donner.

Er wollte Hannah.

Idiot! schalt er sich. Nur ein Narr begehrte eine Frau, die seine Gefühle nicht erwiderte. Nur ein Verrückter überlegte, wie er bekommen könnte, was ihm schon verweigert worden war. All das hatte er sich bereits früher gesagt, und doch ertappte er sich bei Träumereien, wie er sie in die Arme nahm und irgendwohin brachte, bis er den richtigen Weg fand, um ihr zu zeigen ... Ihr was zu zeigen? fragte sich Bennett. Ihr zu zeigen, dass es mit ihr anders war?

Welche Frau würde es glauben?

Dutzende haben es mir geglaubt, dachte er, und sein eigenes Gelächter hallte wider. Das konnte er mit Sicherheit bezeugen. Aber jetzt, da es die Wahrheit war, da es ihm am meisten ausmachte, würde diese Frau ihm nicht glauben.

Weil er sich wie ein Idiot benommen hatte. Er hielt seinen Hengst an, vor einem Steilabfall über dem Meer, und blickte hinaus. Er hatte gedrängt, zu stark und zu schnell. Es war demütigend, zuzugeben, er könnte es getan haben, weil er niemals zuvor auf einen so heftigen Widerstand gestoßen war.

Frauen fühlten sich zu ihm hingezogen – vor allem wegen seines Titels und seiner Stellung. Er war nicht so eingebildet oder so töricht, es nicht zu merken. Aber sie fühlten sich auch zu ihm hingezogen, weil er Vergnügen mit ihnen hatte. Er liebte ihre Zartheit, ihre Launen, ihre Verletzlichkeiten. Gewiss, er war nicht mit so vielen intim gewesen, wie sein Ruf es ihm zugestand, aber mit genug, um zu wissen und zu schätzen, dass eine Liebesbeziehung eine wechselseitige Angelegenheit war.

Hannah war jung, unerfahren, beschützt. Der Begriff „Lady“ war nicht bloß ein Titel, er bezeichnete eine Lebensart. Was Männer betraf, so bezweifelte er, dass sie sich lange genug von ihren Büchern fern gehalten hatte, um irgendwelche ernsten Beziehungen aufzubauen.

Bennett fluchte wieder und fuhr sich mit der Hand durch das windzerzauste Haar. Und was hatte er gemacht? Er hatte versucht, sie auf einer Abendgesellschaft zu verführen. Wie hatte er von einer Frau ihrer Herkunft und ihrer Empfindlichkeit etwas anderes erwarten können, als dass sie es als Beleidigung empfand? Es war der ungeschickteste und vielleicht primitivste unsittliche Antrag.

Dracula tänzelte ungeduldig, aber Bennett hielt ihn noch einen Moment ruhig, während er beobachtete, wie das Unwetter langsam vom Horizont in Richtung Küste zog.

Er hatte ihr nie gesagt, hatte es niemals versucht, ihr zu sagen, was sie ihm in seinem tiefsten Innern, in seinem Herzen, angetan hatte. Einfach nur mit ihr zu reden, den ernsten Ausdruck ihres Gesichts und ihre ruhige Art zu beobachten erregten ihn so sehr, wie es die exotischste und leidenschaftlichste Frau niemals vermocht hatte. Was er für sie empfand, ging sehr viel tiefer, erfüllte ihn so viel mehr. Er hatte es niemals ihr gegenüber ausgesprochen: Bei ihr glaubte er die Liebe finden zu können, von der er sicher gewesen war, dass es sie nie für ihn geben würde.

All das konnt er jetzt kaum tun, jetzt, nachdem er sie befremdet und beleidigt hatte. Er begann zu lächeln, als die ersten Regentropfen auf die Wasseroberfläche klatschten. Er konnte von vorn anfangen.

Bennett wendete das Pferd. Als der erste Blitzstrahl den Himmel zerriss, jagten sie nach Hause.

Es war noch keine Stunde vergangen, da begab sich Bennett, in trockener Kleidung und triefnassem Haar, hinauf in das Kinderzimmer. Bernadette hielt ihn an der Tür auf.

„Verzeihung, Eure Hoheit, aber Prinzessin Marissa hält jetzt ihr Schläfchen. Ihre Hoheit ruht mit dem Baby."

„Ich suche Lady Hannah." Er beugte sich in den Raum, aber Bernadette wich nicht von der Stelle.

„Lady Hannah ist nicht hier, Sir. Ich glaube, sie ist heute Nachmittag ins Museum gegangen."

„Ins Museum." Bennett dachte kurz nach. „Danke, Bernadette."

Noch bevor sie ihren Knicks vollführt hatte, war er verschwunden.

Le Musée d'Art war wie ein kleiner Palast gebaut, mit Marmorböden und verzierten Säulen.

Hannah war zeitig eingetroffen, um das ganze

Gebäude zu erforschen. Gruppen von Schulkindern und Touristen wurden herumgeführt. An einem regnerischen Nachmittag mitten in der Woche bot das Museum einen angenehmen Zeitvertreib.

Zu der in ihrer Botschaft angegebenen Zeit schlenderte sie zu einem Meeresbild von Monet. Sie hielt sich lange genug davor auf, um die Tafel zu lesen und den Pinselstrich zu bewundern. Wer immer sich mit ihr treffen sollte, war möglicherweise schon da und beobachtete sie. Lässig ging sie von Bild zu Bild.

Dann sah sie das Aquarell, und ihre Gedanken schweiften zurück in das Musikzimmer und zu Bennett.

Auf der Tafel stand „Ihre Fürstliche Hoheit Prinzessin Louisa von Cordina", aber in kleinen Buchstaben in der Ecke des Gemäldes befand sich ihre Signatur: Louisa Bisset.

Sie hatte es schlicht „La Mer" genannt. Es war tatsächlich das Meer, doch von einem Blickpunkt, den Hannah noch nicht kannte. Gezackte Klippen fielen senkrecht zu Felsen ab, vor denen sich weißer Sandstrand bis zum blauen Wasser erstreckte. Doch es war nicht friedlich. In diesem Gemälde hatte die Künstlerin nach Macht und Gefahr gesucht und sie eingefangen. Die Gischt schoss hoch, und am Horizont braute sich ein Gewitter zusammen.

Er hat das Bild in einer Truhe gefunden, dachte Hannah und musste gegen den Drang ankämpfen, den Rahmen zu berühren, wie Bennett es gemacht hatte. Er hatte das Bild gefunden und vielleicht einen Teil von sich selbst darin wiederentdeckt.

„Ein interessantes Motiv."

Der Mann neben ihr sprach Französisch. Der Kontakt war hergestellt.

„Ja, die Künstlerin war sehr begabt." Hannah ließ ihre Broschüre fallen. Als sie sich bückte, sah sie sich um und war sehr zufrieden, dass niemand in der Nähe war. „Ich habe Informationen."

„Die Sie durch mich weitergeben sollen."

Sie wandte sich dem Mann zu und lächelte, als würden sie einige Bemerkungen über das Bild austauschen. Er war von mittlerer Größe, hatte einen dunklen Teint, keine Narben. Sie schätzte ihn auf fünfzig, obwohl er jünger sein mochte. Manche Berufe ließen die Menschen schneller altern. Er war kein gebürtiger Franzose. Der deutsche Akzent war schwach, aber unüberhörbar.

„Einige Aspekte meiner Informationen machen es notwendig, dass ich sie direkt dem Mann gebe, der mich bezahlt."

„Das verstößt gegen die Grundsätze der Organisation."

„Das hat man mir gesagt. Allerdings weiß ich, was wegen dieser Grundsätze vor fast sechs

Monaten passierte. Es wurde nicht ungern gesehen, dass ich die Initiative ergriff und der Organisation gewisse Unannehmlichkeiten ersparte."

„Nun, ich bin nur hier, um Ihre Informationen zu empfangen."

„Dann lautet meine Information wie folgt." Bevor sie weitersprach, ging sie zum nächsten Gemälde und deutete darauf, als wollte sie ihrem Begleiter die Farben zeigen. „Ich habe unbeschränkten Zugang zum Palast. Weder meine Person noch meine Sachen werden durchsucht. Ich besitze bereits die kompletten Unterlagen über die Sicherheitsmaßnahmen im Palast und im Zentrum der Schönen Künste."

„Das wird sehr nützlich sein."

„Und es wird dem Mann übermittelt, der mich bezahlt. Das sind meine Grundsätze."

„Sie werden von der Organisation bezahlt."

„Und die Organisation wird von Männern geführt. Ich weiß, für wen ich arbeite und warum." Daraufhin wandte sie sich ihm zu. Ihr Lächeln war sehr kühl, als würden sie über das Wetter sprechen. „Ich bin keine Närrin. Die Organisation hat gewisse Ziele, ich auch. Ich werde diese Ziele gern zu gegenseitiger Zufriedenheit miteinander verschmelzen. Und ich werde mit der höchsten Autorität zusammentreffen und sprechen. Sorgen Sie bald dafür."

„Manche Leute machen einen Schritt und stürzen von einer Klippe."

„Ich bin sehr sicher zu Fuß. Geben Sie das bitte weiter. Mein Wissen ist sehr viel wert. Was ich herausfinden kann, ist noch viel mehr wert. Hier drinnen werden Sie genug finden, das die Richtigkeit meiner Worte beweist." Hannah ließ ihre Broschüre fallen, hob sie jedoch nicht auf. „Guten Tag, mein Herr."

Ihre Nerven prickelten, als sie zum Ausgang schritt. Und sie glaubte ihren Augen nicht trauen zu können, als Bennett hereinkam.

„Hoffentlich haben Sie nichts gegen Gesellschaft", sagte Bennett, noch bevor ihr eine passende Bemerkung einfiel.

„Natürlich nicht." Hannah wagte nicht, nach hinten zu blicken, um festzustellen, ob ihr Kontaktmann noch da war. Sie lächelte und wusste nicht, wie sie sich verhalten sollte, nachdem sie und Bennett einander tagelang aus dem Weg gegangen waren. „Das Museum ist sogar noch schöner, als man mir gesagt hat."

„Haben Sie alles gesehen? Ich würde Sie gern herumführen."

„Ich könnte mir tagelang alles ansehen, aber ich bin ein wenig müde."

Da entdeckte sie den Mann. Er wandte ihnen den Rücken zu und lauschte.

Bennett nahm den Mann nicht wahr, nur sie. „Trinken Sie oben in meinem Büro Kaffee. Ich möchte mit Ihnen sprechen."

„Sehr gern." Hannah ließ sich von ihm hinausführen und wusste, dass jedes Detail an Deboque weitergeleitet wurde.

Mit einem verschwiegenen Leibwächter betraten sie den Aufzug. Bennett benutzte einen Schlüssel für die Fahrt zur dritten Etage.

Sie gingen an uniformierten Wächtern vorbei und betraten eine Reihe von Räumen. Zwei Sekretärinnen – eine an der Telefonanlage, die andere an einem Computer – erhoben sich sofort, als Bennett eintrat.

„Janine, könnten wir Kaffee bekommen, bitte?"

„Ja, Hoheit, sofort."

Seine Hand an Hannahs Arm, öffnete Bennett eine Tür. Sobald er sie hinter sich schloss, setzte Wispern ein. Seine Hoheit hatte noch nie eine Frau in sein Büro gebracht.

„Setzen Sie sich, Hannah. Wenn Sie durch das ganze Museum gegangen sind, waren Sie stundenlang auf den Beinen."

„Ja, aber es hat mir Spaß gemacht." Sie wählte einen Sessel anstelle der bequemen Couch und verschränkte die Hände im Schoß. „Ich habe stets den Louvre geliebt, aber dieses Museum hier ist viel persönlicher."

Er blieb stehen. „Hätten Sie mir Bescheid gesagt, hätte ich Sie persönlich geführt."

„Ich wollte Sie nicht stören."

Er ist nervös, stellte Hannah fest. Es hätte sie mit Befriedigung erfüllt, wäre sie nicht ebenfalls nervös gewesen.

Es ist das Zusammentreffen, sagte sie sich. Nein, es ist Bennett. Es wäre albern, das abzustreiten.

„Arbeiten Sie oft hier?"

„Wenn nötig." Er wollte nicht über das Museum sprechen. Bennett schob die Hände tiefer in die Taschen. Seit wann hatte er Schwierigkeiten, mit einer Frau zu sprechen? Seit Hannah, dachte er. „Hannah ..."

Beim Klopfen an der Tür unterdrückte er einen Fluch. Er öffnete Janine, die mit einem Tablett hereinkam. Die Kaffeekanne darauf war aus Silber, die Tassen waren aus violettem Porzellan mit Goldrand.

„Stellen Sie es dort ab, Janine. Ich kümmere mich darum."

„Ja, Hoheit." Sie stellte das Tablett ab und zog sich zurück.

„Wir haben Glück." Bennett schenkte ein. „Diese kleinen Kuchen sind aus dem Restaurant unten im Haus. Sie schmecken köstlich. Sahne?"

„Ja, danke. Keinen Zucker." Wie höflich wir doch sind, dachte sie, während sich die Spannung in ihr ausbreitete.

„Setzen Sie sich hierher, wenn ich verspreche, mich zu benehmen?"

Obwohl er es leicht dahinsagte, registrierte Hannah seine Anspannung. Sie blickte auf ihre Hände. „Natürlich." Sie stand auf und setzte sich neben ihn auf das Sofa.

„Hannah, bitte entschuldigen Sie mein Benehmen an jenem Abend. Kein Wunder, dass Sie beleidigt waren."

„Bitte, nicht." Mit einem Unbehagen, das sie nicht einmal mit ihrem Training verbergen konnte, setzte sie die Tasse ab. „Ich möchte keine Entschuldigung. Ich war nicht beleidigt, wirklich nicht. Ich war nur ..."

„Verängstigt? Das ist genauso unentschuldbar."

„Nein – ja." Welche Antwort stimmte? Sie gab auf. „Bennett, die Wahrheit ist, dass mich noch nie jemand so verwirrt hat wie Sie."

„Danke."

„Das war kein Kompliment, sondern eine Klage."

„Hannah, können wir Freunde sein?" Er zog ihre Hände an seine Lippen.

Sie nickte zögernd. „Gern."

„Dann Freunde." Zufrieden, dass die erste Hürde genommen war, lehnte Bennett sich zurück. Er wollte warten und wesentlich vorsichtiger sein, ehe er sich an die zweite Hürde heranwagte. „Was hat Ihnen in dem Museum am besten gefallen?"

Sie vertraute ihm nicht. „Die luftige, offene Atmosphäre der Räume. Zu häufig sind Museen ernst, feierlich. Ach, und ich habe ein Gemälde von Ihrer Vorfahrin gesehen, das vom Meer. Es ist beeindruckend.“

„Eines meiner Lieblingsbilder.“ Er achtete sorgfältig darauf, Hannah nicht wieder zu berühren. „Ich war versucht, es in meinem Zimmer einzuschließen, um es ganz für mich zu haben, aber ...“ Schulterzuckend griff er nach seiner Tasse. „Es erschien mir nicht fair.“

„Und Sie sind fair“, sagte sie.

„Ich versuche es“, erwiderte er. „Hannah, Sie reiten, nicht wahr?“

„Ja.“

„Reiten Sie morgen früh mit mir aus. Es muss zeitig sein, weil der Rest des Tages mit Terminen ausgefüllt ist, aber es ist schon lange her, dass ich bei einem Ausritt eine Begleitung hatte.“

„Ich weiß nicht, ob ich kann. Eve ...“

„... wird bis zehn Uhr mit Marissa beschäftigt sein.“

Wie gern sie reiten wollte. Eine Stunde Freiheit und Bewegung. „Ja, aber ich habe versprochen, sie ins Zentrum zu begleiten. Sie hat dort um elf Uhr Verabredungen.“

„Bis dahin sind wir wieder zurück, wenn Sie bereit sind, zeitig aufzubrechen. Kommen Sie!

Cordina ist am schönsten morgens vom Rücken eines Pferdes aus."

„Nun gut." Hannah wusste, dass es ein Impuls war, aber sie konnte eine Stunde Entspannung brauchen.

In wenigen Tagen würde sie Deboque treffen – Hannah trank einen Schluck Kaffee – oder tot sein.

# 6. KAPITEL

Bennett hatte nicht gelogen. Hannah hatte Cordina bereits schön gefunden, aber am frühen Morgen war es unbeschreiblich. Im Licht der Morgendämmerung erinnerte Cordina Hannah an ein junges Mädchen, das sich zu seinem ersten Ball einkleidet. Die Farben schimmerten weich. Rosa und Rot und geheimnisvolles Blau hingen noch im Osten, als sie aufsaßen.

Während sie sich in ihrem Sattel zurechtsetzte, betrachtete sie Bennetts Dracula mit einer Mischung aus Neid und Verlangen. Zu den Ställen ihres Vaters gehörten einige der prächtigsten Pferde Großbritanniens, aber er besaß keines, das sich mit diesem schwarzen Hengst vergleichen ließ. Er war schnell und rücksichtslos und ein kleines bisschen böse. Sie konnte sich vorstellen, dass er sogar Bennett abwarf.

„Ein Pferd wie dieses hat bestimmt einen eigenen Willen“, bemerkte sie mit einem Blick auf Dracula.

„Natürlich.“ Bennett beruhigte den Hengst, als er zur Seite tänzelte. Offenbar missverstand Bennett Hannahs Bemerkung. Er lächelte beruhigend. „Ihr Don Quixote ist stark und ein Gentleman. Ella reitet ihn oft, wenn sie hier ist.“

Hannah zog nur eine Braue hoch, sie hatte die

beruhigenden Worte als das erkannt, was sie waren. „Danke, Hoheit. Es beruhigt mich, zu wissen, dass Sie mir ein Damenpferd gegeben haben.“

Er glaubte, eine Spur Sarkasmus aus ihrer Stimme herauszuhören. Als er sie jedoch ansah, begegnete er einem höflichen Lächeln. „Ich dachte, wir reiten ans Meer.“

„Gern.“

Mit einem Kopfnicken wendete Bennett sein Pferd und verfiel in einen leichten Trab. „Sitzen Sie bequem?“

„Ja, danke.“ Als sie in den sanften Rhythmus verfiel, versuchte Hannah, sich nicht nach einem wilden Galopp zu sehnen. „Es war freundlich von Ihnen, mich einzuladen. Ich habe gehört, dass Ihre morgendlichen Ausritte geheiligt sind.“

Er lächelte ihr zu und war zufrieden, dass sie so gut und voll Selbstbewusstsein auf dem Pferd saß. „Es gibt Zeiten, in denen ich Gesellschaft bevorzuge.“

Das galt nicht für die letzte Zeit. Seit Deboques Freilassung hatte er das Gefühl, seine Arme nicht ausstrecken zu können, ohne einen Wachmann anzustoßen.

Sein Blick verfinsterte sich, vor Ungeduld und vor Wut gleichermaßen. Er wollte, dass Deboque aus dem Weg geschafft wurde. Ihm gefiel der Gedanke, ihn sich selbst vorzunehmen. Instinktiv berührte er mit einer Hand seine Schulter, in die eine Kugel eingedrungen war. Ja, der Gedanke gefiel ihm sehr.

Sein Blick beunruhigte sie. Er schien nach etwas Ausschau zu halten, gegen das er sich verteidigen musste. Der Mann neben ihr war nicht der gelassene, leichtlebige Prinz, den sie erwartet hatte. An was immer, an wen immer er gerade dachte, es schien sich auf sein Pferd zu übertragen, denn Dracula scheute nervös. Sie sah, wie gut er den Hengst unter Kontrolle hatte, eine kleine Bewegung genügte. Er konnte freundlich oder streng sein, sanft oder grob. Ihre Handflächen, in denen sie die Zügel hielt, wurden feucht.

„Stimmt etwas nicht?"

„Wie?" Er schaute hinüber. Einen Moment war sein Blick noch so hart und finster, dass sie sich verspannte. Dann war er verschwunden, und Bennett lächelte wieder. Heute Morgen gibt es Deboque nicht, sagte er sich. Er war es leid, jeden Aspekt seines Lebens und des Lebens seiner Familie von einem Namen überschatten zu lassen. „Nein, es ist nichts. Erzählen Sie mir, was Sie zu Hause machen, Hannah. Ich kann Sie mir dort gar nicht vorstellen."

„Wir leben sehr ruhig in London." Das stimmte teilweise. „Ich erledige viel von meiner Arbeit zu Hause."

„Ihre Arbeit", wiederholte er. „Ihre Essays?" Er

führte sie über den leichtesten Pfad mit dem geringsten Gefälle.

„Ja. Ich hoffe, sie werden in ein oder zwei Jahren zur Veröffentlichung bereit sein."

„Ich würde sie gern lesen."

Sie warf ihm einen überraschten Blick zu und fühlte dann sofort, wie sie sich versteifte. Es hatte nichts mit Angst zu tun. Selbst wenn er verlangt hätte, ihre Arbeit zu sehen, hätte sie genug gehabt, um ihn zufrieden zu stellen. Nein, es war nicht Angst, sondern die Überzeugung, körperlich krank zu werden, wenn sie ihn noch länger belog.

„Das können Sie selbstverständlich gern tun, aber ich glaube nicht, dass meine Schriften für Sie von großem Interesse sind."

„Sie irren sich. Sie selbst sind von großem Interesse für mich."

Hannah blickte zu Boden, aber nicht aus Schüchternheit, wie er dachte, sondern aus Scham. „Es ist schön hier", meinte sie nach einer Weile. „Reiten Sie oft hier entlang?"

Sie ließ ihn nicht an sich heran. Bennett unterdrückte die Frustration und erinnerte sich daran, dass er eine weite Wegstrecke vor sich hatte. „Nein. Ich war schon lange nicht mehr hier." Als sie den höchsten Punkt einer Erhebung erreichten, hielt er an. Hannahs Wallach war damit zufrieden, sich mit dem Gras neben dem Weg zu beschäftigen. Neben ihr bebte Dracula förmlich vor Energie. „Etwas Abstand verändert alles“, sagte Bennett.

Sie folgte seinem Blick und schaute zurück zum Palast. Von hier sah er wie ein exquisites Kinderspielzeug aus, wie ein großartiges Puppenhaus, das ein verwöhntes Kind unterm Weihnachtsbaum vorfinden mochte. Im Osten befand sich das Meer, von den Klippen und den Bäumen noch immer den Blicken entzogen und kaum zu hören. Wie der Palast wirkte es kaum real.

„Mussten Sie so dringend wegkommen?“ fragte Hannah ruhig.

„Manchmal.“ Es überraschte ihn nicht mehr, dass sie seine Stimmungen einfangen konnte. Die Zügel fest in der Hand, hielt er den Hengst unter Kontrolle und betrachtete weiterhin sein Zuhause. „Ich habe eine Zeit in Oxford und auf See verbracht. Wenn ich fort war, vermisste ich Cordina, dass es schon wie ein Schmerz war. Aber in den letzten sechs Monaten verspürte ich eine Ruhelosigkeit, als würde ich darauf warten, dass etwas passiert.“

Sie dachten beide an Deboque.

„In England beklage ich mich oft, vor allem um diese Zeit des Jahres, über die Kälte und die Nässe.“ Sie setzte sich im Sattel zurecht und lächelte bei dem Gedanken an daheim. „Ich sehe aus dem Fenster und denke, dass ich meine Seele für ein paar warme, sonnige Tage verkaufen würde.

Und wenn ich dann weg bin, vermisse ich den Nebel und den Dunst und die Gerüche von London." Sie ließen ihre Pferde weitergehen, während Hannah ihre Gedanken zurück nach England lenkte. „Gleich um die Ecke von unserem Haus verkauft ein Mann geröstete Kastanien. Man kauft eine kleine Tüte und wärmt sich an ihnen die Hände und genießt ihren köstlichen Duft, lange bevor man sie isst. Manchmal frage ich mich, wie ich Weihnachten irgendwo ohne geröstete Kastanien verbringen kann."

„Ich wusste nicht, dass Sie England so sehr vermissen."

Bis zu diesem Moment hatte sie es auch nicht gewusst. „Man vermisst immer sein Zuhause."

„Ich habe mich oft gefragt, wie schwer es für Reeve war", sagte Bennett. Die Geräusche der See wurden lauter, als sie sich nach Osten bewegten. „Auch wenn er und Ella jedes Jahr fast sechs Monate auf ihrer Farm in Amerika verbringen. Ich weiß, dass Ella dort genauso zu Hause ist wie in Cordina."

„Für viele entsteht wahre Zufriedenheit durch Anpassung." War es für sie nicht während ihres ganzen Erwachsenenlebens so gewesen?

„Für Eve ist es viel härter. Sie verbringt nur ein paar Wochen mit ihrer Familie in Amerika."

„Die eine Liebe ist größer als die andere.

Manches Verlangen stärker.“ Hannah begann gerade erst, das wirklich zu verstehen. „Eve würde überall leben, solange nur Alexander bei ihr wäre. Und ich denke, das Gleiche gilt auch für Ihren Schwager.“

Ja, das stimmte. Vielleicht war das ein Teil der Ruhelosigkeit in ihm. Während der letzten Jahre hatte er gesehen, wie schön, wie stark eine wirkliche Bindung, wirkliches Gefühl sein konnte. Irgendwie war ihm beides immer so entfernt, so unerreichbar erschienen. Nun aber gab es Hannah.

„Könnten Sie England für eine Liebe den Rücken kehren?“

Hannah erhaschte den ersten Blick auf die See, als sie höher kletterten. Sie konzentrierte sich darauf, sah jedoch vor ihrem geistigen Auge die sich dahinschlängelnde Themse.

Könnte sie es? So viel von ihrem Leben, von ihren Verpflichtungen war mit England verbunden. Selbst ihr gegenwärtiger Auftrag ging darum, ihr Land genauso vor Deboque zu schützen wie die Fürstenfamilie von Cordina.

„Ich weiß es nicht. Vor allem Sie werden verstehen, wie stark manche Bande sein können.“

Die Bäume standen weiter auseinander, waren verkrümmt und verwittert von dem Wind, der vom Meer her wehte.

Der Pfad wurde schwieriger, und Bennett schob

sich zwischen die Kante und Hannah. Es zuckte um ihren Mund, doch sie sagte nichts. Er konnte nicht wissen, dass sie diesen Pfad ohne Sattel und Zügel hätte entlangjagen können. Darüber hinaus genoss sie das ungewohnte Gefühl, beschützt zu werden.

Ohne die Bäume, die seine Macht brachen, fegte der Wind vom Meer herauf. Nicht einmal Hannahs festgestecktes Haar konnte ihm vollständig widerstehen. Dünne Strähnen lösten sich und wehten um ihre Wangen. Während sie die Szenerie betrachtete, ließ eine Möwe sich von der Luftströmung erfassen und glitt friedlich dahin. Eine zweite tief unten suchte das Wasser nach Futter ab.

„Es ist atemberaubend." Hannah entspannte sich seufzend.

Und Bennett sah, was sich stets in ihrem Herzen befand, sich aber nur so selten in ihren Augen zeigte: Ihre Liebe zum Abenteuer, zur Macht und zum Risiko. Das machte sie schön, erregend, geheimnisvoll. Das Verlangen, sie zu berühren, wurde so stark, dass er seine Finger fest um die Zügel schließen musste, um es nicht zu tun.

„Ich wollte Sie hierher bringen, habe mir aber Sorgen gemacht, die Höhe könnte Sie stören."

„Nein, ich liebe das." Ihr Pferd scheute ein wenig, und sie kontrollierte es mit der Leichtigkeit langer Erfahrung. „Es gibt so viele schöne Orte auf der Welt, aber so wenige ganz besondere. Dieser hier ist ein ganz besonderer Ort. Ich glaube, ich könnte ..." Sie verstummte, als sie die volle Bedeutung erkannte. „Das ist die Szene auf dem Gemälde. Jetzt braut sich kein Gewitter zusammen, aber das ist die Stelle, nicht wahr?"

„Ja." Er hatte sich nicht vorgestellt, dass es ihm so viel bedeuten könnte, dass sie es wieder erkannte. Genausowenig wusste er, was er mit der unausweichlichen Erkenntnis anfangen sollte, dass er in sie verliebt war.

Er warf den Kopf zurück, als ihm der Wind die Haare in die Augen blies. Er wollte einen ungehinderten Blick auf sie werfen können in diesem vielleicht wichtigsten Moment seines Lebens.

Hannah saß aufrecht im Sattel, die Augen dunkel vor Anerkennung für die Szenerie, die sich vor und unter ihr ausbreitete. Ihr Profil war stark ausgeprägt. Die braune Reithose samt Bluse taten nichts gegen ihre blasse Haut. Doch als er sie ansah, erblickte er das Schönste, das Wertvollste, das er je gefunden hatte. Und zum ersten Mal in seinem Leben hatte er keine Worte, um es ihr zu sagen.

„Hannah." Er streckte die Hand aus und wartete.

Sie drehte sich um. Er war der großartigste Mann, den sie je gesehen hatte. Atemberaubender als der Ausblick, gefährlicher als ein Sturz über die Felsen. Er saß auf dem Hengst, kerzengerade wie ein Soldat, anrührend wie ein Poet. In seinen Augen sah sie sowohl Leidenschaft als auch Mitgefühl, sowohl Verlangen als auch Großzügigkeit.

Ihr Herz betrog sie und war an ihn verloren, noch ehe sie sich sagen konnte, dass dies nicht passieren durfte. Während Pflicht gegen Gefühl kämpfte, legte sie ihre Hand in seine.

„Ich weiß, wofür Sie mich halten."

„Bennett ..."

„Nein." Er umschloss ihre Finger. „Sie liegen gar nicht so falsch. Ich könnte Sie belügen und versprechen, mich zu ändern, aber ich werde weder lügen noch etwas versprechen."

Bevor sie sich daran hindern konnte, wurde sie weich. Nur für diesen Moment, versprach sie sich selbst. Jetzt herrschte Magie, wenn auch nur für einen Augenblick.

„Bennett, ich möchte nicht, dass Sie sich ändern."

„Ich habe ernst gemeint, was ich an jenem Abend sagte, und es nur schlecht ausgedrückt. Ich will Sie, Hannah." Genau wie sie blickte er aufs Meer hinaus. „Ich verstehe auch, dass es Ihnen schwer fällt, zu glauben, dass ich dies noch nie zu einer anderen Frau gesagt und es auf diese Weise gemeint habe."

Doch sie glaubte ihm. Es war aufregend, erschreckend und verboten, aber sie tat es. Für Sekunden gab sie sich einem herrlichen Gefühl hin, dann erinnerte sie sich daran, wer sie war. Pflicht zuerst – immer.

„Bitte, glauben Sie mir, könnte ich Ihnen geben, was Sie wollen, würde ich es tun. Aber es ist einfach nicht möglich.“ Sie entzog ihm ihre Hand, weil der Kontakt sie schwach machte und zum Träumen brachte.

„Ich habe stets geglaubt, dass alles möglich ist, wenn man dafür hart genug arbeitet.“

„Nein. Manche Dinge bleiben unerreichbar.“ Sie wandte ihr Pferd vom Meer ab. „Wir sollten zurückreiten.“ Bevor sie sich bewegen konnte, war er nahe genug heran, um ihre Hände an den Zügeln zu ergreifen. Sein Arm berührte ihren Arm, sein Bein ihr Bein. Sein Gesicht war nah, zu nah, während ihre Pferde in entgegengesetzten Richtungen nebeneinander standen.

„Sagen Sie mir, was Sie fühlen“, verlangte er. Die Geduld war verschwunden und hatte sich in starkes Verlangen gewandelt. „Geben Sie mir wenigstens so viel, verdammt!“

„Bedauern.“ Es war zu spüren, als sie das Wort aussprach.

Er gab ihre Hände frei und schob seine Hand in ihren Nacken. „Sagen Sie mir noch einmal, was Sie fühlen“, sagte er und beugte sich zu ihr.

Der Kuss war wie ein Hauch, sanft, verführerisch. Hannah umfasste die Zügel fester und ließ sie dann los, als die Gefühle sie überwältigten. Es sollte nicht so sein. Der Wind säuselte um sie herum. Das Meer toste in der Tiefe. Für einen einzigen Augenblick flohen alle vernünftigen Gedanken und ließen nur Verlangen zurück.

„Bennett." Sie sagte seinen Namen, als sie sich zurückzuziehen begann. Er hielt sie beharrlich fest.

„Noch einen Moment."

Er brauchte es. Nie zuvor hatte er das Bedürfnis gehabt, eine Frau um etwas anzuflehen. Es war nicht nur Leidenschaft, was er wollte. Es war mehr als das Körperliche. Er wollte ihr Herz mit einer Verzweiflung, die er nie zuvor empfunden hatte.

Es war diese Verzweiflung, aus der heraus er den Kuss sanft hielt, aus der heraus er sich zurückzog, lange bevor sein Sehnen befriedigt war. Wenn er ihr Herz wollte, musste er langsam vorgehen. Seine Hannah war zart und scheu.

„Kein Bedauern, Hannah", sagte er ruhig und lächelte. „Ich werde Ihnen nicht wehtun oder Sie weiter drängen, als Sie bereit sind zu gehen. Vertrauen Sie mir. Das ist wirklich alles, was ich jetzt will."

Sie hätte am liebsten geweint. Er bot ihr eine Freundlichkeit, eine Empfindsamkeit, die sie nicht verdiente. Lügen waren alles, was sie ihm gegeben hatte. Lügen waren alles, was sie ihm weiterhin geben konnte. Um ihn am Leben zu erhalten, rief sie sich ins Gedächtnis, als Tränen in ihren Augen brannten. Um ihn und die Menschen, die er liebte, in Sicherheit und unversehrt zu erhalten.

„Kein Bedauern“, erklärte sie, warf ihren Kopf zurück, presste ihre Fersen in die Seiten des Wallachs und jagte im Galopp davon.

Bennetts erste Reaktion war Überraschung. Er hatte nicht erwartet, dass sie so gut und kraftvoll reiten konnte. Er sah eine Weile zu, wie sie den Abhang hinunterpreschte, ehe er lächelte und Dracula die Zügel freigab.

Obwohl sie einen guten Vorsprung hatte, hörte Hannah, wie er hinter ihr aufholte. Begeistert beugte sie sich über den Hals des Wallachs, während sie ihn antrieb.

„Wir können die beiden nicht Kopf an Kopf schlagen!“ rief sie ihrem Pferd zu. „Aber wir können sie austricksen.“

Die Herausforderung war groß genug. Angespornt schwenkte Hannah vom Weg ab und zwischen die Bäume hinein. Der Pfad dort war schmal und schwierig, aber als sie an Geschwindigkeit einbüßte, gewann sie an Beweglichkeit. Bennett war ihr dicht auf den Fersen, aber sie hielt sich in der Mitte und ließ ihm keinen Platz zum Überholen. Sie schoss zwischen den Bäumen hervor und auf ein Feld, das keine zwei Pferdelängen vor ihr lag. Instinktiv bog sie nach links ab und galoppierte wieder einen Hang hinauf, so dass Bennett einen Schwung bei diesem unerwarteten Manöver abfangen musste. Dennoch holte er weiter auf, so dass sie fast auf gleicher Höhe waren, als die Ställe in Sicht kamen. Lachend schwenkte sie erneut nach links und peilte eine Hecke an.

Bennett verspürte blitzartig Panik, als er sich ausmalte, wie sie von ihrem Pferd stürzte. Dann sprangen sie auch schon darüber hinweg, Seite an Seite, und donnerten den Ställen entgegen.

Pipit stand da, die Hände in die Hüften gestützt. Er hatte die beiden beobachtet, seit sie über den Hügel hinausgeschossen waren, der Wallach in Führung. Seit dem Sprung zog der Hengst mit geschmeidigen, mühelosen Bewegungen in Führung. War zu erwarten, dachte Pipit, während er die Hände an seinen Hosenbeinen rieb. Es gab kein anderes Pferd in Cordina – oder in ganz Europa, seiner Meinung nach –, das mit diesem Hengst mithalten konnte.

Doch während er zusah, wie die Frau den Abstand gering hielt, dachte er, dass Prinz Bennett endlich einen gleichwertigen Partner gefunden hatte.

Bennett zügelte sein Pferd und glitt aus dem Sattel, während er immer noch stark erregt war. Hannah war nur kurz hinter ihm. Ihr Lachen war leise und ein wenig atemlos, als sie vom Pferdrücken glitt. Bennett umfing ihre Taille und drehte sie zu sich herum, bevor ihre Füße den Boden berührten.

„Wie haben Sie so reiten gelernt?“

Sie hob die Hände an seine Brust, um ihn auf Distanz und gleichzeitig ihr Gleichgewicht zu halten. „Das ist außer Literatur meine einzige Stärke. Ich hatte vergessen, wie sehr es mir in diesen letzten Monaten gefehlt hat.“

Er konnte den Blick nicht von ihr abwenden. Das war nun pures Verlangen, ursprünglich, vital. Der Ritt, den sie zusammen erleben konnten, würde genauso wild, so unbekümmert sein wie der Ritt, den sie gerade hinter sich gebracht hatten. Irgendwie ahnte er das. Aus Gründen, die er nicht beschreiben konnte, hatte er das Gefühl, zwei Frauen im Arm zu halten, eine stille und eine leidenschaftliche. Er wusste nicht, welche ihn mehr anzog.

„Reiten Sie morgen wieder mit mir aus?“

Einmal war es ein Risiko und ein Genuss gewesen. Zweimal, dass wusste Hannah, wäre ein dummer Fehler. „Ich glaube, das wird nicht möglich sein. Bei der bevorstehenden Premiere von Eves Stück gibt es im Theater viel zu tun.“

Bennett wollte nicht drängen. Er hatte sich selbst versprochen, ihr Zeit zu lassen, sie an seine Nähe zu gewöhnen. Von dem Moment auf dem Hügel an, in dem er erkannt hatte, wie viel ihm das bedeutete, war er entschlossener als je zuvor, ihr regelrecht den Hof zu machen.

Eine Premiere für den Playboy-Prinzen, dachte er, als er zurückwich und ihr die Hand küsste.

„Die Ställe stehen zu Ihrer Verfügung, wann immer Sie die Zeit finden, sie zu nutzen."

„Vielen Dank." Sie tastete nach ihren Haaren, um sich davon zu überzeugen, dass sich die Nadeln noch an ihrem Platz befanden. „Ich habe es sehr genossen, Bennett."

„Ich auch."

„Nun, Eve wird schon auf mich warten."

„Gehen Sie nur. Pipit und ich kümmern uns um die Pferde."

„Danke." Sie versuchte, Zeit zu gewinnen. Als sie das erkannte, nahm Hannah sich zusammen. „Auf Wiedersehen, Bennett."

„Hannah!" Er nickte und verfolgte, wie sie zum Palast zurückging. Ein Lächeln umspielte seine Lippen, als er den Hals des Pferdes tätschelte. „Ich dringe zu ihr durch, mein Freund", sagte er. „Es wird nur etwas Zeit kosten."

Die Zeit verging so schnell. In ihrem Zimmer eingeschlossen, hielt Hannah den Brief aus Sussex in der Hand. In diesem Umschlag würde sie Deboques Antwort auf die Forderung finden, die sie vor Tagen im Museum gestellt hatte. Ihre Hände waren ruhig, als sie sich an den Schreibtisch setzte. In dem Umschlag fand sie einen ziemlich geistlosen Brief von einer Bekannten in England. Hannah brauchte weniger als fünfzehn Minuten, um ihn zu entschlüsseln.

*Bitte gewährt. Dritter Dezember, 23.30 Uhr. Café du Dauphin. Allein. Kontaktperson wird auf Englisch nach der Zeit fragen und anschließend Bemerkung über Wetter auf Französisch machen. Sorgen Sie dafür, dass Ihre Information die Sondermaßnahme rechtfertigt.*

Heute Abend.

Der nächste Schritt sollte an diesem Abend erfolgen. Hannah steckte den Brief zurück in den Umschlag, ließ ihn jedoch offen auf ihrem Schreibtisch liegen. Daneben lag eine einzelne weiße Rose, die Bennett ihr an diesem Morgen geschickt hatte. Hannah zögerte einen Moment, ehe sie sich den Genuss gönnte, die Blütenblätter zu berühren.

Wäre bloß das Leben genauso süß und einfach, dachte sie.

Kurz darauf klopfte sie an die Tür von Prinz Armands Arbeitszimmer.

Sein Sekretär öffnete und verbeugte sich steif vor ihr, um sie dann dem Fürsten zu melden. Armand stand hinter seinem Schreibtisch, als er sie zu sich heranwinkte.

„Eure Hoheit." Hannah führte einen tiefen Knicks aus. „Ich bitte um Entschuldigung für die Störung."

„Sie stören absolut nicht, Hannah."

„Sie sind beschäftigt." Sie blieb an der Tür stehen, die Hände verschränkt. „Ich möchte Sie nur um einen Rat bitten. Wenn Sie wünschen, komme ich später wieder."

„Es ist mir jetzt sehr recht. Bitte, nehmen Sie Platz. Michael, wenn Sie sich um diese Angelegenheit kümmern ..."

„Selbstverständlich, Hoheit." Michael verneigte sich und ging.

Sobald sich die Tür geschlossen hatte, ließ Hannah die Hände sinken. Mit festen Schritten ging sie zum Schreibtisch. „Wir haben einen Durchbruch erzielt. Sie müssen sofort Reeve anrufen!"

„Ich nehme das nicht auf die leichte Schulter", sagte Fürst Armand etwas später, als sein Schwiegersohn ihm gegenübersaß. „Wie können wir sicher sein, dass Deboque sich von der Information täuschen lässt, die Hannah ihm liefert?"

„Weil sie dicht an der Wahrheit liegt." Reeve leerte seine zweite Tasse Kaffee. „Wenn Hannah ihm nichts Wichtiges liefern kann, etwas, an das er auf andere Weise nicht herankommt, wird sie nie in seine Nähe gelangen."

„Aber wird er ihr glauben?"

„Es ist meine Aufgabe, dafür zu sorgen", antwortete Hannah gelassen. „Hoheit, ich weiß, dass Sie ständig Einwände gegen diese Operation hatten, aber bisher ist alles genau so gelaufen, wie wir das wollten."

„Bisher", stimmte Armand zu und stand auf. Er bedeutete beiden, sitzen zu bleiben, damit er in Ruhe auf und ab gehen konnte. „Und jetzt soll ich eine Frau, die meiner Familie und mir sehr ans Herz gewachsen ist, bitten, sich allein mit einem Mann zu treffen, der genauso zum Vergnügen wie aus Profitgier mordet."

„Sie wird nicht allein sein."

Bei Reeves Ankündigung setzte Hannah sich gerade auf. „Ich muss allein sein, sonst löst sich die ganze Organisation in Rauch auf. Das lasse ich nicht zu." Nun stand auch sie auf. „Ich habe zwei Jahre meines Lebens investiert."

„Und ich möchte dafür sorgen, dass Ihr Leben noch etwas länger dauert", sagte Reeve. „Wir vermuten, dass Deboque sein Hauptquartier in einer kleinen Villa hat, ungefähr acht Kilometer von hier entfernt. Meine Männer werden sie unter Beobachtung halten."

„Und Deboques Männer werden Ihre Männer unter Beobachtung halten."

„Überlassen Sie diesen Teil mir, Hannah, und erledigen Sie Ihren Job. Sie haben die Blaupausen und die Beschreibungen der Alarmanlagen?"

„Ja, natürlich." Verärgert setzte sie sich wieder. „Und ich weiß, dass ich sie niemandem außer Deboque geben darf."

„Und Sie wissen auch, dass Sie beim ersten Anzeichen, es könnte etwas schief laufen, verschwinden müssen."

Sie nickte. „Ja."

„Zwei Männer werden in dem Café postiert sein."

„Warum jagen Sie nicht einfach eine Leuchtrakete hoch?" schleuderte Hannah ihm entgegen.

Er verstand ihre Besorgnis, schenkte sich eine dritte Tasse Kaffee ein. „Es gibt nur die Wahl zwischen diesem Vorgehen und einem Geheimsender, den wir Ihnen mitgeben."

„Der letzte Agent, der einen Geheimsender in Deboques Organisation einschmuggeln wollte, wurde an das ISS in drei Kisten zurückgeschickt."

Reeve zuckte die Schultern. „Sie haben die Wahl."

Wieder stand Hannah auf. „Da Sie bei diesem Auftrag mein Vorgesetzter sind, habe ich wohl keine andere Möglichkeit."

„Hauptsache, wir verstehen uns." Er erhob sich und ergriff ihre Hand. „Hannah, ich kenne Ihren Ruf. Warum sagen wir nicht ganz einfach, dass ich nicht eine der Besten verlieren will?" Er ließ ihre Hand los und wandte sich wieder an den Fürsten. „Ich muss einiges in die Wege leiten. Ich bleibe in Verbindung."

Armand wartete, bis sich die Tür hinter Reeve geschlossen hatte. „Einen Moment noch", sagte er zu Hannah. „Setzen Sie sich bitte."

Sie wollte allein sein, um jedes Detail sorgfältig zu planen. Es blieben nur noch wenige Stunden. Doch ihre Erziehung war genauso groß wie ihr Training, so dass sie Platz nahm. „Soll ich alles noch einmal mit Ihnen durchgehen, Hoheit?"

„Nein." Er lächelte leicht. „Ich begreife die Situation gut genug. Ich habe eine persönliche Frage, Hannah, und ich bitte Sie, nicht beleidigt zu sein." Er setzte sich ihr militärisch stramm gegenüber. „Täusche ich mich, oder empfindet mein Sohn Zuneigung zu Ihnen?"

Sie verschränkte die Finger, während ihr ganzer Körper in Abwehrhaltung ging. „Wenn Sie Prinz Bennett meinen, Hoheit, so war er sehr freundlich zu mir."

„Hannah, tun Sie mir den Gefallen, und verzichten Sie bitte auf Ausflüchte und höfliches Verhalten. Zu oft haben Pflichten verhindert, dass ich

Zeit mit meiner Familie verbrachte, doch das bedeutet nicht, dass ich meine Kinder nicht kenne, und zwar gut kenne. Ich glaube, Bennett ist in Sie verliebt."

Sie schluckte. „Nein, das ist er nicht. Vielleicht fühlt er sich ein wenig angezogen, aber nur, weil ich nicht zu den Frauen gehöre, mit denen er für gewöhnlich seine Zeit verbringt."

„Hannah." Armand winkte ab, bevor sie mit ihrem wortreichen Ableugnen fortfahren konnte. „Ich frage nicht, um Sie in Verlegenheit zu bringen. Als ich es zu vermuten begann, hat es mir nur Unbehagen bereitet, weil Bennett nicht den wahren Grund für Ihre Anwesenheit kennt."

„Ich verstehe."

„Da bin ich mir nicht ganz sicher. Bennett ist seiner Mutter ähnlicher als meine anderen Kinder. So ... sanft im Herzen. Ich stelle Ihnen meine nächste Frage nur, weil ich Sie im Fall einer Verneinung bitten müsste, behutsam vorzugehen. Lieben Sie ihn, Hannah?"

Alle ihre Gefühle spiegelten sich im Glanz ihrer Augen. Sie wusste es und senkte rasch den Blick. „Was immer ich für Bennett oder für Ihre Familie empfinde, wird keinen Einfluss auf meine Arbeit haben."

„Ich verstehe genug von Menschen, um zu erkennen, ob jemand tun wird, was getan werden muss. Aber Sie haben meine Frage nicht beantwortet. Lieben Sie meinen Sohn?“

„Ich kann es nicht.“ Diesmal klang ihre Stimme nicht stark, sondern tränenerstickt. „Ich habe ihn von Anfang an belogen, und ich werde es auch weiterhin tun. Man kann nicht lieben und lügen. Bitte, entschuldigen Sie mich, Hoheit.“

Armand ließ sie gehen. Sekundenlang lehnte er sich auf seinem Stuhl zurück und hielt die Augen geschlossen. In den nächsten Stunden konnte er nichts anderes tun, als für sie zu beten.

Das Café gehörte nicht zu den hübschen, kleinen Touristenlokalen von Cordina. Es war eine Hafenkneipe, die Matrosen von den Fischerbooten und Frachtkähnen versorgte. Drinnen gab es viele Tische, die meisten leer, und Rauch und Alkoholdünste. Es gibt schlimmere Lokale, stellte Hannah fest, als sie eintrat, aber es war auch kein Ort, den eine Frau allein aufsuchte, es sei denn, sie war auf Probleme aus.

Dennoch erregte sie kaum Aufsehen, als sie hereinkam. In ihrem schlichten grauen Sweater und der langen grauen Hose hob sie sich kaum von den Wänden ab. Die paar Frauen, die schon da waren, boten einen wesentlich interessanteren Anblick als sie.

Hannah schob sich auf einen Barhocker und bestellte einen Bourbon. Bis er serviert wurde, hatte sie den Raum schon gemustert. Falls Reeve hier tatsächlich zwei Agenten postiert hatte, waren sie eindeutig gut. Es kam selten vor, dass Hannah einen der ihren nicht erkannte.

Sie trank seit zehn Minuten, als einer der Männer von einem Tisch aufstand und zu ihr kam. Hannah nippte weiter an ihrem Drink, während sie jeden Muskel anspannte. Der Mann sprach sie auf Französisch an, und seine Sprache klang vom Whisky schleppend.

„Es ist eine traurige Sache, wenn eine Frau allein trinkt."

Hannah schlug ihren sprödesten britischen Ton an. „Noch trauriger ist es, wenn eine Frau nicht allein bleibt, obwohl sie dies wünscht."

„Wenn eine so nach nichts aussieht, sollte sie nicht so pingelig sein", grollte er, ging jedoch wieder weg. Hannah hätte beinahe gelächelt, doch dann kam ein anderer Mann zur Tür herein.

Er trug die Kleidung eines Matrosen und hatte die Mütze tief in die Stirn gezogen. Sein Gesicht war sonnengebräunt und hager. Diesmal verspannte sie sich, weil sie sicher war.

Dennoch hob sie lässig ihr Glas, als er sich neben sie setzte.

„Haben Sie die genaue Zeit, Mademoiselle?"

„Ja. Es ist Viertel vor zwölf."

„Danke." Er verlangte per Handzeichen einen Drink.

Sie sprachen nicht weiter miteinander. Hinter ihnen stimmte eine Gruppe ein Lied auf Französisch an und sang ziemlich falsch. Der Wein floss in Strömen, und die Nacht war noch jung. Der Mann leerte sein Glas und verließ die Bar. Hannah wartete nur ein paar Minuten, ehe sie aufstand und ihm folgte.

Er stand wartend am Pier. Hier gab es so wenig Licht, dass er mehr wie ein Schatten als ein Mensch wirkte. Hannah näherte sich ihm in dem Bewusstsein, dass es für sie den Anfang oder das Ende bedeutete.

„Sie haben die Informationen?" Als sie nickte, fügte er hinzu: „Wir nehmen das Boot." Er deutete auf ein kleines offenes Motorboot.

Hannah wusste, dass sie keine Wahl hatte. Obwohl sie auf See keine Rückendeckung haben würde, dachte sie keine Sekunde daran, sich zu weigern. Deboque war das Ziel.

Ohne zu zögern, ließ sie sich in das Boot gleiten und setzte sich. Schweigend stieg ihr Kontaktmann ein, stieß ab und startete den Motor.

## 7. KAPITEL

Reeve würde wütend sein. Hannah stützte sich mit einer Hand auf dem Sitz ab, um das Gleichgewicht nicht zu verlieren, als das Boot Geschwindigkeit aufnahm. Er kann es sich leisten, wütend zu sein, dachte sie, ich jedoch darf den Kopf nicht verlieren.

Deboque war also nicht an Land in seiner Villa, wie sie erwartet hatte. Er war, falls das Boot nicht plötzlich und einschneidend seine Richtung änderte, auf See. Nein, auf Hilfe konnte sie jetzt nicht zählen. Hannah atmete tief durch und betrachtete das Kielwasser hinter ihnen. Sie arbeitete sowieso lieber allein.

Heute Nacht würde sie Deboque treffen. Sie fühlte es. Ihr Puls ging langsam und ruhig, ihr Atem regelmäßig. Die Gischt, die das Boot hochspritzen ließ, sprühte ihr ins Gesicht, während sie eine gelassene Miene beibehielt. Nerven, soweit sie noch welche hatte, durfte sie jetzt nicht verlieren. Ihre mitternächtliche Kreuzfahrt über das Mittelmeer brachte sie dem Ziel näher, auf das sie seit über vierundzwanzig Monaten hinarbeitete.

Erregung, nicht Angst, baute sich in ihr auf. Sogar die musste sie unter Kontrolle halten. Alles, was ihren Puls zu schnell pochen oder ihre Gedanken zu weit vorauseilen ließ, war gefährlich.

Sie durfte sich keinen Fehler erlauben. In den vergangenen zwei Jahren hatte sie sich in Deboques Organisation hochgearbeitet und sich dabei meist auf ihr eigenes Können verlassen. Mit Unterstützung des ISS hatte sie mehrere Aufträge erfolgreich ausgeführt. Waffen verkauft, Diamanten verschwinden lassen, Drogen überbracht.

Der Zweck heiligt die Mittel.

Sprossen auf der Karriereleiter, dachte sie. Könnte sie darauf weiter nach oben kommen, dann erst kurz bevor Deboques Höllenreich einstürzen und ihn unter sich begraben würde.

Hannah sah eine schlanke weiße Yacht, die majestätisch auf dem dunklen Wasser ankerte. Ein Schauer der Erregung durchlief sie. Ihr Kontaktmann gab Zeichen mit einer Taschenlampe. Vom Schiff blitzte die Antwort herüber. Der Motor erstarb, und die Nacht war wieder still, als sie an die Yacht herantrieben.

Hannah griff nach der Leiter. Das Metall fühlte sich kühl und hart an unter ihren Händen. Ohne einen Blick zurück kletterte sie hinauf und dem Unbekannten entgegen.

„Lady Hannah."

Ein großer Mann mit dunklem Teint erwartete sie. Er ergriff ihre Hand und beugte sich darüber. Sie erkannte ihn von ihrer letzten Lagebesprechung. Er hieß Ricardo Batemen, war sechsundzwanzig, stammte aus Jamaica und hatte ein abgeschlossenes Medizinstudium. Er arbeitete immer noch mit dem Skalpell, wandte es jedoch an Gesunden und ohne Betäubung an.

Er war zu Deboques Favoriten aufgerückt.

„Ich bin Ricardo." Sein junges, glattes Gesicht zeigte ein Lächeln. „Willkommen auf der ‚Invincible'."

„Danke, Ricardo." Sie sah sich flüchtig um und zählte noch fünf Männer und eine Frau an Deck. Die Männer trugen dunkle Anzüge und Maschinenpistolen. Die Frau hatte einen Sarong über ihren Bikini geschlungen und wirkte gelangweilt. „Könnte ich einen Drink bekommen?"

„Selbstverständlich." Seine Augen waren von einem hellen, fast durchsichtigen Grün. „Aber zuerst müssen Sie unsere Vorsichtsmaßnahmen entschuldigen. Ihre Tasche, Lady Hannah!"

Sie zog eine Augenbraue hoch und sah ihn offen an. „Ich verlasse mich auf Sie, dass mir alles zurückgegeben wird."

„Sie haben mein Wort." Er verbeugte sich, als sie ihm die Tasche reichte. „Also, wenn Sie jetzt mit Carmine gehen? Sie wird Sie in Ihre Kabine bringen. Sie werden sich frisch machen wollen, nachdem sie sich davon überzeugt hat, dass niemand elektronische Geräte an Ihnen angebracht hat."

Eine Leibesvisitation bis auf die Haut, dachte Hannah resigniert. „Niemand bringt irgendetwas an mir an, Ricardo. Aber ich bewundere einen vorsichtigen Mann.“ Hannah überquerte das Deck und trat zu Carmine, als würde sie zu einer Teeparty gehen.

Kurz darauf stellte Ricardo Hannahs Tasche auf einen glänzenden Mahagonischreibtisch. „Carmine kümmert sich gerade um sie. Sie hat eine Kleinkaliberpistole, ihren Pass, einen Ausweis und ungefähr dreitausend Francs sowie ein paar Kosmetika bei sich. Und einen versiegelten Umschlag.“

„Danke, Ricardo.“ Die Stimme klang dunkel und rauchig. „Sie können sie in zehn Minuten zu mir bringen.“

„Geht in Ordnung.“

„Ricardo, Ihr Eindruck?“

„Attraktiver als auf ihrem Foto. Und cool, sehr cool. Ihre Hand war trocken und ruhig.“

„Gut.“ Eine Spur von Belustigung schwang in der Stimme mit. „Zehn Minuten, Ricardo.“ Er griff nach dem Umschlag und brach das Siegel auf.

Kurze Zeit später strich Hannah ihren Sweater glatt. Sie hatte die Durchsuchung eher als ärgerlich denn als demütigend empfunden. Carmine hatte ihr das Stilett abgenommen, doch damit hatte sie gerechnet. Ricardo hatte ihre Pistole. Vorerst war sie allein und unbewaffnet und mitten auf dem Meer. Aber sie besaß noch ihre Fähigkeiten.

Hannah stand in der Mitte der Kabine, als Ricardo die Tür öffnete. „Ich bitte noch einmal um Entschuldigung für die Unannehmlichkeiten, Lady Hannah."

„Nur eine ärgerliche Kleinigkeit, Ricardo." Er hatte ihr die Tasche nicht zurückgebracht, aber sie sagte nichts darüber. „Ich hoffe nur, es gibt nicht noch mehr davon."

„Absolut nicht. Wenn Sie jetzt mitkommen wollen."

Hannah folgte ihm. Die Yacht besaß die Größe eines kleinen Hotels, wie sie feststellte. Und es gab Fluchtwege, sollte es nötig sein. Sie schritten über einen leuchtend roten Teppich. In der Kabine, in der sie durchsucht worden war, hatte es einen antiken Spiegel gegeben, eine Bettdecke aus Samt und ein Bullauge, das für ein Kind groß genug war – oder für eine schlanke Frau.

Ricardo blieb vor einer schweren Eichentür stehen und klopfte zwei Mal. Ohne auf eine Antwort zu warten, öffnete er. Hannah trat ein und hörte, wie hinter ihr die Tür zuschnappte.

Der Raum war üppig, elegant, sogar fantasievoll eingerichtet. Das Frankreich des achtzehnten Jahrhunderts schien wieder belebt worden zu sein. Der Teppich leuchtete im tiefen Blau der Könige, und die getäfelten Wände glänzten wie Spiegel. Zwei funkelnde Lüster warfen ihr Licht über antikes Holz und Plüsch. Brokat war reichlich zur Drapierung eines Bettes verwendet worden, das eines Königs würdig war. Alle Farben waren lebhaft, fast zu kräftig.

Duft nach Blumen und nach Antikem mischte sich zu einem seltsam faszinierenden und sonderbar unangenehmen Geruch. Unter dem sanften Schwanken des Schiffes erbebte eine Sammlung von Kristalltieren.

Hannah benötigte nur Sekunden, um alles in sich aufzunehmen. So großartig und extravagant der Raum auch war, der Mann hinter dem Louis-seize-Schreibtisch dominierte. Sie empfand nicht das Teuflische, das sie erwartet hatte. In der Nähe wirklich böser Menschen verspürte man oft eine Kälte oder eine Bedrohung. Was sie sah, war ein schlanker, attraktiver Mann in den Fünfzigern, mit stahlgrauen Haaren, die in einer Mähne von einem fein geschnittenen, aristokratischen Gesicht zurückgekämmt waren. Er trug Schwarz, was seine blasse Haut betonte. Auch seine Augen waren pechschwarz. Er betrachtete Hannah, wobei sein voller, schöner Mund lächelte.

Hannah hatte natürlich Fotos von ihm gesehen und jede Information über ihn ausgewertet, die während der letzten zwanzig Jahre gesammelt worden war. Und doch war sie nicht auf den Schock der Sinnlichkeit, die er ausstrahlte, vorbereitet gewesen.

Er war ein Mann, für den Frauen gestorben waren. Und nun verstand sie es. Er war ein Mann, für den andere Männer gemordet hatten, ohne Fragen zu stellen. Auch das verstand sie, als sie drei Meter von ihm entfernt stand und seine Macht spürte.

„Lady Hannah." Er erhob sich langsam und anmutig. Sein Körper war schlank, fast zart. Seine Hand, die er ihr entgegenstreckte, war schmal und schön. Drei Diamantringe funkelten an den Fingern.

Sie durfte nicht zögern, obwohl sie ahnte, dass sie bei einer Berührung aus dem ihr Bekannten in etwas Fremdes und Angsteinflößendes gezogen zu werden drohte.

Hannah trat lächelnd näher. „Monsieur Deboque." Sie freute sich über seine leichte Überraschung, als sie seinen Namen aussprach. „Es ist mir eine Freude."

„Bitte, nehmen Sie Platz. Einen Cognac?"

„Ja, danke." Sie wählte einen weichen Sessel mit hoher Rückenlehne, der vor dem Schreibtisch stand. Musik ertönte aus verborgenen Lautsprechern – Chopin. Sie lauschte den Klängen, während Deboque zu einem Schrank mit Intarsien trat und eine Karaffe herausholte. „Ihr Schiff ist exquisit, Monsieur." Ein Gemälde hing hinter seinem Schreibtisch. Eines von sechs, die vor einem Jahr aus einer Privatsammlung gestohlen worden waren.

Hannah hatte bei der Ausführung des Diebstahls geholfen.

„Ich schätze Schönheit." Er reichte ihr einen Cognac und setzte sich dann neben sie. „Auf Ihre Gesundheit, Mademoiselle!"

„Auf die Ihre." Sie lächelte ihn wieder an, ehe sie trank.

„Vielleicht erzählen Sie mir jetzt, wie Sie meinen Namen erfahren haben."

„Es ist mein Grundsatz, herauszufinden, für wen ich arbeite, Monsieur Deboque." Sie schüttelte den Kopf, als er ein Etui hervorholte und ihr eine Zigarette anbot. „Ich muss Ihnen zu Ihren Sicherheitsvorkehrungen und Ihren Mitarbeitern gratulieren. Es war keine leichte Sache herauszufinden, wer – sagen wir – regiert."

Er sog langsam den Rauch ein wie ein Mann, der einen feinen Geschmack schätzt. „Den meisten war es unmöglich."

Ihr Blick war kühl und amüsiert auf ihn gerichtet. „Mir ist nur wenig unmöglich."

„Für andere war es tödlich." Als sie nur lächelte, überging er es. Sie war, wie Ricardo gesagt hatte, sehr cool. „Meine Berichte über Sie sind sehr schmeichelhaft, Lady Hannah.“

„Natürlich.“

Nun war die Reihe an ihm zu lächeln. „Ich bewundere Selbstbewusstsein.“

„Ich ebenfalls.“

„Ich stehe in Ihrer Schuld, weil Sie vor einigen Monaten ein Geschäft gerettet haben. Ich wäre, vorsichtig ausgedrückt, verärgert gewesen, hätte ich diesen Kontrakt verloren.“

„Es war mir ein Vergnügen. Es sieht so aus, Monsieur, als hätten Sie einige schwache Glieder in der Kette.“

„So sieht es aus“, sagte er. Er hatte bereits überlegt, ob er Bouffe, seine rechte Hand, an Ricardo übergeben sollte, damit dieser ihn beseitigte. Ein Jammer, dachte Deboque. Bouffe war mehr als ein Jahrzehnt ein loyaler und geschätzter Mitarbeiter gewesen. „Sie genießen Ihren Aufenthalt in Cordina?“

Ihr Herz hämmerte ein wenig, als sie noch einen Schluck trank. „Der Palast ist recht hübsch.“ Sie zuckte die Schultern und ließ den Blick durch den Raum gleiten. „Ich schätze ebenfalls Schönheit. Das hilft, die Tatsache auszugleichen, dass die Bissets ziemlich langweilig sind.“

„Sie sind von der Fürstenfamilie nicht beeindruckt, Lady Hannah?“

„Ich lasse mich nicht leicht beeindrucken. Sie sind ganz sicher sehr nette Leute, aber so ergeben." Sie ließ Verachtung in ihre Stimme einfließen, wenn auch nur leicht. „Ich ziehe es vor, mich greifbareren Dingen hinzugeben als Ehre und Pflicht."

„Und Loyalität, Lady Hannah?"

Sie wandte sich ihm erneut zu. Er versuchte, in ihr Innerstes zu blicken, unter die Oberfläche vorzudringen. „Ich kann loyal sein." Sie berührte den Rand ihres Glases mit der Zungenspitze. „Solange es sich für mich lohnt."

Es war ein Risiko, wie sie wusste. Mangel an Loyalität wurde in Deboques Organisation mit dem Tod bestraft. Sie wartete, äußerlich kühl. Er betrachtete sie einen Moment, warf dann den Kopf mit der Löwenmähne zurück und lachte. Hannah fühlte, wie Erleichterung sich in ihr ausbreitete.

„Eine ehrliche Frau. Ich bewundere das. Ja, ich bewundere das viel mehr als jeden großartigen Schwur. Es ist wohl zu meinem Vorteil, weiterhin dafür zu sorgen, dass es sich für jemanden mit Ihren Fähigkeiten und Ihrem Ehrgeiz lohnt."

„Ich hatte gehofft, Sie würden es so sehen. Ich bevorzuge eine leitende Position, wenn Sie verstehen, Monsieur Deboque, aber ich bin bereit, mich dorthin vorzuarbeiten. Die Organisation und das Delegieren von Aufgaben sind wesentlich erfreulicher als die Ausführung, meinen Sie nicht auch?"

„Allerdings, ja." Er musterte sie und überlegte. Sie machte den Eindruck einer sanften, wohlerzogenen jungen Frau. Er schätzte das Ruhige, Unauffällige an einer Frau. Flüchtig dachte er an Janet Smithers, die er vor nahezu einem Jahrzehnt benutzt und abgelegt hatte. Lady Hannah mochte wesentlich interessanter und tüchtiger sein. „Sie sind seit zwei Jahren bei uns?"

„Ja."

„Und in dieser Zeit haben Sie bewiesen, dass Sie sehr nützlich sind." Er erhob sich und nahm den Umschlag von seinem Schreibtisch. „Sie wollten mir das hier bringen, nehme ich an?"

„Allerdings." Hannah ließ den Cognac im Glas kreisen. „Obwohl ich die Methode der Übergabe ärgerlich fand."

„Ich bitte um Entschuldigung. Diese Information ist interessant, Lady Hannah, aber unvollständig, wie ich fürchte."

Sie schlug die Beine übereinander und lehnte sich entspannt zurück. „Eine Frau, die ihre ganzen Kenntnisse zu Papier bringt, verliert schnell ihren Wert. Was nicht dort steht, ist hier drin." Sie tippte mit einem Finger gegen ihre Schläfe.

„Verstehe." Er bewunderte Mitarbeiter, die ihren eigenen Wert kannten und ihn auch schützten. „Angenommen, ich wäre an den Alarmsystemen des Fürstenpalastes, des Zentrums der

Schönen Künste und des Museums interessiert, um derartige Systeme für meine Zwecke einzusetzen, wären Sie in der Lage, die Lücken in den Informationen zu schließen?"

„Natürlich."

„Und wenn ich frage, wie Sie an diese Informationen herangekommen sind?"

„Dies war der Zweck meines Besuchs in Cordina."

„Einer davon." Fasziniert tippte er mit dem Umschlag gegen seine Handfläche. „Ein Glücksfall, dass Sie sich mit Prinzessin Eve anfreunden konnten."

„Ein glücklicher Umstand, aber es war nicht schwierig. Sie sehnte sich nach weiblicher Gesellschaft. Die biete ich. Ich kümmere mich um ihre Tochter, höre mir ihre Befürchtungen und Klagen an. Indem ich ihr Arbeiten abnehme, verdiene ich mir auch die Dankbarkeit von Prinz Alexander. Er hat Sorge, dass seine Frau sich übernimmt, während sie sein Kind trägt."

„Und man vertraut Ihnen?"

„Uneingeschränkt. Warum auch nicht?" fügte sie hinzu. „Meine Familie ist sehr angesehen, meine Erziehung makellos. Fürst Armand sieht in mir eine junge Cousine seiner verstorbenen Frau. Entschuldigen Sie, Monsieur, aber sind das nicht genau die Gründe, aus denen Sie mich dafür eingesetzt haben, mir einen Platz im Palast zu suchen?"

„Ja, das sind sie.“ Er lehnte sich zurück. Sie gefiel ihm, aber er war weit davon entfernt, ihr sein volles Vertrauen zu schenken. „Ich habe gehört, dass sich der junge Prinz für Sie interessiert.“

Sie erstarrte kurz bei diesen Worten. „Ihr Informationsnetz ist bewundernswert.“ Hannah blickte in ihren leeren Schwenker und neigte ihn fragend. Deboque erhob sich sofort, um ihr nachzuschenken. Die Zeit reichte, um ihre Fassung wieder zu finden. „Wie Ihnen sicher bekannt sein dürfte, ist Bennett stets an der Frau interessiert, die ihm am nächsten ist.“ Sie lachte leise und versuchte, sich selbst nicht zu hassen. „Er ist lediglich ein großer, verwöhnter Junge. Ich habe herausgefunden, dass man am leichtesten mit ihm umgehen kann, indem man sich desinteressiert zeigt.“

Deboque nickte bedächtig. „Dann stellt er Ihnen also nach.“

„Solche Männer sind unter diesen Umständen immer – entgegenkommender.“

„Ich bitte um Verzeihung, wenn ich zu persönlich werden sollte, meine Liebe, aber wie entgegenkommender?“

„Er ist ein wenig gelangweilt, ein wenig wagemutig. Seine Schwächen für Frauen sollte man nutzen können. Ich glaube, mit einem gewissen Flair kann man ihm Informationen entlocken.

Sehen Sie, er hat mich durch das Zentrum geführt und durch die Marinebasis von Port Cordina." Sie trank noch einen Schluck. „Ich brauchte lediglich Interesse daran zu zeigen, wie das Museum seine Schätze hütet. Daraufhin wurden mir die Alarmeinrichtungen, die Monitore und Sensoren gezeigt." Sie legte eine Pause ein, damit er ihre Information verarbeiten konnte. „Je glaubwürdiger eine Frau Unwissenheit vortäuscht, desto mehr erfährt sie."

Deboque wärmte den Cognac an, indem er die Hände fest um das Glas schloss. „Hypothetisch gesprochen, könnte das Sicherheitssystem im Palast durchbrochen werden?"

Endlich kommen wir zur Sache, dachte sie. „Hypothetisch gesprochen: Jedes Sicherheitssystem kann durchbrochen werden. Ich würde sagen, Reeve MacGee hat ein bewundernswertes System geschaffen, aber kein unüberwindbares."

„Interessant." Er griff nach der kleinen Porzellanfigur eines Falken und betrachtete sie. „Und haben Sie eine Theorie, wie dieses System unterlaufen werden könnte?"

„Von innen heraus." Sie nippte wieder an ihrem Cognac.

„Und das Zentrum?"

„Genauso."

„Dieses Stück, das die Prinzessin geschrieben

hat, wird in ein paar Tagen uraufgeführt. Es wäre doch amüsant, eine kleine Störung zu inszenieren." Er lächelte in sich hinein.

„Welcher Art?"

„Oh, ich spreche nur theoretisch, Sie verstehen. Die Fürstenfamilie würde sich nicht allzu behaglich fühlen, sollte der Abend irgendwie gestört werden. Ich würde das nur ungern verpassen. Werden Sie da sein?"

„Man erwartet mich." Hannah musste ihn zu etwas Endgültigem drängen. „Ich weiß gern, woran ich bin, Monsieur."

„Dann wäre es klug von Ihnen, im Publikum zu bleiben. Ich möchte Sie nicht verlieren."

Hannah änderte ihre Taktik. „Darf ich aus persönlicher Neugier fragen, weshalb Sie solches Interesse an der Fürstenfamilie haben? Das fasziniert mich, weil ich Sie so sehe, wie ich mich selbst einschätze, nämlich als Mensch, der sich am meisten für Profit und persönlichen Vorteil interessiert."

„Profit ist immer wünschenswert." Er stellte den Porzellanfalken ab. „Persönlicher Vorteil kann unterschiedlichster Natur sein, stimmt's?"

„Solange er Befriedigung bringt", erwiderte Hannah. „Die Entführung der Prinzessin Gabriella oder die Drohung gegen die Bissets zur Erzwingung Ihrer Freilassung aus dem Gefängnis war eine Sache. Aber Sie sind nicht mehr im Gefängnis." Erneut sah sie sich bewundernd in dem Raum um. „Ich möchte annehmen, dass Sie sich jetzt ertragreicheren Dingen zuwenden."

„Jedes Geschäft muss zu einem Abschluss gebracht werden." Zum ersten Mal registrierte sie eine Emotion, als er das Glas fester umklammerte. „Alle Schulden müssen zurückgezahlt werden. Die Zinsen für zehn Jahre sind hoch, sehr hoch. Geben Sie mir Recht?"

„Ja. Rache oder Vergeltung, wenn Ihnen das Wort lieber ist. Ich verstehe, es ist so schön, wie Diamanten es sind." Und wenn sie ihn so ansah, wusste sie, dass er vor nichts Halt machen würde, um die Schulden einzutreiben. „Monsieur, Sie haben es so eingerichtet, dass ich in den Palast gelangen konnte. Ich werde dort bleiben, bis Sie Ihren Befehl ändern, aber ich möchte auch einige Anweisungen erhalten." Sie machte eine lässige Geste. „Immerhin ist es Ihre Rache, nicht die meine. Ich habe nie blindlings drauflosgearbeitet."

„Ein Mann, der alle seine Karten auf den Tisch legt, verliert seine Wirkung."

„Zugegeben. Das trifft auch auf einen Mann zu, der seine Werkzeuge nicht schärft und sie bestmöglich einsetzt. Ich bin drin in der Sache, Monsieur. Ein Plan für die weitere Vorgehensweise wäre nützlich."

Deboque legte seine Hände aneinander, so dass die Diamanten funkelten. „Lassen Sie mich eine Frage stellen. Wenn ein Mensch den anderen vernichten will, was tut er?"

„Am einfachsten ist es, sein Leben zu beenden."

Deboque lächelte, und da sah Hannah das Teuflische. Es war mit Klasse überzogen, mit Eleganz verhüllt, aber sehr real. „Ich bin kein einfacher Mann. Tod ist endgültig, und selbst wenn er langsam geschieht, ist er bald vorüber. Um einen Menschen zu zerstören, die Seele, das Herz, ist mehr erforderlich als eine Kugel in den Kopf." Er sprach von Armand, das war klar. „Um jemanden wirklich zu vernichten, nimmt man ihm das Wertvollste."

Ihr Herz begann zu hämmern, doch sie sprach mit kühler Bewunderung. „Seine Kinder?"

„Sie sind genauso intelligent wie schön." Er beugte sich zu ihr und legte eine Hand auf ihre. Da spürte sie seine böse, tödliche Ausstrahlung. „Um jemanden leiden zu lassen und seine Seele zu zerstören, entreißt man ihm, was er am meisten liebt, und lässt ihn dann damit leben. Sind seine Kinder und Enkel tot, sein Land ins Chaos gestürzt, hätte ein Mann nichts zurückbehalten außer Elend. Und ein Land ohne Erben wird instabil und profitabel, wenn man schlau ist."

„Sie alle", sagte Hannah. Sie dachte an die kleine

Marissa, die so hübsch und sanft war, und an Dorian mit seinem schmutzigen Gesicht und dem strahlenden Lächeln. Die Angst um sie alle war plötzlich so stark, dass Hannah fürchtete, sich durch irgendetwas zu verraten. Sie hielt den Blick gesenkt und sah auf seine Hand, die er auf die ihre gelegt hatte, und auf die kalten, harten, blitzenden Diamanten. „Sie alle, Monsieur? Keine leichte Aufgabe, nicht einmal für jemanden mit Ihrer Macht."

Er lächelte. „Nichts, das sich wirklich lohnt, ist einfach, meine Liebe. Aber wie Sie sagten, nichts ist unmöglich, vor allem nicht, wenn man Vertrauen und Nähe genießt."

Hannah zog die Augenbrauen hoch. Sie schauderte nicht, zog sich nicht zurück. Geschäft, sagte sie sich. Lady Hannah war ganz geschäftsmäßig. Ihr wurde ein Job angeboten, der wichtigste, den Deboque anzubieten hatte.

„Sie wurden sorgfältig ausgesucht, Lady Hannah. Seit mehr als zehn Jahren habe ich einen Traum. Ich denke, Sie sind das Instrument, um diesen Traum wahr werden zu lassen."

Als sie nichts sagte, ließ er die Finger über ihre Hand gleiten. Wie eine Spinne, dachte sie, eine sehr kluge Spinne.

„Eine solche Verantwortung ist gewichtig für jemanden mit meiner Stellung in Ihrer Organisation."

„Dem kann abgeholfen werden. Bouffe ... Er zieht sich zurück“, sagte er. „Ich werde bald nach einem Ersatz suchen.“

Sie ließ ihre Hand unter seiner liegen, während sie mit der Zungenspitze ihre Oberlippe berührte. „Eine Garantie, Monsieur.“

„Mein Wort.“

Sie lächelte. „Monsieur ...“

Mit einem anerkennenden Nicken stand er auf und drückte einen Knopf an seinem Schreibtisch. Sekunden später erschien Ricardo. „Lady Hannah wird Bouffe ersetzen. Sorgen Sie für die nötigen Arrangements, Ricardo – diskret!“

„Selbstverständlich.“ Die blassgrünen Augen funkelten heimtückisch.

Hannah wartete, bis sich die Tür wieder schloss. Das Leben eines Mannes war für beendet erklärt worden. „Der Tag mag kommen, an dem Sie beschließen, mich genauso kalt lächelnd zu ersetzen.“

„Nicht, wenn Sie mich weiterhin zufrieden stellen.“ Er hob ihre Hand an und küsste sie. „Ich habe das Gefühl, genau das werden Sie tun.“

„Ich muss Ihnen gestehen, Monsieur, dass ich einen Widerwillen gegen die Tötung von Kindern empfinde.“ Er umschloss ihre Hand fester, aber Hannah zuckte nicht zusammen. „Ich denke, es werden fünf Millionen amerikanische Dollar nötig sein, um diesen Widerwillen zu überwinden.“

Sie las es in seiner Miene. Er würde ihre Finger genauso leicht brechen, wie er sie küsste. Hannah hielt ihren Blick standhaft auf seine Augen gerichtet und hoffte, es nicht zu weit getrieben zu haben.

„Es ist Geld, was Sie verführt, meine Kleine?"

„Nicht verführt, sondern erfreut."

„Sie haben zwei Wochen, um mich zu erfreuen, Lady Hannah. Danach werde ich Ihren Gefallen erwidern." Er hielt ihre Hand in seiner, als er sie auf die Beine zog. „Und jetzt werden Sie mir als Vertrauensbeweis sagen, was Sie hier nicht niedergeschrieben haben."

Hannah ging zu den Aufzeichnungen und machte sich bereit, Deboque zu belügen.

Hannah war erschöpft. In einem Jahrzehnt hatte sie sich bei keinem Auftrag so leer und beschmutzt gefühlt. Als sie durch die Palasttore fuhr, konnte sie nur an eine lange, heiße Dusche denken, durch die sie alle Reste von Deboques Cologne abspülte.

Reeve stand dreißig Meter hinter den Toren. Hannah hielt den Wagen an und ließ ihn einsteigen.

„Sie waren lange weg." Er betrachtete sie eingehend. „Es war nicht geplant, dass Sie über eine Stunde keinen Kontakt mit uns haben."

„Es war geplant, dass ich zu Deboque vordringe."

„Haben Sie es getan?“

Sie kurbelte ihr Fenster etwas weiter herunter. „Ich habe ihn auf einer Yacht getroffen, der ‚Invincible‘. Sie ankert etwa fünf Meilen nordwestlich. Er hat mindestens sechs bewaffnete Wächter, schätzungsweise doppelt so viele. Er hat die Information erhalten, die wir ihm zukommen lassen wollten. Ich werde Bouffe ersetzen.“

Reeve zog die Augenbrauen hoch. „Sie müssen ihn beeindruckt haben.“

„Darum ging es ja.“ Hannah fragte sich, wie schnell sie den Geschmack von Cognac aus ihrem Mund loswurde. „Er plant etwas für die Premiere von Eves Stück. Ich vermute, dass es nicht direkt gegen die Familie gerichtet sein wird. Er hielt es für unterhaltsam, Verwirrung zu stiften. Er drückte sich sehr vorsichtig aus. Nichts Direktes. Selbst wenn ich jetzt gegen ihn aussagen würde, wäre es schwierig, ihn tatsächlich wegen Verschwörung zu verurteilen. Er stellt Hypothesen und Theorien auf, macht nur vage Andeutungen“, erklärte sie leicht erschöpft.

„Hat er angedeutet, wo er seine Aktion durchführen möchte?“

Sie lauschte einen Moment einem Vogel, der aus voller Kehle sang. „Er schien sich sehr für den Palast zu interessieren. Das ist die größte Herausforderung. Wir haben zwei Wochen.“

„Er schlägt in zwei Wochen zu?"

„So viel Zeit hat er mir gegeben, um Ihre Familie zu ermorden." Sie wandte sich ihm zu und sah, dass sein Gesicht blass und starr war. „Alle, außer Armand. Die Kinder. Jeden Einzelnen. Er will Armands Seele zerstören und Cordina keinen Erben lassen. Meiner Beurteilung nach will er das genauso zu seiner persönlichen Befriedigung haben wie um des Profits willen, den er macht, wenn Cordina ins Chaos gestürzt wird."

Reeve zog eine Zigarette hervor, steckte sie jedoch nicht an. „Ich vertraue Ihrer Beurteilung."

„Wir haben zwei Wochen, um ihn aufzuhalten oder um ihn zu überzeugen, dass ich getan habe, was er verlangt."

Es ging um seine Familie, und doch musste er genauso kühl wie Hannah darüber nachdenken. „Legt er Sie herein?"

Sie dachte kurz nach und schüttelte den Kopf. „Ich glaube nicht. Sicher ist es möglich, dass er mich nach Erledigung des Auftrags loswerden will, aber ich halte es für wahrscheinlicher, dass er mich weiterhin benutzen möchte. Wir haben die Informationen über mich sehr geschickt eingesetzt, und in den letzten zwei Jahren habe ich ihm eine Menge Ärger und Geld erspart. Wenn er glaubt, dass ich ihm das auch in Zukunft bieten kann, wird er abwarten."

„Armand muss unterrichtet werden.“

„Ich weiß.“ Aber nicht Bennett.

„Machen Sie erst einmal weiter wie bisher.“ Er gab ihr ein Zeichen, dass sie weiterfahren sollte. „Wir werden etwas Zeit brauchen.“

„Eves Premiere findet in wenigen Tagen statt.“

„Wir werden uns darum kümmern. Schlafen Sie sich aus. Sobald wir eine Anweisung haben, lasse ich es Sie wissen.“

Hannah hielt vor dem Palast an und stieg aus dem Wagen. „Ich will ihn haben. Ich will ihn für mich selbst haben. Ich weiß, das ist unprofessionell und dumm, aber wenn ich eine Gelegenheit und eine Möglichkeit finde, will ich ihn selbst erledigen.“

Reeve sagte nichts, als er die Stufen hinaufging. Er hatte sich bereits dasselbe geschworen.

## 8. KAPITEL

„Ich will nicht, dass du heute Abend hingehst."

„Du weißt, dass ich das tun muss." Eve stand grimmig und starrsinnig vor ihrem Mann. „Es ist mein Stück, meine Truppe, meine Inszenierung. Ich habe keine Wahl, Alex."

„Entschuldigungen lassen sich finden." Er betrachtete sie, in Mitternachtsblau gekleidet, mit freien Schultern, das Kleid bodenlang. „Du weißt, wie gefährlich das sein könnte. Wir sind sicher, dass es einen Zwischenfall geben wird. Ich will nicht, dass du da hineingezogen wirst."

„Ich bin aber bereits hineingezogen." Sie hatte Angst. Seit Reeve ihnen gesagt hatte, dass er einen Tipp erhalten hatte, waren ihre Nerven angespannt. Ja, sie hatte Angst, aber sie war dennoch entschlossen. Sie ging hinüber zu dem Spiegel mit den abgeschrägten Kanten, der über dem Sekretär hing, und tat so, als wäre es ihr besonders wichtig, den Sitz ihrer Frisur zu überprüfen. „Ich habe das Stück geschrieben, ich habe es inszeniert, und was noch viel wichtiger ist", fuhr sie fort, bevor er sie unterbrechen konnte, „ich gehöre in dieses Theater, weil ich deine Frau bin."

Dass ihre Argumente zutrafen, war nicht von Bedeutung. Er wollte Eve im Palast haben, wo sie sicher und unantastbar war. Er wäre beruhigt, wenn er sie da wüsste, in der Zimmerflucht, die sie ausgestattet hatte, versteckt, hoch oben in dem Palast, der seit Generationen das Zuhause seiner Familie war. Hier könnte ihr nichts geschehen. Draußen alles.

„Liebling, Reeve irrt sich selten. Wenn er sagt, dass es heute Abend Ärger geben wird, möchte ich, dass du weit davon entfernt bist. Ich weiß, das Stück ist dir wichtig, aber ...“

„Ja, das ist es“, unterbrach sie ihn. „Aber du bist mir noch viel wichtiger.“

„Dann tu mir den Gefallen, und bleib zu Hause.“

Sie zügelte ihr Temperament. „Alexander, würdest du mit mir zusammen hier bleiben?“

„Falls es möglich wäre, natürlich.“ Er fuhr sich ungeduldig durch das Haar. „Aber ich kann mich nicht jedes Mal einschließen, wenn von Deboque etwas zu hören ist.“

„Du tust es für Cordina“, hielt sie ihm entgegen. „Und Cordina ist jetzt auch mein Land.“

„Eve.“ Er glaubte sie so sehr zu lieben, wie es überhaupt nur möglich war. Jeden Tag fand er heraus, dass er sie noch mehr lieben konnte. „Du bist für mich das Kostbarste auf der Welt. Ich hätte dich schon einmal fast verloren.“

Sie ergriff seine Hände und schaute ihm in die

Augen. „Und ich dich, Alex. Ich werde in der Fürstenloge neben dir sitzen."

Hannah hörte das Gespräch vor der Tür sehr deutlich. Situationen wie diese machten es ihr schwer, ihren Einsatz einfach als einen weiteren Auftrag anzusehen. Die Bissets waren keine Namen oder Symbole mehr, sondern Freunde. Nach zehn Jahren gefährlicher Spiele wusste sie, wie riskant es sein konnte, Freunde zu gewinnen.

Sie schloss die Augen und holte tief Luft, bevor sie klopfte.

„Herein!" Alexander reagierte ungeduldig.

„Tut mir Leid. Ich störe euch", sagte Hannah.

„Natürlich nicht." Eve winkte sie heran. „Du bist schon fertig für den Abend. Wir wollten gerade nach unten kommen." Eve ergriff wieder Alexanders Hand. „Hannah, du sollst dich nicht verpflichtet fühlen, meine Familie zu begleiten, da es doch einen – Zwischenfall geben kann."

„Natürlich komme ich mit. Und ich bin überzeugt, alles wird gut gehen. Wenn du mich hier nicht brauchst, gehe ich nach unten."

„Bitte, lass uns nicht mehr davon sprechen", sagte Eve, als Hannah die Tür hinter sich schloss. „Sagen wir Marissa Gute Nacht, bevor wir gehen."

„Eve." Alexander zog sie an sich. Er fühlte die leichte Schwellung, wo sein zweites Kind ruhte. „Ich liebe dich."

„Reden ist leicht“, sagte sie und bemühte sich um ein Lachen. „Versprich mir, dass du es mir nach dem Stück zeigen wirst.“

Er drückte seine Wange an ihr Haar. „Du hast mein Wort.“

Bennett wartete bereits in der Eingangshalle. Selbst aus einiger Entfernung registrierte Hannah seine Ungeduld. Ungeduld, vermischt mit einer Waghalsigkeit, die seine elegante Abendkleidung nicht verbergen konnte. Er war auf der Suche nach Ärger, hoffte sogar darauf.

„Da sind Sie ja.“ Er ergriff ihre Hand. „Sie brauchen heute Abend nicht mitzugehen, Hannah. Es wäre mir lieber, Sie würden es nicht tun.“

Sie drückte beruhigend seine Hand. „Jetzt reden Sie schon wie Eve. Ich will dabei sein. Ein vager Tipp aus einer anonymen Quelle ist ein alberner Grund, einen Abend im Theater zu versäumen.“

„Bleiben Sie in meiner Nähe. Es wird genug Wächter geben, um uns zu beschützen, aber ich möchte Sie selbst im Auge behalten.“ Er führte sie zum Portal.

„Eve und Alexander sind fast fertig. Ich sagte, ich würde auf sie warten.“

„Der Sicherheitsdienst sieht es lieber, wenn wir getrennt fahren.“ Er nickte Claude zu. „Sie fahren mit mir. Vater wird nach Alexander und Eve kommen.“

„In Ordnung."

Hannah trat in die sternenklare Nacht hinaus und hielt gelassen ihre perlenbestickte Abendtasche mit der Pistole in der Hand.

Die Vorstellung war ausverkauft. Donnernder Beifall brandete auf, als die Bissets die Fürstenloge betraten. Hannah hielt kurz den Atem an und studierte aus dem Hintergrund die Flut von Gesichtern.

Wäre Deboque hier gewesen, hätte sie ihn entdeckt.

„Das Zentrum ist zweimal durchsucht worden", flüsterte Reeve ihr ins Ohr. „Hier war nichts."

Sie nickte und nahm ihren Platz ein, als sich der Vorhang hob.

Das Stück war alles, was Eve sich erhofft hatte, obwohl Hannah bezweifelte, dass irgendjemand in der Loge seine ganze Aufmerksamkeit auf das Drama auf der Bühne richtete. Mehr als einmal warf sie einen Seitenblick auf Bennett und sah, dass er das Publikum betrachtete.

Deboque war nicht hier. Hannah hatte nichts anderes erwartet. Was immer passierte, wann immer es passierte, er würde weit weg sein und ein Alibi haben, das so fest war wie die Felsen von Cordina.

Sie wollte warten und beobachten.

Als die Lichter zur Pause angingen, fühlte Hannah förmlich, wie Eve sich entspannte. Ein falscher Alarm? Nein. Obwohl es ihr nur recht war, dass Eve es glaubte, wusste Hannah es besser. Zwischen ihren Schulterblättern verspürte sie ein Prickeln, vage, aber hartnäckig. Man konnte es eine Vorahnung nennen. Oder Instinkt.

„Möchten Sie etwas trinken?"

Sie wandte sich Bennett zu. „Ja, gern. Etwas Kühles."

Sobald er durch die Türen hinter ihnen verschwunden war, beugte Hannah sich zu Reeve. „Ich sehe mich um."

„Ich würde hier bleiben, ich habe so ein Gefühl." Er ließ Gabriella nicht auf Armeslänge von sich fort.

„Ich auch. Deboque sagte, ich solle im Publikum bleiben. Ich möchte mich hinter der Bühne umsehen."

Hannah verließ die Loge und ging über eine Nebentreppe nach unten. Sie hatte zehn Minuten Zeit, ehe jemand sie vermissen würde.

Kostüme wurden hinter der Bühne gewechselt, die Nerven waren zum Zerreißen angespannt. Die meisten Schauspieler waren zu verkrampft, um ihr auch nur einen Blick zuzuwerfen. Nichts Ungewöhnliches. Dennoch, das Prickeln zwischen den Schulterblättern hielt an.

Chantels Garderobentür stand halb offen. Die Schauspielerin erhaschte einen Blick auf Hannah, zögerte und rief: „Lady Hannah!“

Hannah blieb an der Tür stehen. „Miss O'Hurley. Ihre Hoheit konnte nicht herunterkommen, aber Sie sollten wissen, dass sie von Ihrer Darstellung begeistert ist.“

„Danke.“ Chantel legte den Fettstift weg, mit dem sie ihre Augen nachgezogen hatte. „Und was halten Sie von dem Stück?“

„Es ist packend. Ihre Interpretation der Julia ist atemberaubend.“

Mit einem Kopfnicken trat Chantel auf sie zu. Das übertriebene Bühnenmake-up ließ sie noch exotischer wirken. „Wissen Sie, ich wurde ins Showgeschäft hineingeboren. Es liegt mir im Blut. Und ich dachte immer, dass ein eingefleischter Schauspieler mühelos einen anderen erkennt.“

Sehr kühl und beinahe lächelnd blickte Hannah ihr in die Augen. „Ich vermute, das stimmt.“

„Vielleicht kommt es daher, dass ich zwar noch nicht weiß, ob ich Sie mag, aber weiß, dass ich Ihnen nicht vertraue.“ Chantel rückte den Ausschnitt ihres Kleides für die nächste Szene zurecht. „Ich mochte Bennett immer sehr. Eine Frau wie ich kann nur sehr wenige Männer wirkliche Freunde nennen.“

Die Frau vor ihr strahlte Stärke und Ehrlichkeit

aus. Hannah vergalt es ihr, so gut sie konnte. „Ich kann Ihnen sagen, dass Bennett ein ganz besonderer Mann ist und mir viel bedeutet."

Chantel schwieg sekundenlang, wog ab, überlegte. „Ich weiß nicht, warum, aber ich glaube Ihnen." Sie schüttelte den Kopf. „Ich kann mir zwar nicht denken, wieso Sie die spröde Unschuld spielen, aber ich denke, dass Sie Ihre Gründe dafür haben."

„Auf die Bühne, Miss O'Hurley!"

Chantel prüfte ihr Aussehen noch einmal in einem bodenlangen Spiegel. Sie hob das Kinn in einem anderen Winkel an und wurde zur Julia, während sie sich umdrehte, um an Hannah vorbeizugehen. „Darling", sagte sie mit der Stimme ihrer Rolle, „Sie sollten wissen, dass Beige die absolut schlimmste Farbe für Sie ist." Sie blinzelte und trat in die Kulisse.

Hannah stieß einen langen Seufzer aus. Sie hatte nichts Ungewöhnliches bemerkt, sie hatte niemanden gesehen, der nicht hierher gehörte, und sie hatte eine Lektion gelernt. Ihre Tarnung war nicht so narrensicher, wie sie stets gedacht hatte.

Sie ging den Korridor zurück und stieg im Treppenhaus wieder nach oben. Sie hörte den Applaus, als der Vorhang sich hob. Dann vernahm sie das ferne Grollen und Krachen einer Explosion.

Die Lichter erloschen.

Vereinzelte Schreie ertönten, als das Theater in Finsternis getaucht wurde. In der Fürstenloge rückten die Leibwächter wie eine Mauer zusammen. Waffen wurden gezogen und schussbereit gehalten.

„Bleibt, wo ihr seid!“ rief Reeve und drückte kurz Gabriellas Hand. „Zwei kommen mit mir!“ Er trat mit zwei Leibwächtern auf den Korridor. „Wir brauchen Licht.“ Fluchend suchte er in seiner Tasche nach einem Feuerzeug. „Jemand muss über die Lautsprecher das Publikum an einer Panik hindern!“

Gerade als das Feuerzeug flackerndes Licht auf sein Gesicht warf, kam Chantels Stimme kühl und klar durch die Lautsprecher.

„Mesdames, Messieurs, behalten Sie bitte einen Moment Platz! Wir haben Schwierigkeiten mit dem Strom. Wenn Sie vielleicht die Gelegenheit nutzen wollen, um Ihren Sitznachbarn besser kennen zu lernen ...“

„Gutes Mädchen“, sagte Reeve, als er nervöses Lachen hörte. „Gehen wir nach unten zu den Hauptsicherungen.“

Hannah ist nicht zurückgekommen, schoss es Bennett immer wieder durch den Kopf, während er hörte, wie Alexander beruhigend auf Eve einredete. Sie war irgendwo da draußen, allein in der Dunkelheit. Ohne zu zögern, schob er sich zur Tür.

„Hoheit.“ Die hoch aufragende Gestalt eines Leibwächters drängte sich näher an ihn heran. „Bleiben Sie bitte sitzen!“

„Lassen Sie mich durch!“

„Bennett!“ Die Stimme seines Vaters kam durch die Dunkelheit. „Bitte, setz dich! Das wird gleich vorbei sein.“

„Hannah ist nicht hier.“

Eine kurze Stille trat ein. „Reeve wird sich um alles kümmern.“

Es gab Pflicht und Ehre, die er nie in Frage gestellt hatte. Jetzt gab es auch Liebe. Bennett drängte sich durch die Tür.

Hannah hielt die Pistole in der Hand, während sie im Treppenhaus stand, sich nicht bewegte, kaum atmete und überlegte, ob sie nach oben gehen und nach den Bissets sehen oder nach unten schleichen und die elektrischen Einrichtungen überprüfen sollte. Wenn eine Bombe hochgegangen war, konnte es leicht noch eine zweite geben.

Ihr Verstand sagte ihr, dass die Bissets gut beschützt waren und ihre Aufgabe darin bestand, die Quelle der Störung zu finden. Ihr Herz wollte lediglich wissen, ob Bennett in Sicherheit war. Hannah folgte ihrem Herzen und begann, nach oben zu gehen. Sie hatte erst drei Stufen hinter sich gebracht, als sie hörte, wie sich auf dem Treppenabsatz unter ihr eine Tür schloss.

Mit dem Finger am Abzug richtete sie den Lauf ihrer Pistole senkrecht nach oben und ging wieder hinunter. Sie sah den Strahl der Taschenlampe, bevor sie die Schritte hörte. Vorsichtige Schritte. Leise Schritte. Geschützt im Schatten der Ecke, verharrte Hannah abwartend.

Sie erkannte den Mann aus dem Museum wieder. Er trug jetzt die dunkelblaue Uniform des Wartungspersonals und hatte einen kleinen Werkzeugkasten bei sich. Der Lichtstrahl seiner Lampe glitt an ihren Schuhspitzen vorbei, ehe sie aus ihrem Versteck trat und dem Mann den Pistolenlauf in die Seite drückte.

„Ganz ruhig!“ sagte sie gedämpft. „Entschuldigen Sie diese Begrüßung, aber ich wollte kein Loch im Kopf haben, bevor Sie mich erkannten.“

„Mademoiselle!“ Sie hörte die unterdrückte Wut in seiner Stimme. „Man hat mir gesagt, Sie würden mir heute Abend nicht in die Quere kommen.“

Hannah zog die Waffe zurück. „Ich ziehe es vor, mit eigenen Augen zu sehen, was vor sich geht. Ein dramatischer Zwischenfall“, lobte sie. „Gibt es noch andere Pläne für diesen Abend?“ Sie war sicher, dass er auf Mord eingestellt war. Aber war er bewaffnet?

„Nur wenn sich die Gelegenheit ergibt. Wenn Sie mich jetzt entschuldigen.“

„Sicher.“ Ihr einziger Gedanke war, ihn aus dem Theater zu schaffen, bevor sich eine Gelegenheit ergab. Das Theater war voll von Menschen, die Fürstenfamilie war anwesend. „Kann ich Ihnen bei einem diskreten Abgang helfen?“

„Dafür ist gesorgt.“

„Gut. Sagen Sie Ihrem Auftraggeber, dass ich nicht so dramatisch, aber sehr wirkungsvoll sein werde.“ Sie wandte sich der Treppe zu, als sie hörte, wie sich die Tür über ihnen öffnete.

„Hannah?“

Beim Klang von Bennetts Stimme gefror ihr das Blut in den Adern. Als der Mann neben ihr sich bewegte, packte sie ihn am Arm. Ohne etwas zu sehen, wusste sie, dass er nach einer Waffe griff.

„Seien Sie kein Narr!“ flüsterte sie. „Ohne richtiges Licht können Sie leicht danebenschießen und alles verderben. Knipsen Sie die Taschenlampe aus, und lassen Sie mich machen!“ Sie fühlte sein Widerstreben, drehte sich jedoch rasch um und ging die Stufen hinauf. „Bennett!“ Sie brauchte die Angst in ihrer Stimme nicht vorzutäuschen. Er war kaum mehr als ein Schatten an der Tür, aber sie legte die Arme um ihn und schützte ihn mit ihrem Körper.

„Was machen Sie hier unten?“ fragte er.

„Ich habe mich verirrt, als die Lichter ausgingen."

„Um Himmels willen, Hannah, wie sind Sie nur so weit heruntergelangt?"

„Ich ... ich weiß es nicht. Bitte, gehen wir zurück."

„Sie hätten sich auf dieser Treppe den Hals brechen können." Als er sie leicht schüttelte und sie von sich schieben wollte, veränderte sie ihre Haltung, um ihn noch besser abzusichern.

„Küssen Sie mich!" befahl sie flüsternd.

Beinahe amüsiert, nachdem er sie heil wieder gefunden hatte, hob Bennett ihr Kinn an. In dem schwachen Licht einer fernen Notbeleuchtung konnte er nur vage die Umrisse ihres Gesichts und das Glitzern ihrer Augen ausmachen. „Wenn Sie darauf bestehen."

Während er den Mund auf ihren senkte, griff sie nach der Klinke hinter ihm und bereitete sich darauf vor, ihn durch die Tür zu schieben.

Dann umfasste er sanft ihr Gesicht. Seine Lippen lockten und beschwichtigten und verlangten so wenig als Gegenleistung. Eine Hand legte sich auf ihren Rücken. Hannah verspannte sich. Sie liebte ihn sehr, wusste jedoch, dass sie ihn nicht lieben durfte. Sie wollte, dass der Kuss nur ein Berühren von Lippen war, ein Symbol für Zuneigung. Doch er musste ein Werkzeug sein und dem Mann unter ihnen Zeit zur Flucht geben.

Dann wäre Bennett in Sicherheit. Nur für Sekunden legte sie all ihre Empfindungen in den Kuss. Er würde sicher sein, und sie würde wieder frei atmen können.

Er spürte die Veränderung, und sein Herz begann zu hämmern. Er hatte sich ausgemalt, wie sie in der Dunkelheit allein gewesen war und sich nach Trost und körperlichem Kontakt gesehnt hatte. Deshalb hatte er sein Verlangen verdrängt und sie wie ein Freund geküsst, mit Zuneigung und Verständnis. Ihre Reaktion kam wie Donner und Blitz.

Die Lichter flammten wieder auf ...

Und auf einmal passierte alles sehr schnell, aber Bennett würde sich ein Leben lang an jede Bewegung, jedes Geräusch erinnern. Es gab keine Zeit für Angst, nur für Überraschung und dann Desillusionierung.

Als die Lichter brannten, versteifte er sich. Hannah wusste in diesem Moment, dass Deboques Mann nicht verschwunden war, wie sie gehofft hatte, sondern darauf wartete, die Gelegenheit zu nutzen, die sich ihm bot. Ohne zu zögern, wirbelte sie aus Bennetts Armen und schob ihn halb durch die Tür. Der Mann hatte seine Waffe gezogen, aber sie auch die ihre. Und sie war sehr schnell.

Bennett hatte den Mann und seine Waffe gesehen. Er hatte sich von der Tür abgestoßen, um Hannah abzuschirmen, als sie schoss. Einen

Moment starrte er lediglich wie benommen, sah den Mann zusammenbrechen und reglos liegen bleiben. Dann bemerkte er die Pistole in Hannahs Hand. Eine Überraschung löste die andere ab. Seine Miene wurde völlig ausdruckslos. Als er sprach, klang seine Stimme neutral.

„Was für ein Spiel spielen Sie da und für wen?"

Hannah hatte nie zuvor getötet. Sie war darauf trainiert, natürlich, aber sie hatte nie mit eigener Hand ein Leben beendet. Während sie dastand und nach unten blickte, fühlte sich die Waffe in ihrer Hand fremd und kalt an. Ihr Gesicht war blass, ihre Augen schimmerten dunkel, als sie sich an Bennett wandte. „Ich muss Ihnen alles erklären, aber jetzt ist dazu keine Zeit." Sie hörte hastige Schritte und nahm sich zusammen. „Bitte, vertrauen Sie mir!"

„Das ist eine interessante Bitte in diesem Moment." Er wollte an ihr vorbei zu dem Mann hinuntergehen.

„Bennett, bitte!" Sie packte ihn am Arm und zog ihn zu sich. „Ich erzähle Ihnen alles später. Sie können sich bei Reeve oder Ihrem Vater die Bestätigung holen."

Seine Muskeln spannten sich an. „Bei meinem Vater?"

„Bitte, um seinetwillen, um Ihrer Familie willen, spielen Sie das mit mir zu Ende!" Sie drückte ihm die Waffe in die Hand, als Reeve mit fünf Leibwächtern im Schlepptau auftauchte. Da zeigte sie Reaktion. Erneut war Wahrheit die beste Tarnung.

„Er wollte den Prinzen erschießen.“ Hannah ließ ihre Stimme vibrieren und lehnte sich schwer gegen Bennett. „Er wollte ihn töten. Hätte Bennett nicht ...“ Sie verstummte und barg das Gesicht an Bennetts Schulter.

Er rührte sich nicht, auch wenn er ihr nicht widersprach. Sie fühlte keine tröstende Hand, hörte keine beruhigende Stimme. Reeve beugte sich über die Leiche und blickte dann zu Bennett hoch. „Was für ein Glück, dass du schnell warst – und treffsicher.“ Der 45er neben der Leiche war nicht abgefeuert worden. Er schaute kurz zu Hannah. „Wir werden das in aller Stille abwickeln.“

Bennett verzog den Mund, aber es war kein Lächeln. „Natürlich.“

„Geh jetzt wieder in die Loge.“ Reeve gab zwei Leibwächtern ein Zeichen, ihn zu begleiten. „Wir sagen der Familie erst etwas davon, wenn wir privat und unter uns sind.“ Mit einem Kugelschreiber hob er den 45er am Abzugbügel hoch. „Die Polizei wird durch den Hintereingang kommen.“

Bennett scheuchte die Leibwächter mit einer Geste beiseite. Es war das erste Mal, dass Hannah ihn wahrhaft fürstliche Überlegenheit einsetzen sah. „Ich möchte mit dir sprechen – allein, sofort.“

„In Ordnung.“ Er hat zu viel gesehen, dachte

Reeve. Es musste schnell erledigt werden. „In Eves Büro. Lass mir nur zuerst ein paar Minuten, um mich um das hier zu kümmern."

„Zehn Minuten", sagte Bennett und wandte ihnen allen den Rücken zu.

„Ich möchte zurück in den Palast." Hannah stand allein auf den Stufen. Sie umklammerte ihre Tasche, so fest, dass die Knöchel weiß hervortraten. „Ich fühle mich nicht gut."

„Besorgen Sie einen Wagen und einen Fahrer!" befahl Reeve einem der Leibwächter. Einem anderen überreichte er die Waffe des Toten, ehe er die Treppe hinaufstieg und einen Arm um Hannah legte. „Ich bringe Sie nach draußen." Sobald sie außer Hörweite waren, schlug er einen professionellen Ton an. „Was ist passiert?"

Ihre Knie zitterten, aber sie zwang ihre Stimme zu einem ruhigen Tonfall und gab ihren Bericht. „Das Ganze kann nicht länger als fünf Minuten gedauert haben." Es war ihr wie Stunden erschienen.

„Pech, dass Bennett Sie gefunden hat. Dennoch wird die Geschichte halten. Er hat den Ruf eines ausgezeichneten Schützen. Ich brauche ihn jetzt nur noch zu beruhigen." Reeve seufzte. Er kannte seinen Schwager. „Wir gehen das morgen früh noch einmal durch, damit sie Deboque eine möglichst vorteilhafte Story liefern können."

„Er wird mir nie verzeihen."

Reeve wusste instinktiv, dass sie nicht von Deboque sprach. „Bennett ist weder ungerecht noch hartherzig. Er wird wütend sein, weil er nicht informiert wurde, aber er wird nicht Ihnen die Schuld geben."

„Wirklich nicht?" Hannah trat durch die Tür in die Nachtluft hinaus, ohne sich umzublicken.

Hannah saß am Fenster und blickte hinaus in den Garten. Eine Stunde war vergangen, dann zwei, während sie das Wechselspiel des Mondlichts beobachtete. Im Palast war es ruhig. Vielleicht waren die anderen zurückgekommen, aber sie hätte sie nicht gehört, weil ihre Zimmer auf der rückwärtigen Seite lagen. Die schönste Aussicht und die ruhigsten Fleckchen waren stets den Gästen vorbehalten.

Sie konnte sich nur zu gut vorstellen, wie Bennett auf Reeves Erklärungen reagiert haben mochte. Aber er würde nicht Reeve die Schuld daran geben. Die Schuld würde er bei ihr sehen, das wusste Hannah, und sie ließ es gelten. Am Morgen würde er wahrscheinlich verlangen, sie unter vier Augen zu sprechen. Sie würde seine Wut und seine Kälte hinnehmen, sich aber nicht dafür entschuldigen, wer und was sie war.

Sie liebte ihn. Jetzt würde er ihr das kaum glauben, wenn sie das Recht hätte, es ihm zu sagen. Sie wäre heute Nacht für ihn gestorben, nicht nur aus einer Pflicht heraus, nicht nur aus einem Ehrgefühl, sondern aus Liebe. Jetzt würde er das niemals verstehen oder glauben. Vielleicht war es das Beste so. Wenn ihr die Gefühle für ihn außer Kontrolle geraten waren, dann war es besser und sicherer, wenn seine Gefühle für sie erloschen waren.

Noch hatte sie eine Mission zum Abschluss zu bringen und eine zwei Jahre währende Arbeit zu beenden.

Hannah legte den Kopf auf die Fensterbank und wünschte, sie wäre in London, wo die Nacht kalt und feucht war und der Geruch des Flusses in der Luft hing.

Bennett klopfte nicht. Hannah saß in ihrem Zimmer auf der Fensterbank, hatte die Arme verschränkt und den Kopf darauf gelegt. Sie trug das Haar offen, so dass es über die Schultern und den Rücken ihres schlichten weißen Hausmantels fiel. Man hätte sie für eine Frau halten können, die in der Nacht verloren war. Bennett glaubte nicht länger, was er sah, und nur wenig von dem, was er fühlte. Als er die Tür hinter sich schloss, stand Hannah auf.

Sie hatte ihn nicht in dieser Nacht erwartet. Ein Blick in sein Gesicht, und sie bereitete sich auf das Schlimmste vor.

„Sie haben mit Reeve gesprochen?“

„Ja."

„Und mit Ihrem Vater?"

Er zog die Augenbrauen hoch. Obwohl er sein Jackett abgelegt hatte, konnte er auf Wunsch ganz Prinz sein. „Wir werden morgen miteinander sprechen, obwohl das nicht mehr Sie betrifft."

Sie nickte. „Nur insofern, als es meine Position in diesem Moment angeht."

„Obwohl Ihnen das offenbar nicht bekannt ist, bin ich kein Narr. Ihre Position bleibt." Er zog die kleine Pistole aus seiner Tasche, trat an ihr Bett und warf sie darauf. „Ihr Eigentum."

Nein, ihr wurde nicht verziehen. Sie hatte geglaubt, sich damit abfinden zu können. Sie konnte es nicht. „Danke." Genauso kühl wie er legte sie die Waffe in die Schublade des Nachttisches.

„Sie sind eine exzellente Schützin, Lady Hannah."

„Ich wurde gut trainiert."

Er umfasste ihr Kinn. „Ja, bei Gott. Welche anderen Talente haben Sie noch? Betrug ist sicher eines der hervorstechendsten. Wie viele verschiedene Frauen können Sie sein?"

„So viele, wie mein Job es erfordert. Wenn Sie mich entschuldigen, ich bin sehr müde."

„O nein." Mit der anderen Hand fasste er in ihr Haar. Er dachte daran, was sie ihm an einem Abend zugemutet hatte. Sorge, blankes Entsetzen und Betrug. „Ich fürchte, ich falle darauf nicht mehr herein. Für mich jedenfalls hat die stille, wohlerzogene englische Lady ausgespielt. Karten auf den Tisch, Hannah!“

Es war Angst, unter der ihr Magen sich zusammenkrampfte. Nicht Angst, dass er ihr körperlich etwas antun könnte, nicht Angst, dass er in seinem Zorn etwas tat, was die Operation gefährdete, sondern kalte Angst, er könnte sie immer so ansehen wie jetzt.

„Ich bezweifle, dass ich Ihnen viel erzählen kann, was Reeve nicht schon gesagt hat. Die Operation wurde vor etwas über zwei Jahren in Gang gesetzt. Das ISS musste einen Agenten einschleusen, und daher ...“

„Ich habe die grundsätzlichen Details schon erfahren.“ Er ließ sie los. „Etwas spät, aber nahezu vollständig. Nachdem Sie sich einen Platz in Deboques Organisation erobert hatten, täuschten Sie Zuneigung für Eve vor, um Zugang zum Palast zu erhalten.“ Er sah das Zucken in ihrem Gesicht, war jedoch nicht bereit, es zu deuten. „Mir wurde gesagt, ich sollte dankbar sein, dass Sie in Ihrer Sparte so gut sind.“

„Ich brauche keine Dankbarkeit, nur Zusammenarbeit“, konterte Hannah.

„Dann hätten Sie vielleicht von Anfang an darum bitten sollen.“

Sie hob den Kopf. Nein, keine Entschuldigung. „Ich hatte Befehle, Bennett. Ihnen sind Verpflichtungen doch nicht fremd."

„Nein, aber Ehre ist mir auch nicht fremd. Sie haben mit mir gespielt." Ärger erfasste ihn. Er ergriff ihre Arme. „Sie haben meine Gefühle für Sie benutzt."

„Sie sollten keine haben", fuhr sie ihn an.

„Man kann sich nicht immer aussuchen, was man fühlt. Aber andere Dinge kann man sich aussuchen. Mussten Sie meine Gefühle benutzen, Hannah?"

„Ich hatte eine Aufgabe auszuführen. Ich versuchte, Sie zu entmutigen."

„Sie wussten, dass Sie mir etwas bedeuten, dass ich Sie begehrte."

„Das wollte ich nicht."

„Sie lügen noch immer."

„Nein." Sie versuchte, sich aus seinem Griff zu befreien, aber er hielt sie fest. „Ich habe nichts getan, um Ihnen den Kopf zu verdrehen. Andererseits braucht eine Frau vielleicht bloß zu atmen, um Ihre Aufmerksamkeit zu erregen." Sie sah, wie sein Zorn wuchs, kümmerte sich jedoch nicht darum. „Vielleicht wurde ich zu einer größeren Herausforderung, weil ich mich weigerte, mit Ihnen zu schlafen. Es gibt viele Frauen, die gern mit einem Prinzen schlafen würden."

„Glauben Sie denn, wenn ich Sie lediglich im Bett hätte haben wollen, dass Sie nicht schon ein Dutzend Mal dort gelandet wären?“

„Ich lande nirgendwo, wo ich nicht landen will.“ Hannah unterstrich das mit einer entsprechenden Geste. „Wenn Sie wütend sind, weil Sie mich falsch eingeschätzt haben, dann nur, weil Ihr Ego verletzt wurde.“

Der Rest ihrer Worte erstickte, als sie unter ihm auf das Bett fiel. Bevor sie reagieren konnte, waren ihre Arme schon an ihre Seiten gepresst. Sie war vor seinem Zorn gewarnt worden. Es stand sogar etwas darüber in seinem Dossier. Aber nichts davon war so beeindruckend gewesen wie dieses Erlebnis aus erster Hand.

„Ego?“ Sein Gesicht war ganz dicht vor ihrem, als er es hervorstieß. „Ich bin für Sie also nach wie vor nur, was Sie gelesen haben, nur, was man Ihnen erzählt hat.“ Das tat weh. Wie weh das tat. Er fühlte den Schmerz in sich und konnte nichts anderes tun, als ihn in Zorn zu verwandeln. „Ich werde Sie nicht enttäuschen.“

Sie trat nach ihm und hätte ihn beinahe vom Bett geworfen. Bennett drehte sich so, dass ihr Körper flach gegen ihn gepresst war. Seine Hand lag an ihrem Hals. Es verschaffte ihm grimmige Befriedigung, ihren Puls unter seinen Fingern wild pochen zu fühlen.

„Das beweist gar nichts.“ Sie bekam einen Arm frei, aber er packte ihr Handgelenk. „Sie werden nur uns beide entwürdigen.“

Es spielte keine Rolle. Er war über Richtig und Falsch hinaus, Wahrheit und Lüge. „Ich habe dich einmal für scheu und wertvoll gehalten. Das war eine Frau, der ich nur Zärtlichkeit zeigen wollte. Für sie hatte ich Geduld, wunderbare Gefühle. Aber bei dir können wir auf so etwas verzichten, nicht wahr?“

„Bennett, nicht.“ Sie sagte es ruhig und in dem Bewusstsein, dass es schon zu spät war.

„Warum nicht? Es ist die Nacht der Lügen und Leidenschaften.“

Hannah bereitete sich darauf vor, für sich und für ihn zu kämpfen. „Sie werden mich nicht vergewaltigen.“

„Nein, das werde ich nicht tun, aber ich werde dich bekommen. Darauf kannst du dich verlassen.“

# 9. KAPITEL

Es würde ein Kampf des Geistes sein, ein Wettbewerb an Beherrschung. Es fiel Hannah leichter, daran zu denken, als Bennett die Lippen auf ihre presste. Er wollte sie nicht lieben, sondern bestrafen, erobern. Es war Zorn, nicht Verlangen, was sie hierher geführt hatte. Sie konnte es sich nicht leisten, das auch nur für einen Moment zu vergessen.

Doch der Kuss war nicht grausam. Heiß und hart bewegte sich sein Mund über den ihren, eher aufreizend als beharrlich. Die Hand an ihrem Hals drohte weniger, als dass sie kontrollierte. Die schwieligen Finger erinnerten sie an die Kraft in seinen Händen, selbst während sie streichelten, um zu erregen und zu verführen.

Hannah zwang sich dazu, unter seinem Körper schlaff dazuliegen, und wartete nicht nur auf eine Chance zur Gegenwehr, sondern auf eine Chance zur Gegenwehr und zum Sieg.

Doch ihr Blut geriet bereits in Wallung.

Bennett wusste es. Er war ein Mann, der etwas von Leidenschaften verstand, von Verlangen, Verwundbarkeit, und der wusste, wie eines ins andere überging. Er hatte das alles schon in guter Stimmung eingesetzt, um zu geben und zu nehmen. Nun wollte er das alles einsetzen, um genauso tief zu verletzen, wie er verletzt worden war.

Frauen hatten ihn frustriert, amüsiert, verblüfft und fasziniert. Aber keine Frau vor Hannah hatte ihn jemals verletzt. Dass sie dies nicht unvorhergesehen, nicht aus einer Laune heraus, sondern kühl, leidenschaftslos getan hatte, machte ihr Handeln unverzeihlich. Zum ersten Mal in seinem Leben hielt er eine Frau in seinen Armen mit der einzigen Absicht, ihr Schmerz zuzufügen.

Das redete er sich wenigstens ein ...

Unter dem Morgenmantel war sie nackt. Er wusste es, noch ehe er den Stoff über ihre entblößten Schultern hinunterschob. Er spürte ihre Kraft, die er schon einmal gespürt hatte. Aber auch ihre Sanftheit. Beides bewegte ihn so, wie seine Berührung Hannah bewegte. Als sie sich zu wehren begann, drehte er sich so, dass ihr Morgenmantel auseinander klaffte.

Sie hütete sich vor Panik, doch ihr Herz und ihr Verlangen hintergingen sie. In dem Moment, als seine Hand über ihre nackte Haut strich, öffnete die aufflammende Lust das Tor zu Angst, zur Erregung, zur Leidenschaft. Unter ihrer Gegenwehr rollten sie beide über das Bett, im Kampf miteinander verschlungen. Sein schlanker Körper und sein stets lässiges Wesen machten die stählerne Stärke, die sie jetzt entdeckte, zu einer Überraschung und einem Quell der Erregung. Muskeln wölbten sich unter seinem Hemd, als er ihre Aktionen konterte, und trieben sie dahin, wo er sie haben wollte. Hannah fand sich erneut unter ihm gefangen. Ihre Arme wurden von dem Morgenmantel festgehalten, der über ihren Rücken geglitten war.

Atemlos schaute sie zu Bennett auf. Sie war geschlagen, aber weit davon entfernt, sich zu unterwerfen. Das Mondlicht fiel auf ihr Gesicht und ließ ihre Haut hell und ihre Augen dunkel schimmern. Die Angst in ihnen war einem Ausdruck von Wut gewichen. Ihr Haar breitete sich wirr auf dem Bett aus und ließ ihn an Nixen und Hexen denken.

„Ich werde dich verachten."

Er beugte sich erneut über sie, um sie zu küssen, doch sie drehte den Kopf zur Seite. Eine kleine Geste der Verteidigung, noch dazu eine unkluge, da seine Lippen nun ihren weichen, verwundbaren Hals fanden. Der Atem stockte ihr, es folgte ein Stöhnen. Der Laut ließ sein Herz schneller schlagen, während er entdeckte, dass sie genauso einzigartig und gefährlich war wie seine Gefühle für sie.

Bennett wollte sie lieben und hassen. Er musste trösten und bestrafte. Er versuchte zu verletzen und Lust zu schenken. In seiner Verwirrung gefangen, vergaß er alles – außer Hannah.

Hart von der Arbeit, sanft von Natur, glitten seine Hände über sie. Mit seiner Zungenspitze malte er Muster, quälende, aufreizende Muster auf ihrer Haut, die sich unter ihm erhitzte. Hannah wand sich unter ihm, aber ihre heftigen Bewegungen erregten sie beide nur noch mehr.

Plötzlich wurde ihr Körper völlig reglos, fast als hätte sie sogar zu atmen aufgehört. Dann setzte ein lustvoller Schauer ein.

Hannah war sich nie stärker ihrer selbst bewusst gewesen, war nie weiter von vernünftigem Denken entfernt gewesen wie in diesem Augenblick. Sie wollte sich daran erinnern, warum Bennett bei ihr war, warum es für sie beide ein Fehler war, doch sie konnte nur empfinden. Gründe spielten keine Rolle mehr, Konsequenzen waren vergessen. Er begehrte. Sie begehrte. Richtig und Falsch war etwas für vernünftig denkende Menschen.

Als er seinen Mund wieder auf ihren senkte, erwartete sie ihn. Er fand weder Nachgiebigkeit noch Panik, sondern die Leidenschaft, die sie in ihrem Leben meistens rücksichtslos unterdrückt hatte. Für ihn war diese Leidenschaft nun frei, und Hannah hatte einen flüchtigen Moment Zeit für die Erkenntnis, dass sie sich nie wieder völlig verbergen lassen würde.

Ungeduld, Verzweiflung. Gemeinsam rollten sie wieder über das Bett, doch nun in einem ganz anderen Kampf. Ihr Hausmantel war von ihr geglitten, so dass sie ihre Arme benutzen konnte, um Bennett zu umfassen. Mit einer Bewegung, die ihm alles hätte sagen sollen, presste sie ihn an sich.

Bleib bei mir! Liebe mich! Versteh mich!

Dann ging sogar das in einem Strom von Hitze verloren, der sie beide nach Luft ringen ließ.

Einmal zuvor hatte er bereits einen Vulkan in ihr entdeckt. Als dieser jetzt um ihn herum ausbrach, wurde er von der Gewaltigkeit und der dunklen Kraft erschüttert. Die Brise, in der die Vorhänge flatterten, war kühl und gemäßigt. In dem Bett brannte jedoch ein Feuer, das jeder von ihnen noch weiter anfachte.

In hektischem Verlangen nach ihm riss Hannah sein Hemd auf. Knöpfe fielen auf die Matratze und den Fußboden. Als ihr Lachen kam, war es leise und verhalten, wie er es schon einmal gehört hatte, aber diesmal schwang so etwas wie Triumph mit. Dann war es nur noch ein Seufzer, als sie mit ihren Händen über seine Brust strich. Ihr Kuss war heiß und verlangend, als nackte Haut auf nackte Haut traf.

Etwas in Bennett rastete aus. Als Liebhaber war er stets klug, aufmerksam, fürsorglich gewesen. Liebe war nie ein Spiel für ihn gewesen, genauso wenig wie ein Wettbewerb. Immer war sie ein Ergebnis von Zuneigung gewesen, der natürliche Höhepunkt von Verlangen.

Doch er hatte noch nie eine solche Begierde wie jetzt verspürt.

Zärtlichkeit war genauso vollständig vergessen wie Rache, als er die Hände in ihr Haar schob und sie an sich presste. Er zog ihre Unterlippe zwischen die Zähne und jagte glühende Funken der Lust durch ihren Körper. Dann begann er, sich rasch zu bewegen, löste sich von ihren Lippen und quälte sie mit seinen Küssen, wo immer er sie berührte.

Panik kehrte zurück, war jedoch so mit Erregung verwoben, dass Hannah keines der Gefühle erkennen konnte. Verängstigt und erregt versuchte sie, ihn von sich zu schieben, als er sie so plötzlich, dass sie nach Luft rang, zum Höhepunkt brachte und darüber hinaus. Atemlos stieß sie seinen Namen hervor.

Hannah erschauerte vor Lust. Die Hände, die sie in die Laken gekrallt hatte, wurden schlaff. Sekundenlang glaubte sie zu schweben, dann fachte er erneut die Flammen der Leidenschaft in ihr an.

Das hatte er für sie und von ihr gewollt. Bereitwillig begann sie, sich wieder mit ihm zu bewegen. Im Mondschein sah er ihr Gesicht, benommen vor Leidenschaft, erhitzt vor Lust. Seine Hände an ihre Hüften gelegt, zog er träge eine Spur aus Küssen über ihren Körper. Er fühlte den Moment, in dem die Kraft in sie zurückkehrte.

Sie erschauerte noch immer, war noch immer

atemlos, als sie an seiner Hose zerrte. Hannah hatte eine Kostprobe, einen Vorgeschmack erhalten, und sie wollte mehr, wollte alles. Während sie ihm die Kleidung vom Körper streifte, strich er mit den Fingerspitzen über die Innenseiten ihrer Schenkel und steigerte ihre Erregung ins beinahe Unerträgliche. Er beobachtete, wie sie die Augen unter dem Schock dieses neuen Höhepunkts aufriss, während sie sich ihm entgegenbog. Als sie sich entspannte, senkte er den Mund auf ihren zu einem leidenschaftlichen Kuss.

Er war wie eine Droge. Ihre Arme fühlten sich wie Blei an, als sie versuchte, sie für ihn zu heben. In ihrem Kopf drehte sich alles von der Flut der Empfindungen. Der Duft der Leidenschaft umhüllte sie beide, während ihre Haut feucht und heiß war. Sie hörte, wie ihr Atem in Seufzern und Stöhnen kam, wobei sie versuchte, sich auf sein Gesicht zu konzentrieren.

Seine Augen wirkten wie die einer Katze vor dem Sprung. Hannah erinnerte sich, wie er auf dem Hengst ausgesehen hatte, wagemutig, gefährlich. Sie erschauerte und ergab sich. Mit weit offenen Augen zog sie ihn bereitwillig an sich.

Hannah öffnete sich ihm. Bennett drang ihn sie ein.

Der Ritt war schnell und rau. Miteinander verschlungen, rasten sie dahin. Ohne das Tempo zu mindern, schossen sie über den Rand der Klippe hinaus.

Die Stille schien ewig zu dauern. Hannah hüllte sich darin ein und wartete darauf, dass Bennett sie verließ. Im Schutz der Dunkelheit konnte sie sich eingestehen, dass sie nie wieder dieselbe sein würde. Bennett hatte diese sorgfältig polierte Oberfläche durchbrochen und die Frau dahinter erobert, die Frau, die er hasste. Sie konnte ihm nicht sagen, dass sie liebte, dass sie bereits den Verlust dessen betrauerte, was sie nie wirklich gehabt hatte, und dass sie sich den Rest ihres Lebens danach sehnen würde.

Bennett wollte nach ihr tasten, sie an sich ziehen und sie im Mondschein streicheln. Doch es würde nicht möglich sein, sie noch einmal zu berühren. Er hatte sich im Zorn genommen, was er in seinen Träumen zärtlich erobert hatte. Schuldgefühle quälten ihn, selbst während sich wieder das Empfinden einstellte, betrogen worden zu sein.

Die Frau, in die er sich verliebt hatte, existierte nicht. Sie war sogar mehr eine Lüge als eine Illusion gewesen. Jetzt hatte er getan, was er selbst in seinen wildesten Augenblicken vermieden hatte: Er hatte eine Fremde geliebt. Und so wahr ihm Gott helfe, er hatte sich genauso tief in sie verliebt.

Hatte er ihr wehgetan? Er wollte fragen, hielt

sich jedoch zurück. Er konnte es sich nicht leisten, Reue zu zeigen, sonst würde er sich wegen dieser neuen Hannah ebenfalls zum Narren machen. Stolz folgte der Ehre. Nachdem er das eine für Zorn und Schmerz geopfert hatte, wollte er sich an dem anderen festhalten.

Er erhob sich und fuhr sich mit den Fingern durch das Haar. Wie konnte er sie lieben, wenn er sie nicht einmal kannte? Wie konnte er noch immer die Frau lieben, von der er wusste, dass sie nie existiert hatte?

Er zog sich schweigend an, während Hannah wie versteinert auf dem Bett lag.

„Jetzt haben wir einander wohl beide benutzt", sagte er.

Daraufhin öffnete sie die Augen. Es gab keine Tränen. Zum Glück hatte sie noch immer so viel Kraft. Er stand neben dem Bett, von der Taille aufwärts nackt, das ruinierte Hemd zusammengeballt in der Hand. „Wir sind quitt."

„Sind wir das?" Er hätte beinahe einen Schritt auf sie zugetan, bevor er sich dazu zwang, sich umzudrehen und sie zu verlassen.

Hannah lag da und lauschte in die Stille.

Bis zur Morgendämmerung.

„Du hast Fragen", sagte Armand zu seinem jüngeren Sohn. Das helle Licht des Morgens zeigte allzu deutlich die Spuren von Schlaflosigkeit auf beiden Gesichtern. „Es wäre mir lieber, wenn du warten würdest, bis ich fertig bin."

Bennett hatte verlangen und toben wollen. Belastung und Müdigkeit ließen seinen Vater plötzlich alt und viel zu verletzlich aussehen. Bennett ließ sich von Liebe mehr als von Pflicht leiten. „In Ordnung." Er schenkte sich Kaffee ein.

„Möchtest du dich setzen?"

„Nein."

Armands Blick wurde schärfer bei diesem Ton, doch dann ließ auch er sich von Liebe leiten. „Ich schon." Sobald er saß, stellte er seine Tasse weg. „Vor zwei Jahren saß ich in diesem Büro mit Reeve und Malori. Du und Alexander, ihr wart auch dabei. Erinnerst du dich?"

Bennett trat ans Fenster und blickte hinaus. „Ja. Wir sprachen über Deboque und darüber, was gegen ihn unternommen werden könnte."

„Dann erinnerst du dich auch daran, dass beschlossen wurde, den Namen vor Alex und mir zu verheimlichen, und dass Malori nicht ganz mit Reeves Wahl zufrieden war."

„Malori war stets eines der vertrauenswürdigsten Mitglieder des Sicherheitsdienstes von Cordina. Aber er ist altmodisch." Armand hielt es nicht für nötig, hinzuzufügen, dass auch er seine

Zweifel gehabt hatte. „Es bereitete ihm Sorge, eine Frau einzusetzen."

Bennett leerte seine Tasse zur Hälfte. „Ich war damals und bin noch heute der Meinung, dass Alexander und ich ein Recht hatten zu wissen, was unternommen wurde. Wir alle hatten darüber hinaus das Recht zu wissen, dass die Frau, die wir als Freundin akzeptierten, eine ISS-Agentin ist."

„Keiner von euch brauchte es zu wissen." Armands Stimme enthielt Autorität. „Wäre ich erkrankt, wäre natürlich Alex eingeweiht worden."

„Denkst du, nur weil ich nie herrschen werde, sei Cordina für mich weniger wichtig?" Bennett wirbelte zu seinem Vater herum. Zorn zeichnete sich in seiner Miene ab. „Mein ganzes Leben lang war ich der jüngere Bruder. Alex wurde dafür geboren, Cordina nach dir zu regieren. Er wurde dafür geformt, genau wie das bei seinem Sohn der Fall sein wird. Denkst du, deshalb hätte ich weniger geliebt, mich weniger eingesetzt, weniger geboten?"

Armand wählte seine Worte mit Bedacht. „Bennett, ich habe dich vom Kind zum Mann heranwachsen sehen, und ich habe auf ein Anzeichen gewartet, dass du mit deiner Stellung unzufrieden bist. Du warst manchmal wild, immer wagemutig und zu oft indiskret, aber nie habe ich etwas anderes gesehen als Liebe und Hingabe für dein Land und deine Familie."

„Warum hältst du dann deine Pläne vor mir geheim, wenn beides bedroht ist?"

„Vor zwei Jahren wurde Lady Hannah Rothchild unter einem halben Dutzend hoch qualifizierter Agenten ausgewählt, um in Deboques Organisation einzudringen und sie zu zerstören. Uns waren die Risiken genauso bewusst wie ihr, auch die Zeit und die Fähigkeiten, die nötig sein würden."

„Warum sie?"

„Reeve fand, dass Hannah mit ihren Talenten einzigartig für diese Operation geeignet war. Sie war bereits zehn Jahre beim ISS."

„Zehn Jahre?" Bennett ging wieder im Raum auf und ab. „Wie ist das möglich? Sie ist so jung."

„Sie ist die zweite Generation", sagte Armand sanft. „Ihr Vater hat sie trainiert, als sie noch zur Schule ging. Lord Rothchild, mittlerweile teils im Ruhestand, ist einer der wertvollsten Agenten des ISS. Er spielte damals bei Reeves Grundausbildung eine gewisse Rolle, was einer der Gründe war, weshalb Reeve für Hannah stimmte."

„Zehn Jahre", wiederholte Bennett. Wie viele verschiedene Frauen war sie schon gewesen? Wie viele Lügen hatte sie erzählt?

„Offenbar ist sie von Natur aus für diese Arbeit geeignet." Er merkte, wie sein Sohn die Zähne zusammenbiss, fuhr jedoch fort: „Nachdem ich

Reeves Bericht über sie gelesen hatte, musste ich zustimmen."

„Deboque setzt oft Frauen ein", sagte Bennett.

„Er ist der Meinung, dass Frauen schlauer, sogar grausamer sein können als Männer." Armand erinnerte sich an Janet Smithers und an die Kugel, die man seinem Sohn herausoperiert hatte. „Er bevorzugt einen gewissen Typ – still, wohlerzogen, von makelloser Herkunft."

„Hannah."

„Ja. Innerhalb von zwei Jahren hat sie sich vom Boten an die Spitze der Organisation vorgearbeitet."

„An die Spitze?" Er konnte kaum glauben, was er hörte. „Was meinst du damit?"

„Sie hat sich mit Deboque höchstpersönlich getroffen, und indem sie einen seiner Spitzenmänner in Misskredit brachte, füllt sie jetzt dessen Position aus. Reeve hat dir erklärt, dass sie nach Deboques Meinung hier im Palast als sein Instrument ist."

Bitterkeit war leichter zu ertragen als Angst. Bennett konzentrierte sich darauf. „Sie spielt das Spiel sehr gut."

„Ein Agent in ihrer Stellung spielt das Spiel sehr gut oder verliert das Leben. Du weißt aus erster Hand, dass Deboque nicht zögert zu töten. Ihr Name und Ihre Aufgabe wurden strengstens vertraulich gehalten, aber nicht zu deinem Schutz oder dem der Familie, Bennett, sondern zu ihrem Schutz. Drei andere Agenten wurden getötet, als sie das versuchten, was Hannah nun beinahe gelungen ist. Der letzte wurde buchstäblich ... Na, lassen wir das."

Er bemerkte, wie Bennett blass wurde. „Indem wir euch alle glauben ließen, was Deboque wollte, dass ihr glaubt, konnten wir Hannah den einzig möglichen Schutz bieten. Wird sie entlarvt, kann nicht einmal das ISS sie beschützen. Da du jetzt alles weißt, ist ihr Risiko damit viel größer als je zuvor."

Bennett setzte sich seinem Vater gegenüber. Obwohl der Aufruhr viel zu rasch in ihm entstand, blieb seine Miene fast ausdruckslos. „Ich liebe sie."

„Ja." Armand lehnte sich zurück. „Das habe ich befürchtet."

„Ich werde nicht zusehen, wie Deboque jemandem etwas antut, den ich liebe."

„Bennett, zu oft dürfen unsere Gefühle unser Handeln nicht beeinflussen."

„Das gilt für dich." Bennetts Stimme klang noch immer ruhig, aber etwas kühler. „Vielleicht auch für Alex, aber nicht für mich. Ich möchte Deboque lieber selbst töten."

Armand verspürte Angst und Stolz und unterdrückte beides. „Wenn du an diesem Punkt der Operation irgendetwas unternimmst, könntest du für Hannahs Tod verantwortlich sein, nicht für Deboques Tod."

Bennett beugte sich vor, bis an den Rand seiner Beherrschung getrieben. „Verstehst du, dass ich in sie verliebt bin? Könntest du denn an meiner Stelle nichts unternehmen?"

Armand betrachtete das Gesicht seines Sohnes und erinnerte sich an die einzige Frau, die er jemals geliebt hatte. „Ich kann nur sagen, dass ich alles tun würde, um ihre Sicherheit zu garantieren. Selbst wenn das bedeutet, untätig zu bleiben." Er stand auf und ging zu seinem Schreibtisch. „Lies das." Er hob einen kleinen Stapel Akten hoch, die den Aufdruck der höchsten Sicherheitsstufe trugen. „Das sind Informationen über Hannah, einige ihrer Berichte. Ich lasse dich allein, damit du sie lesen kannst. Sie dürfen diesen Raum nicht verlassen."

Bennett stand auf. „Wo ist sie jetzt?"

Armand hatte gehofft, dass diese Frage nicht kommen würde. „Sie hat heute Morgen eine Nachricht erhalten. Sie ist zu Deboque gefahren."

Sie musste sehr sorgfältig vorgehen. Hannah saß, die Hände in ihrem Schoß verschränkt, in dem elganten Salon von Deboques gemieteter Villa. Obwohl das Treffen diesmal an Land stattfand, wusste sie, dass sie so allein sein würde wie auf der Yacht, falls ihre Tarnung aufgeflogen war.

Falls er auch nur einen Anhaltspunkt dafür hatte, welche Rolle sie bei den Ereignissen des Vorabends gespielt hatte, wurde sie getötet, bevor sie etwas ableugnen konnte.

„Lady Hannah!" Deboque kam in den Salon und schloss hinter sich die Doppeltüren. „Wie schön, Sie wieder zu sehen."

Sie goss etwas Sahne in ihren Kaffee. „Die Broschüre heute Morgen hat mir kaum eine Wahl gelassen."

„Ah, ich war brüsk." Er kam zu ihr, ergriff ihre Hand und drückte seine Lippen darauf. „Meine Entschuldigung. Die Ereignisse des letzten Abends verursachten mir etwas Unbehagen."

„Mir ebenfalls." Sie entzog ihm ihre Hand. Ihr Instinkt sagte ihr, dass Ärger der beste Weg war. „Ich frage mich, ob ich eine kluge Wahl getroffen habe."

Deboque wählte den Platz neben ihr und ließ sich Zeit mit der Auswahl einer Zigarette aus einem Kristallbehälter. Diesmal trug er Smaragde. „Was bedeutet das?"

„Erst vor wenigen Monaten musste ich für einen anderen Ihrer Mitarbeiter einspringen und die Fehler ausgleichen." Sie nippte an dem Kaffee. „Gestern Abend ruinierte ebenfalls einer Ihrer Mitarbeiter beinahe alle sorgfältigen Schritte, die mich zu den Bissets geführt haben."

„Darf ich Sie vielleicht daran erinnern, Mademoiselle, dass Sie die Anweisung hatten, keinem in die Quere zu kommen?"

„Darf ich Sie daran erinnern, Monsieur, dass ich meine gegenwärtige Position nicht dadurch erreicht habe, dass ich mich nicht um meinen Vorteil gekümmert habe. Wäre ich Bennett nicht gefolgt, könnten Sie und ich jetzt in einer wesentlich weniger angenehmen Umgebung sitzen."

Deboque stieß den Rauch aus. „Erklären Sie mir das."

„Bennett langweilte sich in dem Stück und wollte die amerikanische Schauspielerin in ihrer Garderobe während der Pause besuchen. Da ich wusste, dass irgendwelche Pläne im Gange waren, hielt ich mich in seiner Nähe. Als die Lichter erloschen, musste ich mich entscheiden, ob ich zurückging oder in Bennetts Reichweite blieb. Wäre ich zurückgegangen, Monsieur, könnte der Prinz jetzt tatsächlich tot sein."

„Und dafür erwarten Sie von mir Dankbarkeit?"

„Er könnte tot sein", wiederholte Hannah. „Und ein Mitglied Ihrer Organisation wäre jetzt in Haft. MacGee und die Leibwächter waren bereits unterwegs. Ich habe Ihren Mann entdeckt." Sie verzog verächtlich die Miene. „Er tappte mit Hilfe einer Taschenlampe daher. Es gelang mir, Bennett abzulenken, indem ich die hysterische Frau spielte, aber der Idiot nutzte nicht die Gelegenheit zur Flucht. Die Lichter gingen wieder an. Bennett sah ihn und dessen Waffe. Ich bin aus persönlichen Gründen sehr froh, dass der Prinz so gut getroffen hat. Tote können keine Namen nennen." Ihrer Rolle entsprechend, stand sie auf. „Ich frage Sie jetzt: Hatte der Mann Anordnung, einen der Bissets zu töten? Vertrauen Sie mir, den Mordauftrag auszuführen, oder vertrauen Sie mir nicht?"

Sag es! befahl sie in Gedanken. Sag es laut, sag es deutlich, damit alles vorbei sein kann!

Rauch kräuselte zur Decke. „Bitte, meine Liebe, bleiben Sie ruhig. Der Mann, von dem Sie sprechen, hatte vielleicht die Anweisung, Initiative zu entwickeln, aber keinen speziellen Auftrag. Natürlich habe ich Vertrauen zu Ihnen."

„Wir waren uns einig, dass ich die Bissets für fünf Millionen Dollar beseitige."

Er lächelte wie ein großzügiger Onkel. „Wir waren uns einig, sollte etwas Derartiges passieren, würde es eine Belohnung geben."

„Ich bin dieses Spiel leid." Hannah griff nach ihrer Tasche. „Wenn Sie nicht offen sprechen und unsere Vereinbarung nicht anerkennen, hat es keinen Sinn, damit weiterzumachen."

„Setzen Sie sich!" Der Befehl kam scharf, als sie zur Tür ging. Hannah blieb stehen und drehte sich um, ging jedoch nicht zurück. „Sie vergessen sich.

Niemand, der für mich arbeitet, geht, wenn er nicht entlassen wird."

Sie wusste, dass vor der Tür Männer standen, die sie nach Deboques Laune festhalten oder beseitigen würden. Sie setzte darauf, dass er Wagemut respektieren würde. „Dann ist es vielleicht am besten, ich suche mir eine andere Stellung. Ich bin nicht daran gewöhnt, dass man mir nur die Hälfte der Karten zuteilt."

„Denken Sie daran, dass ich die Karten halte. Ich bitte Sie noch einmal, sich zu setzen."

Diesmal folgte sie der Aufforderung. Sie ließ sich ihre Ungeduld anmerken, aber nur so weit, dass er ihre Selbstbeherrschung registrierte. „Nun gut."

„Erzählen Sie mir, wie die Bissets sich heute Morgen verhalten haben."

„Mit Würde, selbstverständlich." Sie tat, als wäre sie amüsiert. „Bennett ist sehr mit sich zufrieden. Armand ist besorgt. Eve bleibt den Tag über im Bett. Gabriella ist bei ihr. MacGee hat sich mit Malori zurückgezogen – Sie kennen den Namen?"

„Ja."

„Vermutlich überlegen sie, welchen Zweck diese Störung gestern Abend hatte. Man glaubt, dass der Strom unterbrochen worden sei, damit der Mörder in die Fürstenloge vordringen konnte."

„Eine natürliche Annahme", warf Deboque ein.

„Und Sie, meine Liebe? Wie haben Sie sich verhalten, nachdem Sie Augenzeugin dieses Vorfalls geworden waren?“

„Ich habe mich dafür entschieden, schockiert und schwach zu sein. Aber tapfer, versteht sich. Wir Briten sind so.“

„Ich habe diese Eigenschaft stets bewundert.“ Deboque lächelte ihr wieder zu. „Ich gratuliere Ihnen zu Ihren Fähigkeiten. Sie sehen aus, als hätten Sie die ganze Nacht kein Auge zugetan.“

Es war ein Fehler, auch nur für einen Moment an Bennett zu denken. „Ich habe genug Kaffee getrunken, um mich bis zum Morgengrauen wach zu halten. Im Moment bin ich angeblich auf einem Spaziergang, um einen klaren Kopf zu bekommen.“

Um ihn abzulenken, fügte sie hinzu, was sie mit Reeve besprochen hatte. „Sie wissen, dass zu Weihnachten die ganze Fürstenfamilie im Palast zusammenkommt? Wegen Eves Zustand bringt Prinzessin Gabriella ihre Familie ein paar Tage vorher für die Vorbereitungen mit. Die MacGees teilen sich einen Flügel mit Alexander und Eve, damit sie ihren Kindern nahe sind.“

„Interessant.“

„Und praktisch. Ich brauche die Bestandteile für drei Bomben.“

Deboque nickte nur. „Der jüngere Prinz wohnt nicht in demselben Flügel.“

„Der jüngere Prinz wird tödliche Verletzungen erleiden, wenn er versucht, den Rest seiner Familie zu retten. Überlassen Sie das mir. Sorgen Sie nur dafür, dass die fünf Millionen Dollar bereit liegen." Sie erhob sich und neigte den Kopf, als wartete sie auf seine Erlaubnis zu gehen. Deboque stand ebenfalls auf und überraschte sie, indem er ihre Hände ergriff.

„Ich habe daran gedacht, irgendwann nach den Feiertagen einen langen Urlaub zu machen. Ich möchte segeln, in der Sonne liegen. Urlaube können sehr langweilig sein ohne Begleitung."

Ihr Magen zog sich zusammen. „Ich habe stets die Sonne geliebt." Sie widersprach nicht, als er näher trat, sondern lächelte. „Sie stehen in dem Ruf, Frauen genauso leicht auszurangieren, wie Sie sie sammeln."

„Sobald sie mich langweilen." Er legte eine Hand um ihren Nacken. Seine Finger waren leicht, glatt und ließen sie an Spinnen denken. „Ich habe es im Gefühl, dass Sie mich nicht langweilen werden. Ich werde nicht von Aussehen angezogen, sondern von Verstand und Ehrgeiz. Wir könnten uns zusammen sehr wohl fühlen."

Wenn seine Lippen ihre berührten, würde ihr schlecht werden. Hannah neigte den Kopf leicht nach hinten. „Vielleicht – nachdem unser Geschäft abgeschlossen ist."

Die Finger in ihrem Nacken spannten sich an und ließen sie los. „Sie sind eine vorsichtige Frau, Hannah."

„Vorsichtig genug, dass ich die fünf Millionen haben will, bevor ich mit Ihnen schlafe. Wenn Sie mich jetzt entschuldigen, ich sollte zurück, bevor sich jemand um mich Sorgen macht."

„Natürlich."

Sie ging zur Tür. „Ich brauche diese Gegenstände bis Ende der Woche."

„Erwarten Sie ein Weihnachtsgeschenk von Ihrer Tante in Bringhton."

Mit einem Nicken glitt sie zur Tür hinaus.

Deboque nahm wieder seinen Platz ein und stellte fest, dass er sie recht gern mochte. Schade, dass sie sterben musste.

## 10. KAPITEL

Es war schon Nachmittag, als Bennett sich auf die Suche nach Hannah machte. Er hatte jedes Wort in den Akten gelesen, die Armand ihm gegeben hatte. Obwohl manches ihn fasziniert hatte, anderes geängstigt und wieder anderes geärgert, war er noch immer nicht sicher, ob er die Frau kannte.

Jetzt nahm auch er an dem Betrug teil. Er durfte nichts seinem Bruder erzählen. Er konnte weder seine Schwester noch Eve beruhigen. Genau wie Hannah hatte er keine andere Wahl, als das Spiel durchzuziehen. Also ging er zu ihr, weil es längst überfällig war, dass sie vernünftig miteinander sprachen.

Er fand Eve und Gabriella zusammen am Tisch sitzend vor Stapeln von Listen und einer Kanne Tee.

„Bennett." Gabriella reichte ihm die Hand. „Du kommst genau richtig. Wir brauchen die Meinung eines Mannes zum Weihnachtsball."

„Sorg dafür, dass es ausreichend Wein gibt." Er beugte sich herunter und küsste sie auf beide Wangen. Obwohl sie ihn angelächelt hatte, hatte er die Zeichen der Anspannung bemerkt, so wie er sie auch bei Eve bemerkte. „Hannah ist nicht bei euch?"

„Nein." Eve legte ihren Bleistift nieder, als sie Bennett das Gesicht zum Kuss zuwandte. „Ich habe ihr gesagt, dass sie sich heute ausruhen muss. Die vergangene Nacht ..." Sie verstärkte ihren Griff um seine Hand. „Die letzte Nacht muss schrecklich für sie gewesen sein. Und für dich."

Er zuckte die Schultern. Er erinnerte sich nur allzu deutlich daran, wie er sie verlassen hatte – schweigsam zusammengerollt auf dem Bett. „Jedenfalls war es kein langweiliger Abend."

„Lass die Witze, Ben. Man hätte dich töten können. Und dann ist es zum zweiten Mal im Theater passiert. Das zweite Mal, dass eines meiner Stücke ..."

Eves Hand in seiner, ging er in die Hocke. „Ich wurde nicht verletzt, vergiss das nicht. Es würde mich sehr ärgern, wenn mein Neffe mit Sorgenfalten auf die Welt käme. Wo ist Marissa?"

„Sie schläft."

Er zog mit dem Daumen die Linie unter ihren Augen nach. „Das solltest du auch tun."

Verärgerung wich der Anspannung, wie er es erhofft hatte. „Jetzt redest du wie Alex."

„Gott bewahre! Wo ist er überhaupt?"

„In Besprechungen." Sie fuhr mit den Fingern über die Papiere. „Fast den ganzen Tag über. Alles wurde hierher in seine Büros verlegt, aus ... aus Sicherheitsgründen."

„Dann solltest du dich jetzt ausruhen." Er bedeckte ihre Hand mit seiner. „Inzwischen solltest du wissen, dass die Bissets unzerstörbar sind. Und zumindest solltest du froh sein, dass er eine Zeit lang beschäftigt ist, sonst würde er dir hier nicht von der Seite weichen."

Sie brachte ein Lächeln zu Stande. „Du hast Recht."

Er stand auf und sah lächelnd auf Gabriella hinunter. „Ich verlasse mich darauf, dass du sie bei der Stange hältst – obwohl du auch schon einmal besser ausgesehen hast."

„Es gibt noch Kavaliere."

„Wozu sind Brüder da?" Am liebsten hätte er sie beide in die Arme geschlossen und ihnen gesagt, dass nichts und niemand sie je wieder verletzen würde. Stattdessen zog er seine Schwester kurz an den Haaren. „Jetzt überlasse ich euch beiden wieder eurer gewiss hochinteressanten Arbeit."

Er hatte gerade die Treppe erreicht, als Gabriella ihn einholte. „Ben."

Er drehte sich um und wollte schon lächeln, da hielt ihr Ausdruck ihn davon ab.

Gabriella warf einen Blick über die Schulter, um sicher zu sein, dass sie weit genug von Eves Büro entfernt waren, dann legte sie die Hand auf seine, die auf dem Geländer lag. „Reeve erzählt mir über gewisse Dinge sehr wenig." Wut blitzte kurz in ihren Augen auf. „Damit muss ich leben. Aber da ich einmal alles verloren habe, habe ich ein sehr feines Gespür dafür, wenn es meine Familie betrifft."

„Ich weiß, dass du dir Sorgen machst", begann er. „Wir alle tun das."

„Es ist mehr als das, auch wenn alles auf Deboque und seinen Zerstörungswahn zurückzuführen ist. Ich habe noch Träume, selbst nach all diesen Jahren." Sie erinnerte sich an die Dunkelheit und an die Angst.

„Ella." Er berührte ihre Wange. „Niemals wird so etwas Ähnliches wieder geschehen."

Sanft schloss sie die Finger um sein Handgelenk. „Ich erinnere mich, wie du angeschossen und blutend auf dem Terrassenboden lagst. Ich erinnere mich, wie ich im Hospital saß, als Eve zwischen Leben und Tod schwebte. Deboque." Sie war blass, aber ihr Gesicht verriet Stärke wie auch die Hand, die auf seiner lag. „An allem ist Deboque schuld. Und er ist noch nicht erledigt."

„Das wird er bald sein." Etwas Gefährliches schwang in seiner Stimme mit, blitzte in seinen Augen auf. „Das verspreche ich dir."

„Ich will, dass du vorsichtig bist, Bennett."

Er lächelte, und dieser gefährliche Blick verschwand. „Wie sollte ich das nicht sein, bei einem Dutzend Bodyguards um mich herum?"

„Sehr vorsichtig", wiederholte sie. „Ich habe noch nie erlebt, dass du eine Pistole mit ins Theater genommen hast."

Sie wusste, es war gelogen. Und um das zu wissen, brauchte er ihr nur in die Augen zu sehen.

„Lass es jetzt gut sein."

„Das hat auch Reeve zu mir gesagt", erwiderte sie mit einer ungeduldigen Geste. „Es geht um meine Familie. Wie könnte ich?"

„Ich weiß nur, dass es bald vorbei sein wird. Bis dahin müssen wir zusammenhalten. Es wird bald etwas geschehen. Ella. Gib die Hoffnung nicht auf."

„Versprich mir, dass du nichts Unbesonnenes tun wirst."

„Was ist mit meinem Ruf, den ich mir erworben habe?"

„Ben, bitte."

„Na gut, du hast mein Versprechen." Er küsste sie noch einmal. „Ich bewundere dich, obwohl du Dorian auf die Welt gebracht hast, der mich den letzten Nerv kostet." Er tätschelte ihr noch kurz die Hand, bevor er die Treppe hinunterging. „Bis bald."

Sie sah ihn davongehen, ihre Sorge aber blieb zurück. „Bis bald."

Hannah war nicht in ihren Räumen, als Bennett sie

betrat. Ist sie wieder weggegangen? fragte er sich. Brachte sie sich selbst jetzt in Gefahr, um seine Familie zu schützen?

Er hasste ihn. Deboque. Der Gedanken, dass Hannah ihr Leben riskierte, dass sie seinen Körper mit ihrem eigenen verdeckte, wie sie es vergangene Nacht getan hatte, war unmöglich hinzunehmen. Ob Familie, Freund oder Land, er musste sie beschützen. Wie konnte er also für die Frau, die er liebte, weniger tun?

Während er durch die Räume ging, kam er zu ihrer Frisierkommode. Ein kleiner emaillierter Kasten mit einem Pfau auf dem Deckel stand darauf. Er ließ einen Finger darüber gleiten und fragte sich dabei, wie sie dazu gekommen sein mochte. War es ein Geschenk? Von wem? Hatte sie das Kästchen in irgendeinem kleinen Londoner Laden gekauft? Er musste selbst solch unbedeutende Kleinigkeiten über sie wissen. Konnte sie denn nicht verstehen, dass er, um seine Gefühle zu analysieren, die Frau kennen musste, der sie galten?

Er blickte auf und sah im Spiegel das Bett, in dem sie in der Nacht zuvor miteinander gekämpft und sich geliebt hatten. Er erinnerte sich an die Leidenschaft, die wie ein Echo in ihm nachklang, wenn er sich ganz ruhig verhielt. Würde sie ihn dafür hassen? Wenn auch ihr Liebesspiel für sie genauso intensiv und überwältigend gewesen war wie für ihn selbst, würde sie ihm verzeihen, dass er sie gezwungen hatte, die Schranken aufzuheben?

Er war grob gewesen ... Bennett blickte hinunter auf seine Hände, drehte sie um, spreizte die Finger. Und er war nicht behutsam mit ihr umgegangen. Sein ganzes Leben lang hatte er immer so sehr darauf geachtet, einer Frau niemals wehzutun. Und jetzt, da er die Einzige gefunden hatte, hatte er genau das getan.

Er trat ans Fenster, blickte hinaus und versuchte, seine Gefühle zu ordnen. Er ärgerte sich immer noch über sie. Was sein Verstand ihm auch sagte, seine Gefühle waren noch verletzt durch ihre Täuschung. Schlimmer, er wurde den Eindruck nicht los, sich in zwei Frauen verliebt zu haben und keiner von ihnen trauen zu können.

Dann sah er sie unten im Park.

Ich brauche ein wenig Zeit, sagte sich Hannah. Eine Stunde für mich allein, um meine Gedanken zu klären und meine Nerven zu beruhigen. Sie war mit Deboque an diesem Morgen so geschickt wie möglich umgegangen. Wenn nichts schief ging, würden sie in einer Woche die Falle hinter ihm schließen. Dann hätte sie ihr Ziel erreicht. Ein weiterer Erfolgsbericht ginge in ihre Akten ein. Ein erfolgreich abgeschlossener Zweijahresauftrag konnte sehr gut eine Beförderung bedeuten. Sie stand, das wusste sie, kurz davor, die Führung zu übernehmen. Warum begeisterte diese Vorstellung sie nicht, wie sie es einst getan hatte?

Zeit, sagte sich Hannah wieder. Ich brauche einfach etwas Zeit.

Sie würde sich den dringend nötigen und wohlverdienten Urlaub nehmen. Vielleicht in Amerika – New York, San Francisco. Würde sie sich an Orten wie diesen nicht eine Zeit lang verlieren können?

Vielleicht ginge sie auch zurück nach England. Sie könnte in Cornwall Spaziergänge übers Moor machen oder am Meer entlangreiten. In England könnte sie sich nicht verlieren, aber vielleicht würde sie dort wieder zu sich selbst finden.

Wohin auch immer sie ginge, sie würde Cordina verlassen. Und Bennett.

Wistarien rankten sich bogenförmig und schützend über eine Bank und luden zur Besinnung ein. Hannah setzte sich, schloss die Augen und versuchte, geistige Ruhe zu finden.

Wer war sie? Zum ersten Mal seit Jahren war sie gezwungen, sich diese Frage zu stellen, und sie wusste keine Antwort darauf. Einerseits war sie die ruhige Frau, die gern einen langen Nachmittag mit Lesen verbrachte und es liebte, über Literatur und Kunst zu reden. Andererseits war sie die Frau, die stets eine Waffe in Reichweite hatte und oft auf die Fußschritte hinter sich lauschte.

Dass sie beides sein konnte, war ihr immer ein Vorteil gewesen, niemals jedoch, so wie jetzt, ein Problem. Sie wünschte, sie könnte mit ihrem Vater sprechen, und sei es nur für eine Stunde. Er wusste, was es hieß, zwei Leben zu führen und Befriedigung und Herausforderung in jedem zu finden.

Aber nicht einmal das durfte sie riskieren. In dieser Hinsicht, wie auch bei ihrem Auftrag, der sie hierher geführt hatte, war sie allein.

Bennett war es, der ihr den Schmerz und die Zweifel verursachte. Bennett war es, der sie dazu gebracht hatte, zu hinterfragen, was sie immer als gesichert betrachtet hatte. Letzte Nacht hatte er ihr Körper, Geist und Seele genommen, nur um sie zu demütigen. Das hatte er getan. Niemand, niemand hatte ihr je gezeigt, wie viel sie geben konnte. Niemand hatte sie so leer und einsam zurückgelassen.

Er wusste nicht, wie sehr er sie verletzt hatte. Er kann es nicht wissen, dachte sie, als jetzt die Tränen flossen, die sie die ganze Nacht über zurückgehalten hatte. Er kann es nicht, weil er niemals wissen würde, wie stark ihre Gefühle für ihn waren und wie hoffnungslos.

Ich habe mich entschieden, dachte Hannah, und ich werde mit dieser Entscheidung leben. Noch ein paar Tage, und ihre Wege würden sich nicht mehr kreuzen.

Er wäre in Sicherheit. Er und seine Familie. Und sie wäre gegangen.

Er fand sie auf der Bank sitzend, die Hände ordentlich im Schoß verschränkt, die Augen geschlossen, das Gesicht tränenüberströmt. Alle möglichen Gefühle stürzten auf ihn ein. Bedauern, Verwirrung, Liebe, Schuld.

Sie wollte allein sein. Er hatte geglaubt, sie so gut zu verstehen. Noch immer empfand er genug Bitterkeit, und damit den Wunsch, sie allein zu lassen.

Als er näher auf sie zukam, stand Hannah von der Bank auf. Bennett erkannte Schock und Demütigung in ihrer Miene. Einen Moment dachte er, sie würde sich umdrehen und weglaufen, aber sie behauptete sich.

„Ich dachte, ich wäre allein." Ihre Stimme klang kühl, während sie gegen Zorn und Verlegenheit ankämpfte.

Er sah ihre Tränen und bot ihr sein Taschentuch an. „Tut mir Leid, dass ich dich gestört habe." Seine Stimme klang genauso steif wie ihre. „Ich finde, wir müssen miteinander sprechen."

„Haben wir das nicht schon getan?" Sie trocknete ihr Gesicht.

„Möchtest du dich setzen?"

„Nein, danke."

Er schob die Hände in die Taschen. „Ich habe heute Morgen mit meinem Vater gesprochen. Er hat mir gesagt, dass du dich heute schon mit Deboque getroffen hast."

„Ich erstatte Ihnen über diese Dinge keinen Bericht, Eure Hoheit."

Er zog wütend die Brauen zusammen und ballte die Hände zu Fäusten, aber er sprach ruhig. „Nein, doch mir ist die Situation jetzt völlig klar. Ich habe deine Akten gelesen."

„Dann wurde Ihre Neugierde befriedigt. Sie wissen nun alles über mich. Ich hoffe, Sie haben sich gut unterhalten."

„Ich habe es nicht gelesen, um mich zu unterhalten", schoss er zurück. „Verdammt, Hannah, ich habe ein Recht darauf, Bescheid zu wissen."

„Sie haben keinerlei Rechte, was mich angeht. Ich bin weder Ihr Dienstbote noch Ihr Untertan."

„Du bist die Frau, mit der ich letzte Nacht ins Bett gegangen bin."

„Das sollten wir am besten vergessen. Nicht!" Sie erstarrte, als er auf sie zukam. „Berühren Sie mich nie wieder!"

„Nun gut." Er versteifte sich ebenfalls. „Aber wir wissen beide, das gewisse Dinge nicht vergessen werden können."

„Fehler schon", entgegnete sie. „Ich bin hier als Agentin des ISS, um Sie und Ihre Familie zu beschützen und um Deboques Pläne zu durchkreuzen. Ich werde alles tun, was dafür nötig ist, aber ich werde mich nie wieder demütigen lassen." Tränen machten sie blind. „Ach, zum Teufel mit Ihnen! Können Sie mich nicht in Ruhe lassen? Genügt Ihnen die letzte Nacht nicht als Vergeltung?"

Das ließ die schwache Kontrolle zerbrechen, die er über sich selbst besaß. Er packte Hannah am Arm. „Ist das alles, was es dir bedeutet hat, Vergeltung? Kannst du hier stehen und mir sagen, dass du nichts gefühlt hast? Wie gut bist du eigentlich im Lügen?"

„Es spielt keine Rolle, was ich gefühlt habe. Sie wollten mich bestrafen, und das haben Sie getan."

„Ich wollte dich lieben, und das habe ich getan."

„Hören Sie auf!" Das schmerzte mehr, als sie ertragen konnte. Sie stieß ihn von sich, wurde jedoch nur noch fester gehalten. „Denken Sie, ich hätte nicht bemerkt, wie sehr Sie mich hassen? Sie haben mich angesehen und dafür gesorgt, dass ich mich gemein fühle. Zehn Jahre lang war ich stolz auf das, was ich tue, und sogar das haben Sie mir genommen."

„Und was ist mit mir?" Er hielt seine Stimme leise, obwohl sein Zorn genauso groß war wie der ihre. „Willst du behaupten, du hättest nicht gewusst, dass ich dich liebe?" Sie wollte den Kopf schütteln, doch er verstärkte seinen Griff. „Du hast gewusst, dass ich eine Frau liebe, die nicht existierte. Eine stille, schüchterne und herrliche Frau, der ich nur Zärtlichkeit und Geduld zeigen wollte. Zum ersten Mal in meinem Leben gab es eine Frau, der ich mein Herz und mein Vertrauen schenken konnte, und sie war nichts anderes als ein Trugbild“, sagte er bitter.

„Ich glaube Ihnen nicht.“ Doch sie wollte es, und ihr Puls begann zu rasen. „Sie waren ruhelos, auch gelangweilt. Ich habe Sie unterhalten.“

„Ich habe dich geliebt.“ Er hob eine Hand an ihre Wange. „Damit wirst du leben müssen.“

„Bennett ...“

„Und als ich letzte Nacht in dein Zimmer kam, fand ich eine andere Frau, eine, die gelogen und mich benutzt hatte.“ Er fuhr mit den Fingern durch ihr Haar, so dass Haarnadeln zu Boden fielen. „Eine, die wie eine Hexe aussah“, sagte er, als ihr Haar schwer über seine Hände fiel. „Und ich wollte sie genau so, nur ohne diese zärtlichen, sanften Gefühle. Gott stehe mir bei, aber ich will sie noch immer.“

Als er den Mund auf ihren senkte, protestierte Hannah nicht. Sie hatte die Wahrheit in seinen Augen gesehen. Er hatte sie geliebt. Oder er hatte geliebt, was sie vorgab zu sein. Wenn Verlangen alles war, was er ihr nun geben konnte, wollte sie es nehmen. Für Pflicht hatte sie Liebe geopfert, aber nicht einmal für Pflicht würde sie opfern, was ihr noch geblieben waren.

Sie legte die Arme um ihn. Vielleicht konnte er ihr eines Tages den Rest verzeihen, wenn sie ihm Leidenschaft gab.

Wie leicht er sich doch in ihr verlieren konnte. Wenn sie schon keine Liebe für ihn empfand, war doch wenigstens Verlangen vorhanden.

„Sag mir, dass du mich willst", flüsterte er, während er die Lippen über ihr Gesicht gleiten ließ.

„Ja, ich will dich." Sie hatte nicht gewusst, dass man Triumph und Niederlage gleichzeitig empfinden konnte.

„Komm jetzt mit mir."

„Bennett, ich habe kein Recht darauf." Sie drückte ihr Gesicht an seinen Hals. „Ich bin nur hier, weil ..."

Die Hände auf ihren Schultern, schob er sie von sich, bevor sie zu Ende sprechen konnte. „Für heute, für diesen einen Tag, stellen wir deine und meine Pflicht beiseite."

„Und morgen?"

„Morgen kommt, ob wir es wollen oder nicht. Schenk mir ein paar Stunden, Hannah."

Sie hätte ihm ihr Leben geschenkt, und irgendwie wusste sie, dass das leichter gewesen wäre als das, wonach er jetzt verlangte. Dennoch legte sie ihre Hand in seine.

Sie ritten aus. Hannah erkannte, dass Bennett ein genaues Ziel vor Augen hatte. Sie hörte den Strom, bevor sie ihn sah. Als Bennett ihn erreichte, lenkte er sein Pferd nach Süden. Der Strom beschrieb Biegungen und erweiterte sich an einer Stelle, an der drei Weidenbäume sich über das Wasser neigten. Bennett parierte das Pferd und schwang sich aus dem Sattel.

„Wie schön." Hannah fand nicht den Mut, abzusteigen. „Jedes Mal, wenn ich denke, den schönsten Ort von Cordina gesehen zu haben, finde ich noch einen viel schöneren. Kommst du oft hierher?"

„Nicht oft genug." Er ging zu ihr und hielt ihr die Hand entgegen.

Ja. Hier war die Wahl, die er ihr letzte Nacht nicht gelassen hatte. Sie ergriff seine ausgestreckte Hand und stieg ab.

„Ich kam hierher, als meine Mutter starb." Bennett wusste nicht, warum es ihm wichtig war, ihr das zu erzählen. „Nicht zum Trauern, sondern weil sie stets Orte wie diesen geliebt hatte. Siehst du die kleinen weißen Blumen am Ufer? Sie nannte sie Engelsflügel. Bestimmt haben sie einen komplizierten lateinischen Namen, aber Engelsflügel klang so richtig. Jeden Sommer, bevor ich nach Oxford zurückmusste, kam ich hierher. Dadurch fiel mir der Abschied leichter." Er pflückte eine Blume und schob sie Hannah ins Haar. „Als Kind glaubte ich, dass hier die Elfen wohnen. Ich habe sie gesucht."

Hannah berührte lächelnd seine Wange. „Hast du eine gefunden?"

„Nein." Er drückte die Lippen in ihre Handfläche. „Aber ich meine, sie sind noch immer hier. Deshalb ist dieser Ort verzaubert. Deshalb möchte ich dich hier lieben."

Ihre Lippen waren noch einen Zentimeter voneinander entfernt, als sie sich ins Gras sinken ließen und einander auszogen. Kniend, jeder versunken im Blick des anderen. Sonnenstrahlen huschten über Haut. Ihre Lippen berührten sich leicht.

Bennett wollte die Woge des Verlangens nicht eindämmen. Sekunden später rollten sie über das Gras. Er streichelte sie überall, suchte, fand, erforschte, bis sie lustvoll stöhnte. Er konnte die Begierde, sie schnell und heftig zu nehmen, nicht unterdrücken, besonders da sie mit den Fingern am Verschluss seiner Hose nestelte.

Sie warteten nur, bis alle Hindernisse beseitigt waren, ehe sie eine heftige, wilde Reise antraten, die sie beide befriedigt zurückließ.

Nackt, das kitzelnde Gras im Rücken, blickte Hannah zu dem Sonnenlicht empor, das durch die Blätter über ihnen fiel. Im Mondschein hatte sie alle Gefühle von Wut und Scham zu Ekstase und wieder zu Scham empfunden. Heute bei Sonnenlicht verspürte sie keine Scham mehr.

Was zwischen ihnen war, konnte für diese kurze Zeitspanne zwischen dem Mann und der Frau existieren. Am nächsten Tag waren sie wieder Prinz und Agentin.

„Woran denkst du?"

Sie konnte ihm lächelnd das Gesicht zuwenden. „Dass dies hier ein schöner Ort ist."

Er zog sie näher an sich. „Ist dir warm genug?"

„Hm. Ich ..." Hannah verstummte, weil sie wusste, dass es albern geklungen hätte.

„Aber?"

„Also, ich habe nie ..." Wie sollte sie sich bloß ausdrücken? „Ich habe nie wie jetzt nackt im Sonnenschein im Gras gelegen."

Er lachte. „Das Leben sollte stets neue Erfahrungen bieten."

„Ich bin sicher, du hast dich an allen möglichen ungewöhnlichen Orten nackt wieder gefunden."

Ihr trockener Ton gefiel ihm. Er rollte sich herum und drückte ihr einen Kuss auf den Mund, ehe er sich zurückzog, um sie zu betrachten. „Du bist so schön."

Sie lächelte. „Also, das war ich nie."

Er fuhr mit einer Fingerspitze über ihre Wange. „Wie schlecht beobachtet, Hannah. Oder wie dumm. Dass du dich weniger attraktiv herrichtest, verändert nichts an der Wahrheit. Makellose Haut." Er strich mit seinen Lippen darüber, als wollte er sie kosten. „Dieser zarte Körper. Diese ruhigen, intelligent blickenden Augen, die mich zum Wahnsinn getrieben haben, weil ich mich fragte, ob ihr Blick sich verschleiern wird, wenn ich dich berühre. Und hier ..." Sein Finger glitt über ihre Lippen. „So weich, so verlockend." Er senkte den Kopf, fuhr jedoch nur die Konturen mit seiner Zungenspitze nach. „Erinnerst du dich daran, wie ich dich das erste Mal geküsst habe?"

Ihr Atem bebte bereits, ihre Augen schlossen sich. „Ja, ich erinnere mich."

„Ich habe mich gefragt, wie eine so ruhige Frau meine Knie schwach machen kann, wenn ich nur koste."

„Küss mich jetzt", verlangte sie und zog ihn zu sich herunter.

Es war nicht, wie sie erwartete. Sie fand Zärtlichkeit anstelle von Leidenschaft, Geduld anstelle von Drängen. Bennett streichelte nur ihr Gesicht und wartete, bis sie sich entspannte. Mehr noch, er wartete, bis sie akzeptierte. Selbst als er den Kuss vertiefte, blieb er sanft. Das Feuer war da, aber es glomm, anstatt zu lodern.

Er liebte jetzt jene Hannah, die er verstanden hatte, erkannte sie und wollte weinen. Für die eine gab es Lust, für die andere Zuneigung. Wie konnte sie eine andere Frau bekämpfen, wenn sie selbst diese Frau war?

Mit einem Seufzer verbannte sie ihre Gedanken. Sie wollte ihm alles geben, was immer er gerade brauchte.

Bennett spürte die Veränderung – die langsame Hingabe. Mit einer gemurmelten Anerkennung führte er seine Lippen über ihren Hals. Er wollte ihr zeigen, dass es mehr gab als Feuer und Tempo. Wenn sie nur ein paar Stunden hatten, wollte er ihr so viel Zärtlichkeit schenken, wie sie von ihm annahm.

Leicht streichelte er ihren Körper. Was er letzte Nacht von ihr verlangt hatte, erbat er nun, bot er an. Er nahm sich die Zeit, das Wachsen ihrer Erregung zu verfolgen, während die Sonnenstrahlen auf ihr Gesicht fielen und der Strom an ihnen vorbeirauschte. Bennett flüsterte ihr Liebesworte zu, während er ihren Hals küsste. Versprechungen, Zärtlichkeiten.

Hannah war nie zuvor so geliebt worden – als wäre sie kostbar, als wäre sie besonders. Obwohl ihre Gedanken sich vernebelten, hörte sie das sanfte Plätschern von Wasser, das über Steine floss. Sie roch das Gras und die Blumen. Mit halb geöffneten Augen wirkte das Sonnenlicht auf der Haut ihres Geliebten wie Gold.

Ihr Geliebter.

Hannah zog seinen Kopf zu sich herunter und schenkte ihm alles, wovon ihr Herz erfüllt war. Wenn der Ort verzaubert war, so war es auch der Moment. Träume gehörten schon so lange nicht mehr zu ihrem Leben, dass sie sich gar nicht mehr erinnern konnte, doch jetzt öffnete sie sich ihnen.

Sie war so freigiebig, so willig. Er hatte sich nach diesem Gefühl von ihr gesehnt. Das ging weit über Hitze hinaus, weit über Verlangen. Sie berührte ihn, als hätte sie ihr ganzes Leben auf ihn gewartet. Sie küsste ihn, als wäre er ihr erster und einziger Geliebter. Je mehr sie gab, desto mehr gab er zurück. Die Schatten wanderten und wurden länger, während sie beide sich streichelten und anboten und entdeckten.

Selbst als er in sie eindrang, geschah es langsam und leicht. Die Leidenschaft, die sich aufgebaut hatte, wurde von stärkeren Gefühlen im Zaum gehalten. Gemeinsam bewegten sie sich in einer Harmonie, die in ihrer Perfektion fast schmerzlich erschien, während Hannah die Hände an sein Gesicht legte und er die Lippen auf ihren Mund presste.

Gemeinsam erreichten sie den Höhepunkt und fanden die ersehnte Erfüllung.

„Sie wollten mich sprechen, Monsieur Deboque?"

„Ja, Ricardo." Deboque griff nach der Teekanne

und schenkte sich ein. Er bewunderte die englische Tradition des Teetrinkens am späten Nachmittag. Es war so zivilisiert. „Ich habe eine kleine Einkaufsliste für Sie." Er deutete auf den Schreibtisch am Fenster. „Ich möchte, dass Sie sich persönlich darum kümmern."

„Natürlich."

„Die Lieferung sollte Lady Hannah am ... sagen wir, am Donnerstag zugehen."

„Sie riskiert viel."

„Ich habe uneingeschränktes Vertrauen zu unserer britischen Freundin, Ricardo. Sie hat Stil, finden Sie nicht?"

„Klasse bleibt auch in einer so schlichten Hülle Klasse, Monsieur."

„Genau." Deboque lächelte und trank einen Schluck Tee. „Ich bewundere die Briten, Ricardo. So traditionsbewusst, beständig. Nicht so leidenschaftlich wie die Franzosen, aber herrlich pragmatisch. Sorgen Sie jedenfalls dafür, dass die Ware von der Adresse auf dieser Liste aus geschickt wird."

„Selbstverständlich."

„Ich bereite eine Reiseroute vor, Ricardo. Wir legen Ende nächster Woche ab. Ich werde Lady Hannah noch einmal sehen. Sie kümmern sich um die Details?"

„Wie Sie wünschen."

„Danke, Ricardo. Ach, übrigens, haben Sie veranlasst, dass der Kranz zu Bouffes Begräbnis geschickt wurde?“

„Rosen, wie verlangt, Monsieur.“

„Ausgezeichnet.“ Deboque wählte einen Keks mit Zuckerguss von dem Wedgwood-Teller. „Sie sind sehr zuverlässig.“

„Ich bemühe mich, Monsieur.“

„Einen schönen Abend, Ricardo. Lassen Sie es mich wissen, wenn wir weitere Informationen über den Zwischenfall im Theater erhalten.“

„Das tue ich, Monsieur. Guten Abend.“

Deboque lehnte sich zurück. Bestimmt wäre Ricardo dankbar gewesen für den Auftrag, sich um Hannah zu kümmern, sobald ihre Arbeit abgeschlossen war.

Doch Deboque wollte die Sache selbst in die Hand nehmen. Immerhin, wenn sie ihm erst einmal seinen Herzenswunsch erfüllt hatte, konnte er zumindest dafür sorgen, dass sie so schmerzlos wie möglich starb.

## *11. KAPITEL*

Hannah wirkte sehr ruhig, als sie Tee in der Bibliothek trank. Sie hörte Reeve zu, der Malori einen auf den neuesten Stand gebrachten Bericht gab, warf gelegentlich etwas ein, wenn sie darum gebeten wurde, und verfiel dann wieder in Schweigen.

Bennett hatte ihr einmal die Bibliothek zeigen wollen. Dann waren sie ins Musikzimmer hinübergegangen. Und er hatte sie geküsst. Hatte damals ihr Leben begonnen, sich zu verändern? Oder an dem Tag am Strand, als er ihr eine Muschel gegeben hatte? Vielleicht war es in dieser ersten Nacht im Park passiert.

„Stimmen Sie zu, Hannah?"

Sie schreckte hoch und verwünschte sich dafür, dass sie ihre Gedanken in einem so wichtigen Moment abschweifen ließ. Sie hatten nur eine halbe Stunde für die Besprechung, wovon schon die Hälfte vergangen war. Selbst innerhalb des Palastes war es riskant, wenn sie sich alle trafen.

„Oh, tut mir Leid, könnten Sie das bitte noch einmal wiederholen?"

Armand hatte sie beobachtet und sich gefragt, ob ihre Schultern stark genug waren, um das Schicksal von so vielen zu tragen. „Die letzten Tage waren anstrengend." In seiner Stimme schwang keine Kritik mit, sondern Sorge. Hannah hätte Ersteres bevorzugt.

„Die letzten zwei Jahre waren anstrengend, Hoheit."

„Wenn Sie anfangen zu ermüden", sagte Malori, „sollten Sie uns das jetzt wissen lassen."

„Ich ermüde nicht." Ihre Blicke trafen sich. „Ich denke, meine Akte beweist das."

Bevor Malori erneut sprechen konnte, mischte Reeve sich ein. Hannah ermüdete, das wusste er, aber er musste darauf setzen, dass sie noch ein paar Tage durchhielt. „Gehen wir noch einmal ein Stück zurück. Wir können annehmen, dass Deboque bereits die Dinge angefordert hat, die Sie verlangt haben. Was vermuten Sie, wo er sich versorgen wird?"

„Athen", antwortete sie sofort. „Ich nehme stark an, dass er auf seine Organisation zurückgreifen wird. Er fühlt sich völlig sicher und unverwundbar. Er würde es nicht riskieren, bei auswärtigen Quellen zu bestellen. Aus meinen übrigen Berichten ist uns bekannt, dass er ein Lagerhaus in Athen besitzt. Er hat natürlich auch noch andere, aber ich denke an Athen wegen der Nähe zu Cordina."

„Wir werden uns mit unserer Kontaktperson dort in Verbindung setzen und nachfragen, ob Sprengstoffe transportiert wurden." Malori machte sich eine Notiz. „Wenn wir Glück haben, lassen wir seine Zweigorganisation in Athen auffliegen, sobald wir ihn hier festgenagelt haben."

„Das ISS wird erst in Athen, Paris, London und Berlin zuschlagen, wenn wir hier eine hieb- und stichfeste Anklage gegen Deboque haben." Hannah setzte ihre Teetasse ab. „Und diesen Knopf drücke ich, Monsieur."

„Gut." Malori gefiel das offenbar nicht, er nickte jedoch.

„Wird die Beweislast gegen Deboque stark genug sein, wenn Hannah den Sprengstoff erhält?" Armand sah Hannah, dann Reeve an. „Hannah hat den Mordauftrag übernommen und die nötigen Dinge dafür verlangt. Sobald sie geliefert werden, könnte das nicht das Ende sein?"

Hannah setzte zum Sprechen an, schwieg dann jedoch. Sie wollte es Reeve erklären lassen. Er gehörte zur Familie. „Wir hätten genug Handhabe für eine Verhaftung, möglicherweise sogar für eine Anklage. Doch nicht einmal, wenn wir die Ausrüstung nach Athen oder zu einer anderen von Deboques Firmen zurückverfolgen können, würde das ausreichen für eine Verurteilung wegen Verschwörung. Er ist vorsichtig genug, um sich von derartigen geschäftlichen Belangen zu distanzieren."

Geschäftliche Belange, dachte Armand, während er mit den Fingern auf die Sessellehne trommelte. „Und seine Forderung, dass Hannah meine Familie ermordet?“

„Seine theoretischen Überlegungen, was geschehen könnte“, verbesserte Reeve. „Ich bin mir der Enttäuschung bewusst, dass wir bei der gegenwärtigen Beweislage noch nichts unternehmen können. Aber wir hatten ihn über ein Jahrzehnt in Gewahrsam, und es hat ihn nicht gestoppt. Wenn wir Deboque ein für alle Mal erledigen und alle diese Verbindungen unterbrechen und seine Kontrolle innerhalb von Europa zerstören wollen, brauchen wir solide und unwiderlegbare Beweise für ein Mordkomplott und eine Verschwörung. Hannah wird uns die in einigen Tagen liefern.“

Armand steckte sich eine Zigarette an und lenkte seinen Blick zu Hannah. „Wie?“

„Durch die Bezahlung.“ Sie fühlte sich wieder auf festem Boden. „Wenn Deboque überzeugt ist, dass ich meinen Auftrag ausgeführt habe, wird er mich auszahlen. Sobald Geld von einer Hand in die andere überwechselt, haben wir ihn.“

„Er ist kein Narr.“

„Nein, Hoheit, er ist kein Narr.“

„Trotzdem werden Sie ihn davon überzeugen, dass Sie meine Familie ermordet haben.“

„Ja. Wenn Sie sich das hier ansehen wollen.“ Sie stand auf und trat an einen Tisch. Mit Reeves Hilfe rollte sie ein langes Blatt aus. „Die Blaupausen, die ich zu Deboque gebracht habe, weisen diesen Flügel als Wohnung von Prinz Alexander und seiner Familie aus. Ich habe Deboque außerdem informiert, dass Prinzessin Gabriella und ihre Familie hier in den Tagen vor dem Weihnachtsball wohnen werden."

„Verstehe. In Wahrheit ist der Flügel, in dem mein Sohn mit seiner Familie wohnt, hier." Er fuhr mit dem Finger zu der anderen Seite der Zeichnung.

„In der Nacht vor dem Ball werde ich einige Sprengladungen legen – hier und hier." Sie deutete auf die Punkte. „Sie werden viel kleiner sein, als Deboque erwartet, aber mit den von Reeve hinzugefügten Spezialeffekten sollte es einen ziemlichen Eindruck machen. Es wird Schäden geben, Hoheit, aber es wird – vor allem von außen – viel schlimmer aussehen, als es wirklich ist. Sie werden einige Wände neu verputzen und streichen lassen müssen."

Er zog eine Augenbraue hoch, doch sie konnte nicht erkennen, ob er amüsiert war. „Es gibt Abschnitte im Palast, die eine Renovierung vertragen könnten."

„Es wird natürlich unumgänglich sein, diesen Flügel zu räumen – diskret."

„Natürlich."

„Zehn Minuten vor der Explosion werde ich

mich mit Deboque oder seinem Agenten treffen. Die Bezahlung wird erfolgen, sobald er der Meinung ist, dass ich meinen Auftrag erledigt habe."

„Haben Sie bedacht, dass er eine Bestätigung für die Morde haben will, bevor er Sie bezahlt?"

„Ja." Hannah richtete sich wieder auf. „Wir werden bis zu einem gewissen Grad die Presse benutzen. Darüber hinaus werde ich klarstellen, dass die Bezahlung in dieser Nacht erfolgen muss, ebenso wie die Vorbereitung für meine Ausreise. Deboque hat mich eingeladen, auf seiner Yacht mitzufahren. Ich werde akzeptieren." Sie presste die Lippen aufeinander, als Malori etwas sagte. „Das Geld wird deshalb den Besitzer wechseln, weil Deboque denken wird, ich wäre in seiner Reichweite, falls doch etwas schief gegangen ist."

„Und werden Sie es sein?"

„Ich werde bei ihm sein."

„Das ISS wird sowohl Deboques Villa als auch seine Yacht unter Beobachtung halten", warf Reeve ein. „Sobald wir Hannahs Zeichen erhalten, schlagen wir zu."

„Es gibt keine andere Möglichkeit?"

Erneut war Sorge herauszuhören. Diesmal legte Hannah eine Hand auf den Arm des Fürsten. Auf den Arm von Bennetts Vater. „Wir könnten ihn vielleicht auf andere Verbrechen hin festnageln. Mit den Informationen, die ich in den letzten zwei Jahren zusammengetragen habe, hätten wir etwas in der Hand, aber es würde Monate, vielleicht sogar Jahre dauern, und wir hätten keine Garantie. Dieses ist die einzige Möglichkeit, Hoheit, um ihn ein für alle Mal zu stoppen."

Der Fürst nickte und wandte sich an Reeve. „Du stimmst zu?"

„Malori?"

„Es ist dramatischer und sicher riskanter, als man sich dies wünscht, Hoheit, aber ich stimme zu."

„Dann setze ich voraus, dass für alles gesorgt wird, was nötig ist. Ich erwarte alle vier Stunden einen Bericht."

Der Sicherheitsbeamte erkannte, dass er entlassen war, und verneigte sich. Reeve rollte die Blaupause auf, und Hannah bereitete sich auf einen Knicks vor.

„Hannah, bitte noch einen Moment!"

„Ja, Hoheit." Sie stand am Tisch, steif und angespannt, während die beiden anderen Männer sie allein ließen. Er weiß über meine Gefühle für Bennett Bescheid, dachte Hannah. In der kurzen Zeit, die sie in Cordina war, hatte sie herausgefunden, dass Armand schlau und aufmerksam war. Er regierte nicht einfach von einem Thron aus, sondern auch am Schreibtisch und in Sitzungsälen.

Wenn sein Land friedlich und blühend war, dann hauptsächlich, weil er das Regieren verstand, die richtige Wahl treffen konnte und objektiv blieb.

Ja, er weiß Bescheid, dachte sie. Und er war nicht einverstanden. Sie war Europäerin, Aristokratin, aber aus freien Stücken von Beruf Spionin.

„Sie fühlen sich unbehaglich", begann Armand. „Bitte, setzen Sie sich!"

Hannah nahm Platz und wartete.

Sie sieht wie eine Taube aus, dachte er. Eine kleine graue Taube, die erwartete und akzeptierte, dass ein Fuchs über sie herfiel. Während er sie betrachtete, hatte er Schwierigkeiten zu glauben, sie könne den Aufruhr beenden, der seit mehr als einem Jahrzehnt seine Familie verfolgte.

„Reeve hat Vertrauen zu Ihnen."

„Ich versichere Ihnen, ich bin nicht fehl am Platz, Hoheit." Sie entspannte sich ein wenig. Es ging nicht um Bennett, sondern um Deboque.

„Warum haben Sie diesem Auftrag zugestimmt?"

Hannah zog die Augenbrauen hoch, weil dies eine so einfache Frage mit einer einfachen Antwort zu sein schien. „Ich wurde gefragt."

„Und Sie hatten das Recht abzulehnen?"

„Ja, Hoheit. In solchen Dingen hat ein Agent immer die freie Entscheidung."

Ein Fürst hatte sie nicht. Er verstand den

Unterschied, beneidete sie aber trotzdem nicht. „Sie haben diesen Auftrag übernommen, weil Ihre Vorgesetzten das wünschten?“

„Ja, und weil Deboques Handlungen hier auch mein Land und das restliche Europa betreffen können. Ein Terrorist bleibt ein Terrorist, ganz gleich, welchen äußeren Mantel er sich umhängt. England wünscht dringend, dass Deboque die Hände gebunden werden.“

„Ihre erste Überlegung gilt Ihrem Land.“

„Das war immer so.“

Er nickte wieder. „Haben Sie Ihren Beruf gewählt, weil Sie Abenteuer suchten?“

Hannah sah ihn forschend an und lächelte. Im selben Moment erkannte Armand, was seinen Sohn gefesselt hatte. „Entschuldigen Sie, Hoheit, aber das Wort ‚Spion‘ beschwört alle möglichen glorreichen Bilder herauf – neblige Piers, Pariser Seitenstraßen, versilberte Pistolen und schnelle Autos. In Wahrheit ist das Leben eines Agenten oft langweilig. In den letzten zwei Jahren habe ich mehr an Telefonen und Computern gearbeitet als eine durchschnittliche Sekretärin.“

„Sie werden sicher nicht abstreiten, dass auch Gefahr mit im Spiel ist.“

„Nein.“ Sie seufzte. „Nein, aber für jede Stunde Gefahr gibt es ein Jahr Laufarbeit und Vorbereitung. Was Deboque angeht, sind Reeve,

Malori und das ISS schrittweise an den Plan herangegangen."

„Dennoch werden Sie am Ende allein sein", erwiderte Armand.

„Das ist mein Beruf. Und ich bin gut darin."

„Woran ich nicht zweifle. Unter normalen Umständen würde ich mir geringere Sorgen machen."

„Hoheit, ich kann Ihnen versichern, dass alles Menschenmögliche getan wird."

Er wusste, dass dies stimmte und ihm im Augenblick die Hände gebunden waren. „Und wenn ein Fehler gemacht wird, wie tröste ich meinen Sohn?"

„Ich verspreche Ihnen, was immer auch geschieht, Deboque wird bestraft werden."

„Ich spreche jetzt nicht von Deboque, sondern von Ihnen und von Bennett." Er winkte ab, ehe sie etwas sagen konnte. „Es kommt selten vor, dass ich nur als Vater sprechen kann. Erlauben Sie mir jetzt diesen Luxus."

Sie holte tief Luft und versuchte, sich klar auszudrücken. „Bennett ist wütend und verstört, weil er nicht erfahren hat, warum ich hier bin. Ich glaube, er empfindet mir gegenüber ein gewisses Verantwortungsgefühl, weil ich seine Familie beschütze und mich damit in Gefahr begebe."

„Er liebt Sie."

„Nein." Die Panik setzte erneut ein, zusammen mit der Scham und dem verzweifelten Verlangen nach Ehrlichkeit. „Das heißt, er glaubte es, als er von mir dachte ... Zu einem bestimmten Zeitpunkt verspürte er eine gewisse Zuneigung, aber als er erfuhr, wer ... was ich bin, änderte sich das.“

Armand legte seine Hände auf die Armlehnen des Sessels. Sein Amtsring glitzerte im Licht der Lampe. „Meine Liebe, sind Ihre Gefühle für ihn vielleicht klarer?“

Hannah blickte auf. Die dunklen Augen, die sie betrachteten, wirkten freundlicher als je zuvor. Hart, ja. Er konnte hart sein. Doch ihr wurde nun bewusst, warum seine Familie und sein Land ihn liebten und ihm vertrauten. „Ihr Schweigen, Hoheit?“

„Das garantiere ich Ihnen natürlich.“

„Ich liebe ihn mehr, als ich jemals irgendetwas oder irgendjemand geliebt habe. Könnte ich alles ändern, könnte ich zu der zurückkehren, für die er mich gehalten hat, und nur dieser Mensch sein, ich schwöre, ich würde es tun.“ Sie hatte keine Tränen. Stattdessen schaute sie auf ihre Hände. „Natürlich kann ich das nicht.“

„Nein, wir können nicht ändern, was wir sind. Wenn wir lieben, können wir sehr viel akzeptieren. Bennett ist äußerst großzügig.“

„Ich weiß. Ich versichere Ihnen, ich werde ihn nicht mehr verletzen.“

Armand lächelte. Hannah war so jung, so mutig. „Diesbezüglich habe ich keine Angst. Wenn dies alles erledigt ist, bitte ich Sie, noch einige Tage in Cordina zu bleiben.“

„Hoheit, ich halte es für das Beste, wenn ich sofort nach England zurückkehre.“

„Wir möchten, dass Sie bleiben“, wiederholte er und sprach nicht mehr als Vater. Er erhob sich und streckte eine Hand aus. „Vielleicht möchten Sie sich vor dem Abendessen ausruhen.“

Hannah blieb nichts anderes übrig, als ebenfalls aufzustehen. „Danke, Hoheit.“

Das Diner verlief formell und dauerte lange. Hannah wurde dem Staatsminister und dessen Gattin vorgestellt, ebenso einem deutschen Geschäftsmann, der sich für Schifffahrt interessierte, und einer betagten Französin, die in irgendeiner Beziehung zu den Bissets stand und in Cordina Urlaub machte. Die Französin gab mit rauchiger Stimme ein solches Gemurmel von sich, dass Hannah nur mit größter Mühe genug verstand, um höflich darauf etwas zu erwidern. Der Deutsche äußerte sich in kurzen Sätzen laut und schmetternd und war offensichtlich hocherfreut über seine Einladung in den Fürstenpalast. Hannah war dankbar, den beiden am Tisch gegenüber zu sitzen, so dass sich ein direktes Gespräch mit ihnen vermeiden ließ.

Bennett war nicht anwesend. Einer späten Vorstandssitzung im Museum hatte sich ein Essen der

Gesellschaft für Pferdesport angeschlossen. Hannah dachte daran, dass man Claude zwei weitere Sicherheitsbeamte zugeteilt hatte, die an diesem Abend für Bennetts Schutz sorgen würden.

Als erneut die Stimme der Französin an ihr Ohr drang, dachte Hannah, welch ein Glück Bennett doch hatte.

Am Tisch ihr gegenüber nippte Eve an ihrem Mineralwasser und hörte sich mit scheinbarer Begeisterung die Geschichten des Deutschen aus dessen Geschäftsleben an. Erst als sie sich abwandte, um ihren Dessertlöffel aufzunehmen, begegnete sie Hannahs Blick lang genug, so dass diese die Belustigung darin aufblitzen sah. Während sie leise und höflich eine Frage beantwortete, verdrehte sie einmal kurz die Augen auf eine Art, die alles sagte. Dann lächelte sie dem Deutschen wieder zu und gab ihm das Gefühl, hochinteressant zu sein.

Hannah musste das Glas heben, um ihr Lächeln zu verbergen. Auch Angehörige der Fürstenfamilie waren Menschen. Nicht dieselben wie andere, nicht die gewöhnlichen, aber Menschen. Das Kind, das Eve zur Welt bringen würde, mochte eines Tages herrschen, aber es würde auch lachen und weinen und fühlen und träumen.

Sie selbst hatte einen Prinzen geliebt. Hannah nahm ihren Löffel auf und begann, mit der fantasievollen Schokoladen- und Cremekreation vor ihr zu spielen. Sie hatte ihr Herz einem Mann geschenkt, der zweiter war in der Thronfolge in einem der wenigen noch verbliebenen Fürstenhäuser Europas. In wenigen Tagen könnte es geschehen, dass sie für ihn ihr Leben gab.

Das war der Stand der Dinge. Angefangen hatte es aus einer Verpflichtung ihrem Land und ihrer Organisation gegenüber, aber am Ende würde sie, was sie tat, für Bennett tun.

Ihm das zu sagen wäre niemals möglich.

Sie würde nicht sprechen, sondern fühlen. Und sie hatte das Gefühl, dass sie das Ende von Deboque erleben würde. Und dann, gestand Hannah sich ein, musste sie sich entscheiden – zwischen Aufstieg in ihrem oder Ausscheiden aus ihrem Beruf. Sie glaubte nicht, dass sie jemals wieder die Pose der ruhigen, bescheidenen Lady Hannah einnehmen könnte. Jetzt, nachdem sie einen Prinzen geliebt hatte und von ihm geliebt worden war.

Es war fast Mitternacht, als ein höflicher Rückzug möglich war. Hannah überlegte beim Betreten ihres Zimmers, ob sie ein heißes Bad nehmen oder schnelles Vergessen im Bett suchen sollte. Eve bestand darauf, am nächsten Tag ins Zentrum der Schönen Künste zurückzukehren, so dass sie keine andere Wahl hatte, als mitzukommen.

Sie hatte schon die Mitte des Schlafzimmers erreicht, als eine plötzliche Unruhe sie warnte. Es war niemand im Raum. Ein schneller Blick zeigte ihr, dass nichts verändert worden war. Aber ...

Hannah machte einen vorsichtigen Schritt zurück, öffnete die Schublade des Nachttisches und nahm ihre Waffe heraus. Das Licht brannte schwach hinter ihrem Rücken, als sie sich dem angrenzenden Zimmer näherte. Die Tür stand etwas offen, doch eines der Mädchen konnte vergessen haben, sie zu schließen. Hannahs Füße verursachten kein Geräusch auf dem Teppich. Sie drückte gegen die Tür und öffnete sie langsam und lautlos.

Es war nichts in dem Zimmer dahinter, nur der hübsche Wohnraum, der von den Gardenien duftete, die feucht und schön in einer Schale lagen.

Also war es ein Hausmädchen, dachte sie und entspannte sich allmählich. Eines der Mädchen hatte frische Blumen ins Wohnzimmer gebracht und ...

Dann hörte sie ein Geräusch, ein Schaben, und war ganz Wachsamkeit. Die Waffe sicher in der Hand, glitt sie an die Wand und dann in den Raum hinein.

Das kleine Sofa stand mit der Rückwand zur Tür, so dass Hannah Bennett erst sah, nachdem sie ganz eingetreten war. Er lag darauf ausgestreckt, die Krawatte hing offen herunter, seine Schuhe hatte er ausgezogen, und sein Gesicht war in einem Samtkissen vergraben.

Hannah fluchte leise, als sie die Pistole senkte. Er wirkte erschöpft und sehr heimisch. Instinktiv wollte sie eine Decke über ihn legen, aber sie hatte noch immer genug von der properen Lady Hannah in sich, um zu wissen, dass es unpassend für Bennett von Cordina war, in ihrem Wohnzimmer schnarchend vorgefunden zu werden. Sie wollte sich zu ihm hinunterbeugen, als sie sich an die Waffe erinnerte.

Sie drehte sie in ihrer Hand. Die Waffe wirkte wie ein Spielzeug, hatte aber bereits bewiesen, wie tödlich sie war. Ein Teil ihrer Arbeit. Ein Teil ihres Lebens. Allerdings wusste sie auch, dass dies ein Teil war, den Bennett unangenehm fand. Sie ging in ihr Schlafzimmer und versteckte die Pistole. Hannah musste ihn wecken und wegschicken, doch sie brauchte nicht auch noch eine deutliche sichtbare Erinnerung an ihre Unterschiede vorzuzeigen.

Sie kehrte zu ihm zurück, kniete sich neben das Sofa und legte eine Hand auf seine Schulter. „Bennett!“ Sie schüttelte ihn sanft und erhielt ein Murmeln als Antwort. Er lächelte. Sie musste gegen den Drang ankämpfen, ihm die Haare aus der Stirn zu streichen. Im Schlaf ruhten die Energie, die Belustigung und das Temperament. Er sah aus, als wäre er völlig damit zufrieden, sich hier zu kuscheln, tagelang, auf dem kleinen Sofa. Hannah beugte sich vor und versetzte ihm einen energischen Stoß. „Bennett, wach auf!"

Er öffnete halb die Augen, doch Hannah bemerkte, dass er den Blick sofort auf sie richtete. Er hob die Hand und griff nach ihrem Ohrläppchen. „Hast du denn gar keinen Respekt vor einem Toten?"

„Au!" Sie packte abwehrend sein Handgelenk, war jedoch schon ein paar Zentimeter näher bei ihm. „Wenn du Respekt willst, rufe ich Dienstboten und lasse dich mit Glanz und Pomp hinaustragen. Aber vorerst lass mich los, sonst muss ich dir zeigen, wie leicht man Bewusstlosigkeit erzeugt, indem man auf gewisse Nerven drückt."

„Hannah, du musst lernen, nicht so flatterhaft und romantisch zu sein."

„Das liegt mir im Blut." Sie kauerte sich hin und massierte ihr Ohr. „Bennett, warum schläfst du auf meinem Sofa anstatt in deinem Bett?"

„Ich weiß nicht, wer dieses Ding entworfen hat. Einen halben Meter länger, und ein Mensch könnte sich darauf wohl fühlen." Er zog sich etwas hoch, so dass seine Beine über die Seitenlehne baumelten. „Ich wollte mit dir sprechen." Er fuhr sich mit beiden Händen über das Gesicht. „Als ich heimkam, sah ich, dass wir noch immer Gäste hatten. Ich habe das Hasenpanier ergriffen und die Hintertür benutzt."

Mit einer schnellen Armbewegung hatte er sie auf sich gezogen. Eine Hand in ihren Nacken gelegt, eroberte sein Mund den ihren rasch und begierig.

Sie wollte ihre Haltung verändern und stützte sich auf ihren Händen ab .

„Bleib! Ich habe dich den ganzen Tag nicht gesehen." Seine Lippen lockten warm an ihrer Wange. „Weißt du, Hannah, ein Mann muss dich in seinen Armen halten, muss seine Lippen gegen deine Haut drücken, bevor er deinen Duft auffängt. Machst du das absichtlich?"

Sie benutzte kein Parfum. Es hatte damit zu tun, dass sie keine Spuren zurücklassen durfte. „Du hast gesagt, dass du ..." Sie verstummte, als er sanft an ihrem Ohr knabberte. „Du wolltest mit mir sprechen."

„Ich habe gelogen." Seine Zähne hielten ihr Ohrläppchen fest. „Ich wollte dich lieben. Genaugenommen ist es mir höllisch schwer gefallen, nicht ständig während einer langen und langweiligen Vorstandssitzung eines lauten Abendessens daran zu denken." Er zog den Reißverschluss am Rücken ihres Kleides herunter. „Ich musste eine Rede halten." Bennett ertastete Seide dünne, zarte Seide unter dem Leinen. „Es war schwierig, keinen Unsinn zu sagen, während ich mir vorstellte, hier bei dir zu sein."

„Ich möchte nicht bei deinen offiziellen Verpflichtungen stören." Mit geschlossenen Augen presste sie die Lippen an seinen Hals und genoss seine sanft streichelnden Hände. Auch sie hatte sich den ganzen Tag nach dieser Berührung gesehnt.

„Aber du tust es. Ich saß da und habe mir das Gerede von zehn knöchernen Männern angehört, die sich mehr für Gemälde als für Menschen interessieren, und ich habe dich mir vorgestellt, wie du dasitzt, die Hände verschränkt, mit ernstem Blick. Und du hast nichts am Leib getragen."

Sie hatte ihm die Krawatte abgenommen und hielt am dritten Knopf seines Hemdes inne. „Im Sitzungssaal?"

„Im Sitzungssaal." Würde er jemals nicht von diesem trockenen, ernsthaften Ton und diesen dunklen Augen fasziniert sein? „Da siehst du, wieso ich solche Konzentrationsprobleme hatte." Er erzählte ihr nicht, dass er auch Angst gehabt hatte, als er sie sich mit Deboque vorstellte – allein , hilflos, seiner Gnade ausgeliefert. Dieses Bild hatte er nicht loswerden können. „Darum bin ich hier hereingekommen, um auf dich zu warten."

„Und bist eingeschlafen."

„Und hatte gehofft, du würdest die Ironie erkennen und das Märchen umkehren. Du würdest den Prinzen mit einem Kuss wecken. Stattdessen habe ich einen Stoß erhalten.“

Hannah zog seinen Kopf zu sich heran. „Dann lass es mich jetzt nachholen.“

Sie drückte ihre Lippen auf seinen Mund, hielt inne, reizte ihn, berührte ihn erneut. Sie merkte, wie sich seine Finger auf ihrem Rücken anspannten, während sie mit seiner Zunge spielte, während die Hitze sich steigerte. Sie wehrte sich nicht, als er ihren Kopf umfasste, als sein Mund sich verlangend über dem ihren schloss. Wenn er sich den ganzen Tag nach ihr gesehnt hatte, so war sein Verlangen nicht heftiger als ihres. Sie würden die Nachtstunden gemeinsam verbringen.

Hannah öffnete sein Hemd. Ihr Kleid war nach unten geglitten, enthüllte die schimmernde honigfarbene Spitze darunter. Bennett ließ seine Finger darüber gleiten, während er die Gegensätze und Wonnen genoss, aus denen seine Hannah bestand. Er zog die Nadeln aus ihrem Haar, so dass es über ihre und seine Schultern floss. Der Duft ihres Haars war so flüchtig wie der ihrer Haut. Was immer sie an Zauberkraft besaß, war ihr angeboren und kam nicht aus Fläschchen und Tiegeln.

Von ihr berauscht, steifte er ihr das Kleid ab und ließ es auf den Teppich fallen.

Und seine Finger glitten über das Stilett, das an ihrem Schenkel festgeschnallt war.

Sie versteifte sich, als sie sich an die Waffe in dem Moment erinnerte, in dem er sie entdeckte. Die Leidenschaft erkaltete so schnell, dass Hannah schauderte. Als sie sich zurückzog, hielt er sie nicht auf.

„Bennett, es tut mir Leid." Sie hatte vergessen, dass es keine Entschuldigungen, kein Bedauern geben konnte. Er schaute sie mit leerem Blick an, während er sich aufsetzte. Es gab nichts, das sie sagen konnte, um die Mauer zwischen ihnen zu beseitigen.

Er unterdrückte den aufkeimenden Ärger und ließ den Blick über sie gleiten. Sie war schön, atemberaubend, begehrenswert. An ihrem langen, schlanken Schenkel war mit dünnen Lederbändern ein Messer festgeschnallt, das an dunkle Seitenstraßen und verräucherte Bars denken ließ. Bennett streckte die Rechte danach aus. Sie fing automatisch sein Handgelenk ab.

„Bennett ..."

„Sei still!" Seine Stimme klang ausdruckslos und kühl. Hannah ließ die Hand sinken. Langsam zog er die Waffe heraus. Sie fühlte sich warm von Hannahs Haut an und war klein genug, um in seine Handfläche zu passen. Bis er den Knopf drückte und die dünne Klinge leise und tödlich heraussprang. Im Licht der Lampe glitzerte sie silbrig.

Hannah trug die Waffe an intimer Stelle. Er wollte sie fragen, ob sie das Messer je benutzt hatte, aber er sagte sich, dass es vorerst am besten sei, die Frage für sich zu behalten. Das Messer wog fast nichts, lag aber schwer wie Blei in seiner Hand.

„Warum brauchst du das im Palast?“

Sie schob einen Träger zurück auf ihre Schulter und rieb sich die Haut, die immer kälter wurde. „Ich erwarte eine Nachricht von Deboque. Ich weiß nicht, wann oder wo sie eintreffen wird. Weil ich vielleicht sofort reagieren muss, ist es am besten, vorbereitet zu sein.“

„Was für eine Nachricht?“

„Ich finde, du solltest nicht mich fragen, sondern ...“

„Ich frage dich.“ In seiner Stimme schwang eine Schärfe mit, die er selten, aber effektvoll einsetzte. „Was für eine Nachricht, Hannah?“

Sie zog die Knie an ihre Brust, schlang die Arme darum und erzählte ihm alles. Nun konnte es keinen Einwand mehr geben, erinnerte sie sich. Er wusste bereits zu viel.

„Wir opfern also einen Teil des Ostflügels. Tarnung.“ Bennett drehte die Klinge unter dem Licht. Er wusste, dass er sie in Deboques Herz stoßen könnte, ohne zu zögern.

„Je echter alles wirkt, desto leichter wird Deboque sich überzeugen lassen. Er wird sich nicht von fünf Millionen trennen, wenn er nicht sicher ist, dass Cordina keinen Thronerben mehr hat.“

„Er würde die Kinder umbringen", sagte Bennett. „Selbst Alexanders ungeborenes Kind. Und wofür das alles? Rache, Macht, Geld?"

„Für alles drei. Er hätte seine Rache an deinem Vater, seine Macht würde durch das Chaos wachsen, und Geld würde folgen. Es ist seine Geldgier, die ihn diesmal straucheln lässt, Bennett. Das verspreche ich dir."

Bei der Leidenschaft in ihrer Stimme sah er sie wieder an. Ihre Augen waren groß und glänzten kalt. So plötzlich, wie er sich verliebt hatte, erkannte er die volle Wahrheit. Was immer Hannah tat, was immer sie dafür einsetzte, spielte keine Rolle, solange sie darauf achtete, dass sie in Sicherheit war.

Bennett drückte die Sperre und ließ die Klinge zurückgleiten. Er wollte selbst dafür sorgen. Nachdem er das Messer beiseite gelegt hatte, löste er den Riemen von ihrem Schenkel. Ihre Haut war kühl geworden, obwohl es im Zimmer warm war. Es berührte etwas in ihm, das er erneut als den Wunsch erkannte, sie zu beschützen. Hannah bewegte sich nicht, sagte nichts und zuckte nur leicht zusammen, als er aufstand. Sie wartete darauf, dass er sie zurückwies, sie von sich schob, sie verließ.

Er registrierte ihre Überraschung und ihren Zweifel, als er sie auf die Arme hob. „Du solltest mir mehr vertrauen, Hannah", sagte er ruhig.

Als sie sich entspannt an ihn lehnte, den Kopf an seiner Schulter barg, trug er sie in ihr Bett.

# 12. KAPITEL

Das Paket wurde auf die einfachste Weise geliefert. Es wurde von Dartmouth Shippers gebracht, einem von Deboques weniger einträglich, aber höchst nützlichen Zweigunternehmen. Es trug den Absender von Hannahs Tante in England und den Aufdruck ZERBRECHLICH.

Die einzige Schwierigkeit entstand dadurch, dass Eve dabei war, als es geliefert wurde.

„Oh, wie schön!“ Eve löste sich nicht von dem Paket. „Das ist ein Weihnachtsgeschenk, nicht wahr? Warum machst du es nicht auf?“

„Es ist noch nicht Weihnachten“, antwortete Hannah und stellte das Paket in das Fach ihres Schranks. Sie wollte es bei erster Gelegenheit übergeben.

„Hannah, wie kannst du nur so gleichgültig sein?“ Ohnehin äußerst nervös, sah Eve sich im Zimmer um. „Hast du denn nie um diese Jahreszeit unter Betten und in Schränken nach Päckchen gesucht?“

„Nein.“ Hannah lächelte und arrangierte weiter die Blumen, die Eve ihr gebracht hatte. „Ich wollte mir nie den Weihnachtsmorgen verderben.“

„Das verdirbt ihn nicht, sondern steigert nur die Erwartung.“ Eve blickte zu dem Schrank.

„Könnten wir nicht einen winzigen Blick hineinwerfen?“

„Auf keinen Fall, obwohl ich dir schon sagen kann, dass das Paket vermutlich fünf Dutzend selbst gemachte Kekse enthält – hart wie Ziegelsteine. Tante Honoria bietet nie Überraschungen.“

„Es ist nicht wie Weihnachten.“ Niedergeschlagen trat Eve ans Fenster. Sie legte eine Hand schützend auf die Rundung ihres Bauchs und spielte nervös mit der anderen Hand an dem Vorhang. „Der Ballsaal wird für die Feiertage auf Hochglanz gebracht, der Baum ist schon geschmückt. Wenn man an der Küche vorbeigeht, duftet es einfach herrlich, aber es ist nicht wie Weihnachten.“

„Hast du Heimweh, Eve?“

„Heimweh?“ Für einen Moment verwirrt, drehte sie sich um und lächelte. „O nein. Alex und Marissa sind hier. Ich hoffe, meine Schwester kommt für eine oder zwei Wochen von der Galerie los, aber ich vermisse die Vereinigten Staaten nicht. Es ist nur so, dass alle versuchen, mich zu verwöhnen und dadurch zu beschützen, dass sie etwas vor mir verbergen.“ Seufzend trat sie zu Hannahs Kommode. „Ich weiß, wie angespannt und besorgt Alex ist, ganz gleich, wie sehr er sich auch bemüht, so zu tun, als wäre alles bestens. Selbst wenn ich mit Bennett spreche, scheinen seine Gedanken nur halb bei mir zu sein. Das muss aufhören, Hannah. Ich ertrage es nicht, dass die Menschen, die ich liebe, so zerrissen werden."

„Es ist dieser Deboque, nicht wahr?"

Eve seufzte. „Wie kann ein Mann solchen Hass in sich tragen? Wie kann ein Mann so viel Schmerz verursachen? Auch wenn ich es nach all den Jahren noch immer nicht verstehe, weiß ich, dass er nicht zufrieden sein wird, bevor er uns vernichtet hat."

„Für die meisten von uns ist es unmöglich, das wahrhaft Böse zu verstehen", erklärte Hannah, obwohl sie es verstehen konnte. „Aber ich finde, wir machen alles nur schlimmer, wenn wir zulassen, dass unser Leben so stark beeinflusst wird."

„Du hast natürlich Recht." Eve streckte beide Hände aus. „Weißt du, wie dankbar ich bin, dass du hier bist? Ohne dich wäre ich die ganze Zeit launenhaft und würde nur vor mich hin brüten. Ella kommt heute mit den Kindern. Wir müssen uns noch um die Blumenhändler und die Musiker kümmern." Sie drückte Hannahs Hände und holte tief Luft. „Ich hasse es, so hilflos zu sein. Am liebsten würde ich hingehen und Deboque ins Gesicht spucken, aber ich muss mich damit zufrieden geben, die Dinge hier angenehmer zu machen."

Hannah schwor sich, bei der ersten Gelegenheit für Eve Deboque ins Gesicht zu spucken. „Warum führst du mich nicht in den Ballsaal und zeigst mir, was schon getan wurde? Ich würde gern helfen." Sie wollte helfen – und natürlich Eve von dem Paket weglotsen, das in ihrem Schrank lag.

„In Ordnung, aber ich möchte, dass du zuerst in mein Zimmer kommst. Ich habe ein Geschenk für dich."

„Geschenke sind etwas für Weihnachten", erinnerte Hannah sie, als sie zur Tür gingen.

„Dieses kann nicht warten." Eve musste sich von den unterschwelligen Dingen ablenken, die sie alle belasteten. Dr. Franco hatte sie schon gewarnt, dass die Spannung Auswirkungen auf das Kind haben konnte. „Schwangeren Prinzessinnen muss man jeden Wunsch erfüllen."

„Sehr schlau, das zu deinem Vorteil einzusetzen." Sie stiegen eine kurze Treppe hinauf und wechselten in den nächsten Flügel über. „Du sagtest, Gabriella würde bald hier sein? Kommt die ganze Familie heute?"

„In voller Kampfstärke, heute Nachmittag."

Hannah entspannte sich ein wenig. Es würde leicht sein, das Paket an Reeve zu übergeben und den Plan weiter auszuführen. „Hat Bennett seinen Schatz in den Safe gelegt?"

„Schatz? Oh, sein Jo-Jo." Eve lachte zum ersten Mal an diesem Tag unbekümmert, als sie ihr Schlafzimmer betrat. „Er betet dieses Kind an, weißt du.

Ich habe nie jemanden gekannt, der zu Kindern so gut ist wie Bennett. Er wendet ungeheuer viel Zeit für das Hilfswerk für behinderte Kinder auf, obwohl ihn das seine freien Tage mit den Pferden kostet.“ Sie betrat den angrenzenden Umkleideraum. „Auch ein Grund, warum ich so übellaunig bin, ist wohl, dass Bennett eigentlich im Moment munter und fidel sein sollte. Stattdessen sieht er aus, als würde er kaum jemals ein Auge schließen.“

„Munter und fidel?“

„Es hat ihn sechs Monate und enorm viel Überzeugungkraft gekostet, die Zustimmung für den Kinderflügel des Museums zu erhalten. Er hat es endlich bei diesem Vorstandstreffen durchgeboxt, aber nur mit viel Mühe und großer Überredungskunst. Hat er es dir gegenüber nicht erwähnt?“

„Nein“, antwortete Hannah.

„Seit zwei Jahren war das sein Lieblingsprojekt. Er hat Monate gebraucht, um den richtigen Architekten zu finden. Dann hat er den Plan auf seine Kosten zeichnen lassen, weil der Vorstand keinen Zoll nachgeben wollte.“ Eve kam mit einem langen Karton in den Raum zurück. „Du solltest ihn bitten, dir die Pläne zu zeigen. Er wollte das Gebäude offen haben mit vielen Fenstern, damit die Kinder sich nicht eingesperrt fühlen. Die Vorstandsmitglieder haben gebrummt und gemurrt, weil er Skulpturen will, die die Kinder anfassen können, und Darstellungen aus Märchenbüchern anstelle von Rubens und Renoir und Rodin hinter Glas."

„Ich wusste nicht, dass er so engagiert ist."

„Was immer Bennett macht, tut er mit großem Engagement. Seine Idee war, Kindern Kunst durch Medien nahe zu bringen, die sie verstehen und genießen. Dann gibt es eine Abteilung, die für Gemälde und Figuren reserviert ist, die die Kinder selbst machen." Eve legte den Karton auf das Bett und lächelte. „Ich bin überrascht, dass er dir nichts davon erzählt hat. Für gewöhnlich ist niemand vor ihm sicher. Er hat zwei Jahre Planung und sechs Monate Kampf gebraucht, damit sein Projekt endlich startet."

„Das klingt gut." Hannah fühlte, wie noch mehr Liebe in ihr Herz strömte. „Die Öffentlichkeit hält ihn vor allem für einen Mann, der sich nur für Pferde und die nächste Party interessiert."

„Er genießt dieses Image, aber in Bennett steckt mehr. Ich dachte, ihr zwei wärt einander recht nahe gekommen."

„Bennett ist sehr freundlich."

„Hannah, enttäusch mich nicht." Ein wenig ermüdet setzte Eve sich auf die Bettkante. „Er blickt dir nach, wenn du aus einem Zimmer gehst, und wartet darauf, dass du ein Zimmer betrittst."

„Tut er das?“

„Ja.“ Eve lächelte. „Bei all der Sorge und der Spannung der letzten Wochen hatte ich wenigstens das Vergnügen zu sehen, wie Bennett sich verliebt. Er bedeutet dir doch auch etwas, nicht wahr?“

„Ja.“ Es war alles fast schon vorüber. Manche Lügen waren nicht mehr nötig. „Ich habe noch nie jemanden wie ihn kennen gelernt.“

„Es gibt niemanden wie ihn.“

„Eve, ich möchte nicht, dass du etwas denkst oder hoffst, das nicht stattfinden wird.“

„Ich kann denken und hoffen, was ich will.“ Sie legte eine Hand auf den Karton neben ihr und klopfte auf den Deckel. „Aber jetzt mach erst einmal dein Geschenk auf.“

„Ist das ein fürstlicher Befehl oder eine Bitte?“

„Was immer nötig ist, damit du es aufmachst. Bitte! Ich bin gespannt, ob es dir gefällt.“

„Nun, es verstößt gegen meine Prinzipien, ein Geschenk vor Weihnachten zu öffnen, aber ...“ Hannah gab nach und hob den Deckel, schob die Lagen Papier beiseite und stand dann da und blickte fassungslos.

Es glitzerte wie Edelstein und funkelte wie Feuer. Das Kleid besaß das leuchtende Grün von Smaragden mit Tausenden von winzigen Perlen, die das Licht des Nachmittags einfingen.

„Nimm es heraus!“ drängte Eve, war dann zu

ungeduldig, um auf Hannah zu warten, und hob es selbst aus dem Karton.

Die Seide wallte und knisterte und kam zur Ruhe. Das Kleid war gerade geschnitten, mit einem hohen Kragen, an dem ein perlenbesticktes Band um den Hals funkelte. Die Arme der Frau, die es trug, blieben bis zu den Schultern nackt, genau wie der Rücken, bevor der Stoff wieder den Körper umhüllte und in einer langen Linie bis zum Boden reichte. Es war ein Kleid, das dafür gemacht war, unter Lüstern zu glitzern und im Mondschein zu schimmern.

„Sag, dass es dir gefällt. Ich habe die Schneiderin einen Monat lang zum Wahnsinn getrieben."

„Es ist wunderschön." Zögernd streckte Hannah die Hand aus. „Eve, das ist das schönste Kleid, das ich je gesehen habe. Ich weiß gar nicht, was ich sagen soll."

„Sag, dass du es zu dem Weihnachtsball anziehen wirst." Mit sich selbst höchst zufrieden, drehte Eve Hannah zum Spiegel und hielt ihr das Kleid an. „Sieh nur, was es mit deinen Augen macht! Ich wusste es." Lachend drückte sie das Kleid Hannah in die Hände, so dass sie zurücktreten und es festhalten konnte. „Ja, das wusste ich. Mit deiner Haut ... O ja", sagte sie und tippte mit einem Finger gegen ihre Lippen. „Bennett wird einen Blick darauf werfen und nur noch sinnloses Zeug reden. Ich kann es gar nicht mehr erwarten."

„Ich glaube, ich sollte nicht …"

„Natürlich solltest du, und du wirst auch, weil ich mich weigere, ein Nein als Antwort anzuerkennen." Sie trat vor, die Augen zusammengekniffen, und löste eine Locke aus Hannahs Frisur. „Meine Friseuse wird dich in die Mangel nehmen müssen."

„Das klingt ziemlich seltsam." So sehr sie sich danach sehnte, sie durfte sich nicht gehen lassen. Die schlichte und propere Lady Hannah Rothchild hätte niemals den Nerv gehabt, so ein Kleid zu tragen. „Eve, es ist schön. Du bist zauberhaft, aber ich glaube nicht, dass ich für ein solches Kleid geschaffen bin."

„Ich irre mich nie." Eve fegte die Einwände mit einer Handbewegung beiseite. Sie mochte erst seit zwei Jahren eine Prinzessin sein, aber sie trat bereits sehr entschieden auf. „Ich habe zu viel Zeit im Theater verbracht, um nicht zu wissen, was wem passt und was nicht. Vertrau mir, und wenn das zu viel verlangt ist, dann tu mir den Gefallen als Freundin."

Sie waren tatsächlich Freundinnen geworden, ungeachtet der Gründe am Anfang und des Ziels am Ende. Was konnte es schon schaden, wenn sie akzeptierte? Es war sogar sehr wahrscheinlich, dass sie zu dem Ball gar nicht in Cordina war. „Ich werde mich wie Aschenputtel fühlen", sagte Hannah und wünschte sich, es würde wahr.

„Gut. Und du solltest daran denken, dass die Uhr nicht immer zwölf Mal schlägt."

Doch die Uhr schlug immer zwölf. Hannah erinnerte sich an Eves Worte, als sie und Reeve lautlos durch den Palast gingen. Das Spiel war fast um, ihre Zeit ebenfalls.

Das Paket hatte den von ihr angeforderten Sprengstoff enthalten sowie eine verschlüsselte Nachricht. Sie sollte in dieser Nacht handeln und sich mit Deboques Agent um ein Uhr nachts am Pier treffen. Dort würde sie dann die Bezahlung erhalten.

„Das muss klappen", sagte Hannah, als sie vorsichtig die erste Sprengladung anbrachte. Die Ausführung, die sie benutzte, war vom ISS entwickelt. Das Paket, das sie erhalten hatte, war bis zu seinem Ursprung zurückverfolgt worden. Deboque sollte bald Athen und sehr viel mehr verlieren.

„Von außerhalb der Mauern wird es aussehen, als wäre das Feuer außer Kontrolle geraten." Reeve arbeitete genauso schnell und sachverständig wie sie. „Die Ladungen sind auf mehr Lärm als Stärke abgestimmt. Wir werden ein paar Fenster sprengen und eine teuflische Schau abziehen, während Malori und seine Männer hier bleiben, um notfalls zu löschen."

„Ist der Fürst jetzt bei den anderen?"

„Ja. Armand informiert den Rest der Familie. Malori ist dagegen, aber ich finde, Sie haben Recht. Es kann nichts mehr schaden, wenn alle zu diesem Zeitpunkt wissen, was abläuft. Auf diese Weise können viele Unannehmlichkeiten vermieden werden.“ Er dachte an Gabriella. Vielleicht verblasste nach dieser Nacht endlich der Albtraum.

„Ich könnte es nicht ertragen, dass Eve von der Explosion erwacht und denkt, das wäre Deboques Werk. Und Bennett ist sicher im Flügel der Familie?“

„Bennett ist in Sicherheit“, antwortete Reeve und beließ es dabei. „Ich gebe Ihnen zehn Minuten. Zeit genug für Sie, den Palastbereich zu verlassen. Der Pier ist gesichert, so dass wir Ihnen den Rücken stärken, falls dort irgendetwas abläuft. Ich werde auf dem Boot sein, das Deboques Yacht unter Beobachtung hält. Sobald wir Ihr Signal erhalten, greifen wir ein. Hannah, ich weiß, der Geheimsender ist riskant. Wenn Sie durchsucht werden ...“

„Wenn ich durchsucht werde, werde ich damit schon fertig.“ Das Mikrofon war ein Meisterwerk des ISS, das wie ein kunstvoll gearbeitetes Medaillon aussah und an Hannahs Hals baumelte.

„Wenn er das durchschaut, wird er schnell zuschlagen.“

„Ich werde noch schneller zuschlagen.“ Sie legte

eine Hand auf seine, als er noch etwas sagen wollte. „Reeve, für mich steht auch etwas auf dem Spiel – ich will nicht sterben."

Er betrachtete sie einen Moment als Frau. „Ich habe den Ruf, meine Partner am Leben zu erhalten."

Hannah war dankbar, dass er sie zum Lächeln brachte. „Ich zähle darauf. Aber wenn etwas schief geht, würden Sie Bennett dann von mir eine Botschaft übermitteln?"

„Natürlich."

„Sagen Sie ihm ..." Sie zögerte, weil sie nicht daran gewöhnt war, ihre Gefühle irgendjemandem anzuvertrauen. Die Uhr schlug die Stunde. Mitternacht. Hannah hoffte, dass der Zauber noch anhielt. „Sagen Sie ihm, ich hätte ihn geliebt. Beide Personen in mir hätten ihn geliebt. Und es gibt kein Bedauern."

Sie verließ den Palast durch das Hauptportal und fuhr langsam zu den Gittertoren. In Kürze würden die Wächter, die nicht über das Tarnmanöver informiert worden waren, genauso reagieren, wie zu erwarten war. Jeder, der den Palast beobachtete, musste an ein Chaos denken. Diesmal konnte sie das Tor noch mit einer ganz kurzen Überprüfung passieren.

Hannah behielt die Uhr im Auge, während sie fuhr, sah die Minuten vergehen und dachte an

Bennett. Er würde von jetzt an in Sicherheit sein. Was immer auch in dieser Nacht passierte, er und seine Familie würden in Sicherheit sein. Wenn Deboque sie tötete, würde man ihn wegen Ermordung einer ISS-Agentin verhaften. Der Zweck heiligte die Mittel.

Hannah hielt den Wagen an und hörte die Explosion. Malori hatte Lautstärke versprochen und auch geliefert. Sie öffnete die Tür und stand einen Moment neben dem Wagen. Der Palast hob sich nur verschwommen von dem Nachthimmel ab, doch der Ostflügel war taghell erleuchtet. Das Feuer wirkte von hier aus beeindruckend, und Hannah war zufrieden, da sie wusste, dass keiner von Deboques Männern näher herankam. In ungefähr zwanzig Minuten würde einer von Maloris Leuten durchsickern lassen, dass die Fürstenfamilie mit Ausnahme von Armand bei der Explosion umgekommen sei.

Als Hannah am Pier eintraf, war er bereits menschenleer. Die Nachricht von der Katastrophe hatte sich schon bis hierher verbreitet. Hannah parkte ihren Wagen an der dunkelsten Stelle und stieg aus, um im Licht zu warten.

Sie gab ein ausgezeichnetes Ziel ab.

Das Boot, das vor der Küste ankerte, wirkte wie eine kleine, teure Yacht. Während des Tages war eine dunkelhaarige Frau mehrmals an Deck erschienen, um sich zu sonnen und um zu lesen. Von Zeit zu Zeit hatte sich ein Mann zu ihr gesellt, jung, mit nackter Brust, tief gebräunt. Sie hatten Wein getrunken, sich aneinander geschmiegt, geschlafen. Die Wachen auf der „Invincible“ hatten die beiden unter Beobachtung gehalten und darauf gewettet, ob das Liebespaar Sex in der Sonne haben würde. Sie waren enttäuscht worden.

Unter Deck hatte das ISS alles, von Fernsehschirmen bis hin zu Granatwerfern. Acht Männer und drei Frauen drängten sich in der Kabine und warteten.

Seit einer Stunde nach Sonnenuntergang war Bennett nun schon in der Kabine eingeschlossen. In den letzten drei Stunden hatte er nichts getrunken außer Kaffee, voller Ungeduld. Er hatte den Monitor beobachtet, bis seine Augen tränten. Deboque war kein einziges Mal vor dem Teleobjektiv der Kamera erschienen. Bennett wollte ihm in die Augen sehen, wenn die Falle zuschnappte. Doch noch viel mehr wollte er über den Sender hören, dass es geschafft war und Hannah sich in Sicherheit befand.

„MacGee kommt an Bord.“ Der Mann mit dem Kopfhörer rauchte weiter, während er sprach. Sekunden später schob Reeve sich in die ohnehin schon überfüllte Kabine.

Er trug von Kopf bis Fuß Schwarz. Selbst sein Gesicht und seine Hände waren mit Tarnfarbe beschmiert. Er nahm seine Seemannsmütze ab und warf sie beiseite.

„Die erste Phase ist abgeschlossen." Er nickte Bennett zu. „Von außerhalb der Tore sieht es so aus, als wäre der Ostflügel zerstört. Das ISS hat sehr theatralisch gearbeitet."

„Die Familie?" fragte Bennett.

„Ist in Sicherheit."

Er griff nach dem erkaltenden, bitteren Kaffee neben sich. „Hannah?"

„Wir sollten in ein paar Minuten eine Nachricht erhalten. Einige unserer besten Männer sind als Rückendeckung auf dem Pier."

Bennett warf ihm einen langen Blick zu. Er hatte auf dem Pier sein wollen, Hannah so nahe wie möglich. Er war jedoch gegen eine Wand gerannt, gebildet aus seinem Vater und Malori, und hatte schließlich einlenken müssen. Hätte man ihn entdeckt, wäre die Operation gescheitert.

Jetzt ist Hannah ganz auf sich allein gestellt, dachte er. Jetzt riskiert nur Hannah alles.

„Deboque hat sich den ganzen Tag nicht gezeigt."

„Er ist da." Reeve steckte sich eine Zigarette an und bereitete sich darauf vor, zu warten. „Er möchte heute Nacht sicher nicht weit weg sein."

„Kontakt!“ Ein Agent auf der Backbordseite der Kabine hob die Hand an seine Kopfhörer. „Sie hat Kontakt bekommen.“

Die Brise vom Wasser war kühl, die Nacht klar. Hannah erkannte den Mann, der in die verrauchte kleine Bar gekommen war. Er war allein und kam mit leeren Händen.

„Mademoiselle.“

„Mein Teil des Geschäfts ist erfüllt, Monsieur. Haben Sie die Entschädigung?“

„Es ist eine schöne Nacht für eine Fahrt auf dem Wasser.“

Die Yacht. Hannah verspürte ein unbehagliches Prickeln. „Es ist Ihnen klar, dass ich nicht mehr nach Cordina zurückkehren kann?“

„Das ist bekannt.“ Er deutete auf das kleine Motorboot. „Man wird sich dort um Ihre Bedürfnisse kümmern.“

Wie schon zuvor hatte sie keine Wahl. Sie konnte ihre Waffe ziehen und ihn überwältigen. Wenn sie Glück hatten, würde er seine Freiheit für Deboque eintauschen. Doch sie konnte Bennetts Sicherheit nicht dem Glück anvertrauen. Also stieg sie in das Boot und setzte sich.

Mein Leben liegt in meinen Händen, dachte Hannah und verschränkte sie. Wie immer diese Nacht ausging, sie bedeutete Deboques Ruin.

Ihr Kontaktmann sprach auch jetzt wieder nicht, aber sein Blick glitt auf dem dunklen Wasser hin und her. Sie alle warteten und beobachteten nun. Weil die Nacht klar war, hob Deboques Yacht sich weiß und scharf vom Meer ab. Hannah sah drei Mann an Deck, Ricardo und zwei andere. Ricardo half ihr an Bord.

„Lady Hannah, es ist eine Freude, Sie wiederzusehen."

Etwas stand in seinen Augen, etwas Amüsiertes und Selbstzufriedenes. In diesem Moment wusste sie so sicher, als hätte er ihr ein Messer an die Kehle gehalten, dass sie die „Invincible" nicht mehr lebend verlassen sollte. Ihre Stimme war kühl und ruhig, als sie sprach, und sie hoffte, dass man sie auch deutlich in einiger Entfernung auf dem Wasser hören konnte.

„Danke, Ricardo. Ich hoffe, es wird nicht lange dauern. Ich muss zugeben, dass ich mich in den Gewässern von Cordina unwohl fühle."

„Wir brechen in einer Stunde auf."

„Wohin?"

„In ein angenehmeres Klima. Der Rundfunk hat den tragischen Tod von mehreren Mitgliedern der Fürstenfamilie verkündet. Fürst Armand hat sich zum Trauern zurückgezogen."

„Natürlich. Cordina hat sein Herz und seinen Erben verloren. Monsieur Deboque wurde unterrichtet?"

„Er erwartet Sie in seiner Kabine." Ricardo streckte eine Hand nach Hannahs Tasche aus.

„Werden Mitarbeiter immer durchsucht, Ricardo?"

„Wir können darauf verzichten, Lady Hannah, wenn Sie mir erlauben, Ihre Waffen zu halten." Er zog ihre Pistole heraus und schob sie in seine Tasche. „Und Ihr Messer?"

Schulterzuckend hob Hannah ihren Rock am Schenkel hoch. Sie beobachtete, wie Ricardos Blick sich senkte, als sie das Messer herauszog. Sie drückte den Auslöseknopf. Links und rechts von ihr klickten Pistolen.

„Eine bewundernswerte Waffe", sagte sie, als sie die Klinge gegen das Licht hob. „Lautlos, stilvoll, nützlich." Sie lächelte und ließ die Klinge wieder zurückgleiten. „Und eine Waffe, die ich kaum gegen den Mann einsetzen würde, der mir fünf Millionen Dollar gibt." Sie ließ das Messer in Ricardos Hand fallen. Jetzt hatte sie nur noch ihre Geschicklichkeit zu ihrer Verteidigung. „Wollen wir gehen? Ich genieße den Duft von Geld am liebsten, wenn er noch warm ist."

Er ergriff ihren Arm mit seiner Chirurgenhand und führte sie galant unter Deck zu Deboques Kabine.

„Lady Hannah." Die Kabine wurde von einem Dutzend Kerzen erhellt. Diesmal drang eine

Beethovensonate aus den Lautsprechern. Deboque trug ein burgunderfarbenes Jackett und Rubine. Die Farben des Blutes. Eine Magnumflasche Champagner stand in einem silbernen Kühler. „Wie pünktlich Sie doch sind. Sie können uns allein lassen, Ricardo."

Hannah hörte, wie sich die Tür hinter ihr schloss. Niemand brauchte ihr zu sagen, dass Ricardo davor Posten bezog.

„Ein angenehmes Ambiente", stellte sie fest. „Die wenigsten Geschäfte werden bei Kerzenschein abgewickelt."

„Jetzt besteht keine Notwendigkeit mehr für Förmlichkeiten zwischen uns, Hannah." Er trat lächelnd zu dem Champagner. „Die Meldungen aus Cordina sind ziemlich hysterisch und tragisch." Der Korken glitt heraus. Schaum drängte zur Flaschenöffnung. „Ich fand eine kleine geschmackvolle Feier angebracht."

„Ich lehne Champagner selten ab, Monsieur, aber er schmeckt noch viel besser, wenn ich dabei Geld in meinen Händen halte."

„Geduld, meine Liebe." Er füllte zwei Sektkelche und reichte ihr den einen. Sein Gesicht wirkte weiß wie Marmor in dem schwachen Licht, seine Augen waren fast schwarz und von Behagen erfüllt. „Auf einen erfüllten Auftrag und eine reiche, reiche Zukunft!"

Sie stieß mit ihm an und trank einen Schluck. „Ein ausgezeichneter Jahrgang."

„Ich habe erkannt, dass Sie das Exzellente und Teure bevorzugen."

„Genau. Monsieur, ich hoffe, Sie werden nicht beleidigt sein, wenn ich sage, dass ich zwar Wein und sanftes Licht schätze, beides aber viel mehr schätzen würde, nachdem unser Geschäft abgeschlossen ist."

„So gewinnsüchtig." Er strich mit den Fingern über ihre Wange. Das Kerzenlicht schmeichelte ihr, fand er. Zur rechten Zeit würde sie unter seinen Händen erblühen. Ein Jammer, dass er nicht das Risiko eingehen konnte, sie ein paar Monate lang bei sich zu behalten. Er hatte nur eine Stunde für sie. Aber in einer Stunde konnte man viel erreichen. „Sie werden mir verzeihen, aber meine Stimmung ist gehoben. Ich möchte Ihren Erfolg feiern – unseren Erfolg."

Seine Hand glitt an ihre Kehle, bis auf wenige Zentimeter an das Mikrofon heran. Sie umschloss sein Handgelenk und lächelte. „Sie gaben die Stimmung vor, Monsieur, indem Sie mir meine Waffen abnehmen ließen. Bevorzugen Sie wehrlose Frauen?"

„Ich bevorzuge willfährige Frauen." Er hob die Hand zu ihrem Haar und vergrub die Finger in der Fülle. Hannah stählte sich in Erwartungen des

Kusses. Sie konnte Widerstand, aber nicht Widerwillen zeigen. „Sie sind stark“, sagte er und drängte seinen Mund an ihren heran. „Ich bevorzuge auch das. Wenn ich Sie ins Bett bringe, werden Sie mir einen Kampf liefern.“

„Ich werde ihnen mehr als das liefern, nachdem ich das Geld gesehen habe.“

Er verstärkte seinen Griff und verursachte ihr so schnell Schmerz, dass sie nach Luft rang. Dann löste er die Finger wieder, wobei er lachte. „Sehr gut, meine geldgierige Freundin. Sie werden Ihr Geld sehen, und dann werden Sie mir etwas zurückgeben.“

Als er ihr den Rücken zuwandte, um einen verborgenen Safe zu enthüllen, wischte Hannah sich mit der Hand über die Lippen. „Ich habe bereits meine Bezahlung gegeben.“

„Das Leben der Fürstenfamilie.“ Er drehte das Rad, während Hannahs Herz zu hämmern begann. „Fünf Millionen Dollar, um die Bissets zu ermorden. Fünf Millionen Dollar, um mir das Hauptgericht der Rache und das süße Dessert der Macht zu geben. Halten Sie das für so viel?“ Seine Augen glitzerten, als er sich ihr wieder mit einem großen Aktenkoffer zuwandte. „Mein liebes Kind, sie hätten zehn Mal so viel verlangen können. Über zehn Jahre habe ich Pläne geschmiedet, und zwei Mal wäre es mir beinahe gelungen, ein Mitglied der

Fürstenfamilie zu töten. Jetzt, für die lächerliche Summe von fünf Millionen Dollar, haben Sie alle für mich erledigt."

„Das ist es", verkündete Reeve, als Deboques Worte aus dem Empfänger kamen. „Rück vor! Langsam!"

Bennetts Hand schloss sich um die seines Schwagers. „Ich gehe mit euch an Bord."

„Das kommt nicht infrage."

„Ich gehe mit euch an Bord", wiederholte Bennett mit eisiger Stimme. Sekunde um Sekunde hatte er zugehört und geschwitzt, während Hannah allein mit Deboque war. Während der Terrorist seine Hände auf sie legte. Während Deboque sich darauf vorbereitete, sie für die Ermordung all derer zu bezahlen, die er liebte. „Gib mir eine Waffe, Reeve, sonst gehe ich unbewaffnet!"

„Ich habe Befehl, dich hier zu behalten", antwortete Reeve knapp.

„Und wenn es um Ella ginge?" Bennetts Augen funkelten vor Zorn. „Wenn es um Ella ginge, würdest zu zurückbleiben und es anderen überlassen, sie zu beschützen?"

Reeve blickte auf die Hand hinunter, die sich über seine gelegt hatte. Es war eine starke Hand. Dann schaute er in die Augen, die dunkler waren als die seiner Frau, in denen jedoch die gleichen

Leidenschaften zu erkennen waren. Er erhob sich und holte einen 45er aus dem Arsenal.

Jetzt werden sie vorrücken, dachte Hannah und kämpfte darum, ihre Stimme ausdruckslos zu halten. „Sagen Sie mir das jetzt, damit ich bereuen kann?“ Sie lachte und ging an den Schreibtisch. „Fünf Millionen reichen mir. Ich plane, zu investieren und in den nächsten Jahren sorglos in Rio zu leben.“

Er hielt den Blick auf ihre Augen gerichtet, während er den Aktenkoffer aufschloss. Das Geld war vorhanden, jedoch für seine eigenen Zwecke bestimmt. „Sie haben nicht die Absicht, weiterhin in meinen Diensten zu bleiben?“

„Unglücklicherweise wäre das für uns beide nach den Ereignissen dieser Nacht zu riskant.“

„Ja.“ Genau seine Gedanken. Doch er öffnete den Deckel, damit sie zumindest das Vergnügen hatte, das Geld zu sehen, bevor er sie tötete.

„Sehr hübsch.“ Ihrer Rolle entsprechend trat Hannah näher und griff nach einem Bündel knisternder Hunderter. „Wissen Sie, wie sinnlich neues Geld riecht?“ Sie fächelte mit dem Bündel.

„In der Tat.“ Deboque zog die oberste Schublade seines Schreibtisches auf. Darin lag ein eleganter Revolver mit Perlmuttgriff. Er hielt es für angebracht, Hannah stilvoll zu töten. Er schloss die

Finger um die Waffe, als die ersten Schüsse von oben zu hören waren.

Hannah wirbelte zur Tür herum und hoffte, er würde ihre Erregung für Betroffenheit halten. „Was ist das für ein Spiel?“ rief sie. Sie schlug den Kofferdeckel zu, nahm das Geld und hastete zur Tür. Ihre Hand schloss sich um den Knauf.

„Bleiben Sie stehen!“ warnte Deboque. Die Waffe war in seiner Hand und zielte auf ihr Herz. Ein feiner Schweißfilm perlte auf seiner Stirn bei dem Lärm hastiger Schritte über ihren Köpfen. Er hielt den Finger leicht am Abzug, drückte jedoch nicht ab. Was immer es an Deck für Ärger gab, er wollte ihn nicht zu sich herunterlocken. „Den Koffer, Hannah!“

„Ein Betrug?“ Sie zog die Brauen zusammen, während sie berechnete, wie lange sie ihn hinhalten konnte. „Ja, Sie hätten mir mit Leichtigkeit zehn Mal so viel an Bezahlung zugestanden, weil Sie gar nicht die Absicht hatten, an mich auszuzahlen.“

„Den Koffer!“ Er kam langsam auf sie zu. Angst stieg in ihm auf, nicht vor dem Tod, nicht vor der Niederlage, sondern vor dem Gefängnis. Er würde hinter Gittern nicht überleben können.

Hannah wartete, bis er einen halben Meter entfernt war. Beide Hände um den Griff gelegt, schwang sie den schweren Koffer gegen seinen Arm mit der Waffe.

Ob aus Loyalität oder Angst, Deboques Männer kämpften wie von Sinnen. Schüsse peitschten zwischen den Schiffen hin und her. Eine Salve aus einem Maschinengewehr schlug über Bennetts Kopf hinweg in das Holz und ließ Splitter auf seinen Rücken regnen. Er sah, wie ein Mann über die Reling der Yacht ins Wasser stürzte.

Das Feuer von Deboques Seite kam bereits sporadischer, doch die Zeit verstrich viel zu schnell. Und Hannah war noch immer bei Deboque. Sie ist am Leben, sagte Bennett sich, während er zielte und schoss. Sie war am Leben. Er hätte es gewusst, wenn nicht, weil dann sein Herz stehen geblieben wäre. Unrast brodelte in ihm, wilder als diese wilde Nacht. Er gab ihr nach, kämpfte sich zum Heck vor und glitt ins Wasser.

Die Nacht war von Schüssen und Schreien erfüllt. Er sah, wie ein Mann von Deboques Yacht ins Wasser tauchte und hektisch in Richtung Küste schwamm, die zehn Meilen entfernt war. Seine Hand streifte eine Leiche, die mit dem Gesicht nach unten auf den Wellen trieb. ISS oder Feind, er wusste es nicht. Während der Kampf tobte, schwamm Bennett lautlos um die Yacht herum.

Weil es fast schon vorüber war, gab Reeve seinen Männern das Zeichen zum Entern. Erst da bemerkte er, dass Bennett nicht mehr an seiner Seite war.

„Der Prinz!“ Seine Kehle wurde trocken vor Panik. „Wo ist Prinz Bennett?“

„Dort!“ Einer der Männer entdeckte Bennett, als der gerade um das Heck von Deboques Yacht herum verschwand.

„Um Himmels willen“, stöhnte Reeve. „Rückt vor! Bereitmachen zum Entern!“

Mit festen Schwimmzügen umrundete Bennett das Heck. Es war niemand auf der Steuerbordseite, als er sich an Deck zog. Gelegentlich wurde noch geschossen, aber die Schreie waren verstummt. Er hatte während der endlos langen Zeit unter Deck Hannahs Zeichnung von Deboques Yacht eine Stunde lang genau studiert und sich eingeprägt. Er machte sich auf die Suche nach ihr ...

Es war Hannah gelungen, Deboques Waffe quer durch den Raum zu schlagen, doch er war schneller und stärker, als er wirkte. Als sie sich auf die Waffe warf, war Deboque schon über ihr. Eine Hand legte sich um ihren Hals und drückte ihr die Luft ab. Hannah befreite einen Arm und rammte ihm die Faust gegen den Kehlkopf. Nun rangen sie beide nach Luft.

Sie streckte eine Hand aus, und ihre Finger tasteten über den Griff der Waffe. Sie fluchte vor Schmerz und Wut, als er sie an den Haaren zurückzerrte. Dreißig heftige und erschöpfende Sekunden lang kämpften sie auf dem Boden der Kabine miteinander.

Miteinander verschlungen, rollten sie wieder auf die Waffe zu. Hannah streckte den Arm, griff erneut danach und hätte sie beinahe erwischt. Aus den Augenwinkeln sah sie seine Faust auf sich zukommen und wich aus.

Der Schlag streifte sie nur, war jedoch stark genug, um sie herumzuwirbeln.

Und dann starrte sie in die dunkle Mündung seines Revolvers.

Sie hatte sich auf das Schlimmste vorbereitet. Atemringend wappnete sie sich innerlich. Wenn ihr schon nichts anderes blieb, dann wollte sie wenigstens ihren Schwur einhalten und ihm ins Gesicht spucken. „Ich bin ISS-Agentin. Die Bissets sind in Sicherheit, und Sie werden nicht entkommen! Es ist alles vorbereitet."

Deboques Augen funkelten vor Wut. Hannah lächelte ihn an und wartete auf die Kugel ...

Als Bennett in den Raum stürmte, sah er Deboque über Hannah kauern, einen Revolver auf ihren Kopf gerichtet. Es passierte blitzartig, so schnell, dass er sich unmittelbar danach nicht erinnern konnte, wer zuerst geschossen hatte.

Deboque riss den Kopf herum. Ihre Blicke trafen sich. Als die Waffe von Hannahs Kopf zu Bennett schwenkte, schrie Hannah auf und schlug zu. Zwei Abzüge wurden gedrückt. Zwei Schüsse krachten.

Bennett spürte die Kugel so dicht an sich vorbeifliegen, dass seine Haut prickelte und sich erhitzte. Er sah, wie Blut aus Deboques Brust sickerte, ehe er auf Hannah sank.

Da begann sie zu zittern. All die Jahre des Trainings waren vergessen, als sie bebend unter dem Toten lag. Sie hatte sich auf ihren eigenen Tod vorbereitet. Das war Pflicht. Doch sie hatte gesehen, wie die Kugel einen Zentimeter neben Bennetts Kopf ins Holz schlug.

Selbst als er zu ihr kam, Deboque beiseite schob und sie an sich zog, hörte das Zittern nicht auf. „Es ist vorüber, Hannah." Er hielt sie in seinen Armen, wiegte sie, drückte Küsse in ihr Haar. „Es ist vorüber." Anstelle der Befriedigung und der erwarteten Begeisterung verspürte er nur Erleichterung. Sie war in Sicherheit. Und er wollte dafür sorgen, dass sich daran nichts änderte.

„Du hättest umkommen können. Verdammt, Bennett, du solltest zu Hause sein!"

„Ja." Er blickte hoch, als Reeve in den Raum stürmte. „Ja, dort werden wir beide bald sein."

Sie hatte Tränen auf den Wangen, wischte sie weg und kämpfte sich auf die Beine. Sie wandte sich Reeve zu, musste jedoch ein paar Mal tief durchatmen. „Ich bin bereit, Bericht zu erstatten."

„Zum Teufel damit!“ Bennett hob sie auf die Arme. „Ich bringe dich nach Hause.“

# EPILOG

Hannah hatte rund um die Uhr geschlafen. Erst nach mehr als vierundzwanzig Stunden erkannte Hannah, dass ihr Dr. Franco, der Leibarzt der Bissets, ein Beruhigungsmittel gegeben hatte.

Sie war ausgeruht und verärgert erwacht. Und obwohl sie es nicht gern zugab, schmerzte sie alles.

Der Arzt hatte freundlich, aber unbeugsam ihre Beulen und Abschürfungen versorgt. Weil der Befehl, Hannah im Bett zu behalten, von Seiner Hoheit, dem Fürsten, gekommen war, hatten weder Arzt noch Patientin eine andere Wahl, als zu gehorchen.

Sie beklagte sich. Obwohl häufig Besucher kamen, war sie ganz kribbelig von der Tatenlosigkeit. Aus dem ISS-Hauptquartier wurde ihr über Reeve eine Nachricht übermittelt, die sie begeistern sollte. Deboques Organisation war aufgelöst. Hannah war befördert. Aber Hannah schmollte im Bett und sann auf Flucht.

Es war Eve, die ihr endlich am Abend des Weihnachtsballs dazu verhalf.

„Du bist wach. Wunderbar!"

„Natürlich bin ich wach." Verdrossen von zwei Tagen im Bett, veränderte Hannah ihre Haltung. Der Umstand, dass ihre Rippen bei jeder Berührung noch immer empfindlich waren, machte es nur schlimmer. „Ich werde verrückt."

„Das glaube ich dir." Lächelnd setzte Eve sich auf die Bettkante. „Und ich werde dich nicht in Verlegenheit bringen, indem ich dir noch einmal sage, wie dankbar wir dir für alles sind, was du getan hast. Stattdessen gebe ich dir Dr. Francos letzte Anordnung."

„Ach, verschone mich!"

„Sie lautet, dass du aufstehen, dich anziehen und bis zum Morgengrauen tanzen sollst."

„Was?" Hannah stemmte sich hoch und zuckte nur kurz zusammen. „Ich kann aufstehen? Meinst du das im Ernst?"

„Absolut. Hier." Sie sprang auf und hob Hannahs Morgenmantel hoch. „Zieh das an. Meine Friseuse wird jeden Moment eintreffen und ihren Zauber zuerst an dir probieren."

„Zauber?" Mit einem Seufzer hob Hannah die Hand an ihr Haar. „Mittlerweile eher schon ein Wunder, Eve, so gern ich aufstehen und etwas tun möchte, glaube ich nicht, dass der Ball die beste Idee ist."

„Er ist die perfekte Idee." Nachdem sie Hannah in ihren Morgenmantel geholfen hatte, beugte sie sich vor und roch an dem Strauß Gardenien neben dem Bett. „Von Bennett?"

„Ja." Hannah berührte die wachsartigen Blätter

mit den Fingerspitzen. „Er hat sie heute Morgen gekauft. Ich habe nicht viel von ihm gesehen.“ Sie schüttelte die Stimmung ab und schlüpfte in die Ärmel. „Ich weiß, wie viel ihr alle zu tun hattet mit den Pressekonferenzen und den öffentlichen Erklärungen, die diese ganze Angelegenheit bereinigen sollten.“

Eve zog eine Augenbraue hoch. Sie entschied, Hannah nicht zu erzählen, dass Bennett sich in der ersten Nacht nicht von ihrem Bett entfernt hatte. Sie besaß genug Romantik, um zu wollen, dass die beiden einander von selbst entdeckten.

„Da wir gerade davon sprechen – du solltest den Ostflügel sehen. Lauter Glasscherben. Es wird Wochen dauern, bis die Hausmädchen alles gereinigt haben. Hannah ...“, mit einem tiefen Seufzer ergriff Eve ihre Schultern, „... ich weiß, dass ich dich in Verlegenheit stürzen werde. Es war ein Auftrag, aber welche Gründe auch immer dich zu uns geführt haben, du hast uns Frieden gebracht. Es gibt nichts, das ich sagen oder tun kann, um dir das zu vergelten. Mein Kind ...“ Sie lächelte. „Marissa und dieses hier sind in Sicherheit. Ich weiß, was Deboque plante.“

„Es ist jetzt vorüber, Eve.“

„Ja.“ Eve küsste Hannah feierlich auf beide Wangen. „Ich verdanke dir mein Leben und das Leben aller, die ich liebe. Wenn es jemals irgendetwas gibt, was ich tun kann, und ich spreche als deine

Freundin und als die Frau des Erben von Cordina, brauchst du nur etwas zu sagen."

„Dann bringen wir das gleich hinter uns. Eve, ich war nie fähig, Freunde zu finden und zu behalten. Ich möchte das Gefühl haben, dass sich das geändert hat."

Eve betrachtete die Frau, die sie gerade erst kennen zu lernen begann. „Ich habe zwei Schwestern, die eine durch Geburt und die andere durch Alexander." Sie streckte die Hand aus. „Ich möchte gern drei haben."

„Hoheit." Eines der jungen Hausmädchen erschien an der Tür. „Ich bitte um Entschuldigung, aber Madame Frissoutte ist hier."

„Wunderbar!" Eve hakte sich bei Hannah unter. „Bereite dich auf deine Verwandlung vor."

Es war tatsächlich eine Verwandlung, fand Hannah, als sie sich im Spiegel betrachtete.

Ihr Haar, das sich wild wie bei einer Zigeunerin auf ihrem Rücken kräuselte, wurde mit zwei glitzernden Kämmen aus dem Gesicht gekämmt. Das Kleid funkelte und schimmerte, wie es sich von ihrem Hals bis zu den Knöcheln um sie schmiegte. Mit Make-up hatte sie geschickt die blauen Flecken an Armen und Gesicht verdeckt.

Jetzt brauche ich nur noch gläserne Schuhe, dachte sie mit einem unterdrückten Lachen. Noch mehr Illusion. Doch wenn dies ihr letzter Abend mit Bennett sein sollte, wollte sie ihn nutzen. Und es würde kein Bedauern geben, wenn die Uhr zwölf Mal schlug.

Musik spielte bereits im Ballsaal. Hannah schlüpfte hinein, wie das ihre Gewohnheit war, und nahm den Glanz in sich auf. Die Spiegel waren poliert worden, um das Glitzern und die Pracht von Abendkleidern und Juwelen zurückzuwerfen. Lüster blinkten wie Sterne. Alles schimmerte silbrig und eisblau. Girlanden hingen an der Decke. An einem sechs Meter hohen Baum fingen tausend Kristallkugeln das Licht ein.

Bennett hatte nach Hannah Ausschau gehalten und gewartet. Als er sie sah, verschlug es ihm fast den Atem. Das Pärchen, mit dem er geplaudert hatte, verstummte und zog die Augenbrauen hoch, als er auf Hannah zuging.

Er ergriff ihre Hände, als sie zu einem Knicks ansetzte. „Mein Güte, Hannah." Zum ersten Mal in seinem Leben fehlten ihm die Worte. „Du bist wunderschön."

„Das ist Eves Werk." Er trug eine weiße Paradeuniform mit den Abzeichen seines Ranges und einem Degen an seiner Seite. In so mannigfachen Arten sie sich auch an ihn erinnern würde, sie würde nie vergessen, wie er in diesem Moment aussah. „Alles ist so prachtvoll."

„Das ist es erst jetzt." Er legte die Hand um ihre Taille, als er sie zu einem Walzer aufs Parkett führte.

Was für ein Zauber, dachte Hannah, die Musik, die Lichter, die Spiegel. Stundenlang tanzten sie zusammen, wirbelten durch den Raum und überließen das Essen und den Wein den anderen. Als er mit ihr auf die Terrasse hinaus tanzte, widersprach Hannah nicht. Es waren noch ein paar Minuten bis Mitternacht.

Sie löste sich von ihm, trat an das Geländer und blickte auf Cordina hinunter. Lichter leuchteten in festlichen Farben. Die Luft trug frühlingshafte Wärme und Düfte mit sich.

„Wirst du jemals müde, das zu betrachten?"

„Nein." Er stand neben ihr. „Ich glaube, jetzt bedeutet es mir sogar noch mehr als je zuvor."

Sie verstand, wollte aber Deboques Geist fern halten. „In England ist es jetzt kalt und regnerisch. Vielleicht gibt es morgens Schnee, oder wir haben grauen Himmel. Alle Feuer brennen, Rum wird angewärmt. Überall werden Puddings und Truthähne zubereitet, damit es nach Weihnachten riecht."

„Wir können dir keinen Schnee bieten." Er hob ihre Hand an und küsste sie. „Aber wir könnten dir das Feuer und den warmen Rum geben."

„Das spielt keine Rolle." Hannah atmete tief durch. „Wenn ich wieder zu Hause bin, werde ich daran denken, wie ich kurz vor Weihnachten hier stand. Ich werde mich daran erinnern, dass es nach Rosen und Jasmin duftete."

„Möchtest du hier einen Moment warten?"

„Gern."

„Genau hier", sagte er und küsste wieder ihre Hand. „Ich bin gleich wieder da."

Als er fort war, drehte sie sich so, dass sie die Lichter und das Meer betrachten konnte. In ein paar Tagen würde sie zu Hause sein, und mit der Zeit würde Cordina vielleicht wie ein Traum wirken. Cordina, dachte sie, aber niemals Bennett. Sie hob den Blick zu einem Stern, wagte jedoch nicht, sich etwas zu wünschen.

„Ich habe etwas für dich."

Mit einem leichten Lächeln drehte sie sich um und fing dann den Duft auf. „Oh, Kastanien!" Lachend griff sie nach der Tüte, die Bennett ihr anbot. „Und sie sind heiß."

„Ich wollte dir etwas von daheim geben."

Es gab so viel zu sagen, und nichts davon konnte gesagt werden. Stattdessen stellte sie sich auf die Zehenspitzen und küsste ihn. „Danke."

Er strich mit den Fingern sanft über ihre Wange. „Ich dachte, wir könnten sie uns teilen."

Hannah öffnete die Tüte und atmete mit geschlossenen Augen den Duft ein. „Ist das nicht wunderbar? Jetzt ist es wie Weihnachten."

„Wenn Cordina bald wie zu Hause ist, wirst du vielleicht bleiben."

Sie öffnete die Augen und schaute auf die Tüte. „Ich habe die Anweisung, bis zum Ende der Woche zurückzukehren."

„Anweisungen!" Er streckte eine Hand nach ihr aus, hielt sich jedoch zurück. „Deine Position beim ISS ist wichtig für dich." Er konnte einen grollenden Unterton nicht verbergen. „Ich habe erfahren, dass du befördert worden bist."

„In den Rang eines Captains." Sie biss sich auf die Lippe. „Ich werde eine Weile hinter dem Schreibtisch arbeiten, Befehle erteilen." Sie schaffte ein Lächeln.

„Hast du je in Betracht gezogen aufzuhören?"

„Aufzuhören?"

Es war der leere, verwirrte Blick, der ihm Sorge bereitete. War es möglich, dass sie an nichts anderes als an ihre Pflicht ihrer Organisation gegenüber dachte? „Falls du einen Ersatz hättest. Ist es die Erregung, die dich anzieht?" Er legte eine Hand an ihr Gesicht und drehte es so zum Licht, dass sich die von Deboque stammende Schwellung als Schatten abzeichnete.

„Das ist eben mein Beruf." Hannah seufzte. „Bennett, wir haben nicht darüber gesprochen, was auf der Yacht passiert ist. Ich habe mich nicht bei dir dafür bedankt, dass du mir das Leben gerettet hast. Ich nehme an, das kommt daher, dass ich daran gewöhnt bin, für mich selbst zu sorgen."

„Ich hätte ihn allein dafür umgebracht“, sagte Bennett, während er mit den Fingerspitzen über die Schwellung an ihrer Wange strich. Sie wollte zurückweichen, doch ein Blick von ihm hielt sie davon ab. „Zieh dich nicht von mir zurück. Ich habe bisher nicht darüber gesprochen, weil Dr. Franco dafür sorgte, dass du Ruhe hattest und nicht gestört wurdest. Aber, verdammt, ich werde jetzt darüber sprechen.“

Er trat näher, so dass sie es förmlich spüren konnte – die Waghalsigkeit, den kaum kontrollierten Zorn.

„Ich musste dasitzen und warten und zuhören, wie du mit diesem Mann fertig werden musstest. Ich musste bleiben, wo ich war, hilflos, während du allein mit ihm warst. Und als ich in diese Kabine eindrang und sah, wie er eine Waffe auf deinen Kopf richtete, sah ich in einem schrecklichen Moment vor mir, wie das Leben ohne dich wäre. Weich also jetzt nicht vor mir zurück, Hannah.“

„Das tue ich nicht.“ Sie brachte ihren Atem unter Kontrolle und legte beruhigend eine Hand auf seine. „Es ist vorüber, Bennett. Wir sollten diese schrecklichen Dinge vergessen. Cordina ist in Sicherheit, deine Familie, und ich bin es auch.“

„Ich werde nicht akzeptieren, dass du noch einmal für irgendjemand dein Leben riskierst.“

„Bennett ...“

„Ich werde es nicht!“ Er griff in ihr Haar und küsste sie, doch diesmal mit einer Kraft und einer Macht, die ihr den Atem raubte. Er löste sich mühsam von ihr und erinnerte sich daran, dass er einen Plan hatte und ihn auch durchziehen wollte. „Wirst du jetzt diese Kastanien kosten, oder einfach dastehen und an ihnen riechen?“

„Was?“ Hannah hielt die Tüte mit eisernem Griff. Sie schluckte und blickte ihn an. „Sie schmecken bestimmt wunderbar“, begann sie und wusste, dass sie jetzt einfach nur so drauflosredete. „Es war so aufmerksam von dir, mir diese ...“ Sie verstummte, als sie hineinfasste und eine kleine Schatulle berührte. Verwirrt zog sie sie heraus.

„Es gibt eine amerikanische Tradition. Eine Schachtel mit Popcorn und einem Geschenk darin. Ich hatte den Wunsch, dir dein Weihnachtsgeschenk vorzeitig zu geben.“

„Ich habe immer streng darauf geachtet, bis zum Weihnachtsmorgen zu warten.“

„Ich könnte einen Befehl aussprechen, Hannah.“ Er liebkoste ihre Wange. „Ich möchte das aber lieber vermeiden.“

„Nun, da es immerhin der Weihnachtsball ist ...“ Sie nahm den Deckel ab und fühlte sich zum ersten Mal in ihrem Leben schwach.

„Er gehörte meiner Großmutter. Ich habe ihn neu fassen lassen, doch es bedeutete mir mehr, dir diesen

Stein zu schenken, als einen anderen bei einem Juwelier auszusuchen.“ Er berührte ihr Haar, nur die Enden, ganz sacht mit den Fingerspitzen. „Sie war Britin wie du.“

Es war ein Smaragd, feurig, sagenhaft, noch leuchtender durch die Symphonie von Diamanten, die ihn umgaben. Allein vom Ansehen schwindelte ihr. „Bennett, ich kann so etwas Kostbares nicht annehmen. Das gehört deiner Familie.“

„Sei nicht dickköpfig.“ Er nahm ihr die Tüte ab und legte sie auf die Mauer. Der Geruch der Kastanien mischte sich mit dem Duft von Rosen. „Du weißt sehr gut, dass ich dich bitte, mich zu heiraten.“

„Du ... du lässt dich hinreißen“, setzte sie an, und nun wich sie doch vor ihm zurück. „Das kommt von allem, was passiert ist. Du denkst nicht klar.“

„Mein Verstand ist nie klarer gewesen.“ Er nahm ihr die Schatulle aus der Hand, zog den Ring heraus und ließ den Behälter fallen. „Dann machen wir es eben auf meine Art.“ Er ergriff ihre Hand und steckte ihr den Ring an. „Also, ich kann dich nach drinnen zerren und unsere Verlobung bekannt geben, oder wir können zuerst vernünftig darüber sprechen.“

„Vernünftig.“ Wie konnte sie den Drang verspüren, gleichzeitig zu lachen und zu weinen? „Bennett, du bist alles andere als vernünftig.“

„Dann liebe ich dich eben unvernünftig.“ Er zog sie in die Arme und verschloss ihren Mund mit einem leidenschaftlichen Kuss. „Ich lasse dich nicht gehen, Hannah, nicht jetzt, auch nicht morgen – niemals. Du musst den Rang eines Captains gegen den einer Prinzessin eintauschen. Glaub mir, das kann genauso anstrengend sein."

War das Magie oder ein wahr gewordener Traum? „Du weißt, dass ich nicht die Frau bin, die dir etwas bedeutet hat. Bitte, Bennett, hör auf mich!"

„Hältst du mich für einen Narren?" Er sprach so sanft, dass sie sich täuschen ließ und ihn für ruhig hielt.

„Natürlich nicht. Ich meine nur, dass ..."

„Sei still!" Er umfasste liebevoll ihr Gesicht, und sie sah in seinen Augen, dass er alles andere als ruhig war. „Ich dachte, die Frau, in die ich mich zuerst verliebte, wäre eine Illusion." Er wurde sanfter, als er seine Lippen über ihre Wangen gleiten ließ. „Ich habe mich getäuscht, denn sie ist genau hier. Und dann war da eine andere Frau, bei deren Anblick jedes Mal meine Kehle trocken wurde." Seine Küsse wurden besitzergreifender. „Sie ist auch hier. Nicht jeder Mann kann zwei Frauen lieben und beide haben. Und ich werde dich haben, Hannah."

„Du hast mich bereits. Aber nicht einmal du kannst eine Heirat befehlen."

Er zog eine Augenbraue hoch. „Sei da nicht so sicher. Du hast mir einmal gesagt, dass du mich begehrst. Ich frage dich jetzt, ob du mich liebst."

Hannah konnte nicht sprechen. Irgendwo im Palast begann eine Uhr zu schlagen.

Mitternacht!

Hannah zählte mit und wartete darauf, dass die Illusion verblasste. Dann trat Stille ein, und Hannah lag noch immer in Bennetts Armen. Und sie sah den Ring an ihrem Finger leuchten – ein Versprechen für ein ganzes Leben.

„Ich liebe dich, und nichts war jemals mehr die Wahrheit."

„Teile mit mir mein Zuhause!" Er küsste ihre Ringhand.

„Ja."

„Und meine Familie."

Sie verschränkte ihre Finger mit seinen. „Ja."

„Und meine Pflichten."

„Von diesem Moment an."

Hannah legte die Arme um ihn und bot ihm die Lippen zum Kuss.

Unter ihnen erstreckte sich Cordina, so weit das Auge reichte, und bereitete sich auf den Schlaf vor.

– ENDE –

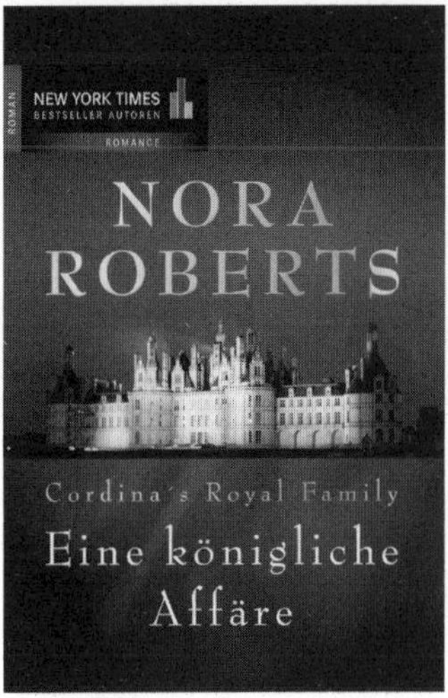


*Nora Roberts*

Cordina's Royal Family

„Eine königliche Affäre"

Prinzessin Gabriella de Cordina und Reeve MacGee – eine bezaubernde Romanze der Erfolgsautorin Nora Roberts.

Band-Nr. 25029
6,95 € (D)
ISBN 3-89941-037-8

*Nora Roberts*

Cordina's Royal Family

„Ein königlicher Kuss"

Ein Herz und eine Krone: Schauspielerin verliebt sich in Kronprinz – Happy End nicht ausgeschlossen.

Band-Nr. 25039
6,95 € (D)
ISBN 3-89941-050-5

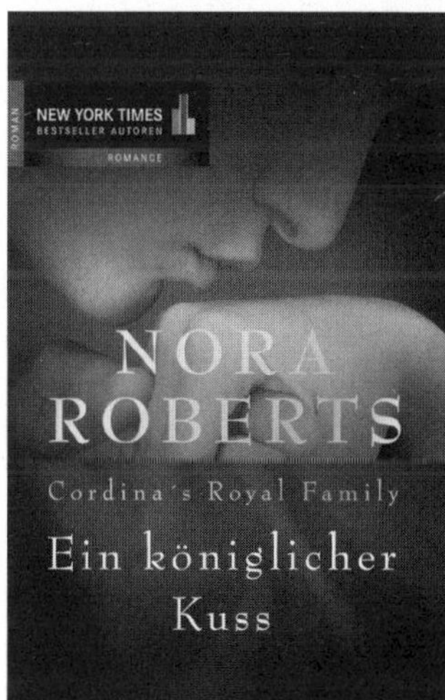

*Sandra Brown*

## Wenn die Liebe erwacht

Tief berührt von Kylas Liebesbriefen, die nach dem Tod ihres Mannes irrtümlich an ihn geschickt wurden, beschließt Trevor, Kyla zu suchen und für sich zu gewinnen…

Band-Nr. 25057
6,95 € (D)
ISBN 3-89941-072-6

*Sandra Brown*

## Bittersüßes Geheimnis

Heiß und leidenschaftlich ist die Liebe zwischen Angela und dem Tennisstar Daniel McCasslin – doch wie wird er reagieren, wenn er ihr bittersüßes Geheimnis erfährt?

Band-Nr. 25005
5,95 € (D)
ISBN 3-89941-005-X

*Sandra Brown*

## Palast der Liebe

Niemand glaubt Caren, dass sie nicht wusste, wer ihr Urlaubsflirt wirklich war: Prinz Ali-Al-Tasan, Sohn eines unermesslich reichen Ölscheichs, der ihr jetzt einen Heiratsantrag macht …

Band-Nr. 25030
6,95 € (D)
ISBN 3-89941-038-6

Band-Nr. 25058
6,95 € (D)
ISBN 3-89941-073-4

*Jo Ann Ross*

New Orleans Gentlemen

## *Roarke: der Abenteurer*

In New Orleans muss der Journalist Roarke O'Malley herausfinden, wer der schönen Daria nach dem Leben trachtet …

## *Shayne: der Verführer*

Bliss Fortune ahnt nicht, dass der charmante Shayne nicht nur ihre Nähe sucht – er will auch beweisen, dass sie eine Juwelendiebin ist.

## *Michael: der Beschützer*

Privatdetektiv Michael O'Malley muss die schöne Schauspielerin Lorelei, damals wie heute seine Traumfrau, vor einem wahnsinnigen Fan beschützen.

MIRA®

Band-Nr. 25059
6,95 € (D)
ISBN 3-89941-074-2

*Nora Roberts*

Sommerträume

*Nur für einen Sommer*

Wer ist der geheimnisvolle Top-Autor Hunter Brown wirklich? Das will die Journalistin Lee während eines romantischen Campingtrips in die Canyons herausfinden …

*Sommer, Sonne und dein Lächeln*

Auf einer Fototour quer durch die USA mit ihrem Kollegen Sidney erkennt Blanche, dass sie nicht länger die Liebe aus ihrem Leben ausschließen kann.

MIRA®